KB057908

소설
동학

5

김동련
대하소설 5

소설

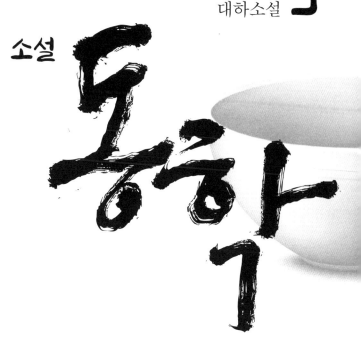

동학

어떻게 살아야
사람답게
사는 것인가? ─────── ①

모시는사람들

5

어떻게 살아야
사람답게
사는 것인가?

사람은 자유로운 존재이다.

사람이 산다는 것은 존재의 자유를 발현하는 과정이다.

사람의 삶이 바로 자유여야 하기 때문이다.

사람으로 태어났으나 바람같이 구름같이 자유롭게 훨훨 날면서

살다 가면 얼마나 좋을까?

그러나 사람 각자는 자유로운 존재라 하더라도

사람이 모인 세상은 그렇지 못한 듯하다.

소수의 사람이 사사로운 의도로 만든 권력과 담론이 제멋대로 횡행해

세상은 하루도 편안한 날이 없어 보인다.

세상은 자유로운 존재인 사람이 그것을 억압하는 사태와 직면한 선택의 장이다.

이러한 선택의 장에서 사람은 자기 존재에 책임을 져야 한다.

자유는 사랑을 불러온다. 서로 사랑하면 서로 편안하다.

더불어 사랑하고 편안해야 할 사람이 외부에서 가해지는 부당한 강제나 압력에

저항하지 못하고 맥없이 굴종해 버린다면 그는 올곧은 사람이 아니다.

자기라는 아름답고 소중한 존재의 자유가 한정되는 삶을 산다면

그는 사람답게 사는 사람이 아니다.

자유로운 삶을 성취하기 위해서는 스스로 사물과 사태를

있는 그대로 볼 수 있는 힘을 길러야 한다.

사물과 사태를 있는 그대로 볼 수 있다면

사물과 사태의 본질을 꿰뚫어 이해할 수 있다.

자유로운 삶은 사물과 사태의 본질에 대한 이해와 판단을 바탕으로 매사를

스스로 결정하고 이 결정에 따라 과감하게 행동할 수 있는 사람에게만 주어진다.

우리는 이렇게 살아가는 사람을 올곧은 사람이라 할 수 있고

사람답게 사는 사람이라 말할 수 있다.

우리는 이렇게 살아가는 사람이야말로 성숙한 사람이라 말할 수 있다.

1.

고종 30년, 계사년, 1893년,

사람들이 자연과 자신을 나누어 자연을 사람이 지배하는 대상으로 전락시킨 때를 우리는 신석기 시대라 부른다. 신석기 시대 이후 사람들은 자연을 자신의 생존에 맞도록 변모시키며 이용했다.

용도에 맞추어 적당하게 골라 쓰던 돌을 부수고 갈고 날을 세워 사냥과 일상의 쓰임에 효율을 높이면 그것을 사람이 자연을 정복해 나가는 문명의 위대한 여정이라 여겼다.

강가에서 농경을 시작하면서 생겨난 부나 지위에 잇따른 권력이라는 위계로 사람 사는 세상이 분화되는 것을 대다수 역사는 오랜 기간 하늘이 사람에게 부여한 자연스러운 질서처럼 기록했다.

먹물이란 향기로운 듯 위험한 것이다.

무자비한 폭력으로 사람들을 계단 삼아 위로 올라간 자들이 백성들에 대한 그들의 착취를 정당한 것으로 포장하는 방법은 고대나 중세에서는 구렁이 담 넘어가는 그럴듯한 신화로도 충분한 듯했다.

세월이 흘러 점차 백성들의 지혜가 밝아지면서, 백성들은 신화 속에 숨어 있던 사물과 사태에 대한 깊은 의미는 겸손하게 받았으나 흰죽에 고춧가루 뿌린 듯 꿈틀거리는 이기적이고 허황한 거짓말은 까부수기 시작했다.

이런 작업은 효과가 있었다.

얼마 지나지 않아 백성들은 점차 부당한 위계에 대해 어섯눈을 뜨기 시작했다.

그러나 오랜 세월 동안 늪 속처럼 깊었던 몽매한 잠에서 금방 깨어나 본 정신을 차리지 못하고 어사무사하고 있는 사이, 백성을 졸로 아는 권력자들은 그들의 기득권을 유지하기 위한 다른 담론을 만들기 위해 좌로 뛰고 우로 뛰었다.

조선은 이전 고려 왕조 때 귀족과 승려가 독차지했던 토지를 국가가 나서서 거두어 백성에게 골고루 나누어 주겠다는 약속을 내세우며 일어났다.

역모에 성공한 이성계가 우왕과 창왕을 죽이고 임신년 칠월에 자기가 세운 공양왕으로부터 왕위를 물려받아 고려의 마지막 왕으로 화려하게 등극했다.

왕이 된 이성계는 왕조의 간판을 바꾸겠다고 조선과 화령 두 가지 이름을 지어 명나라에 보내 주원장에게 국호를 정해주기를 요청했다. 화령은 이성계가 태어난 고장 이름이었다.

다음 해 계유년 이월에 주원장이 인심 쓰듯 국호를 조선으로 정해주자 비로소 조선이 정식으로 개국하게 되었다.

제 나라 이름도 스스로 짓지 못하는 약하고 어설픈 왕조였다.

그러나 주원장의 영악한 인심 덕분에 어쨌든 이성계는 제집 안에서 대장 노릇을 하게 되었다.

집권 초기부터 몇 명 되지도 않는 왕족들이 권력을 두고 저희끼리 문어 제 다리 뜯어먹듯 으르렁거렸다.

가시아비 돈 떼어먹은 놈처럼 패를 지어 싸우다 보니, 돈이 생긴다면 제 새끼 고추라도 잘라 올 듯이 깜냥 없이 나부대는 소위 공신이라는 정상배만 짧은 세월에 무더기로 배출했다.

그놈의 공신들을 나 몰라라 한 왕은 없었다.

이들에게 공신전이라는 명목으로 명산대천에 기름진 땅을 뭉텅뭉텅 떼어 하사하다 보니 애당초 백성에게 나누어 주겠다던 토지가 애먼 소인배들에게 몽땅 돌아가고 말았다.

간판만 바뀌었을 뿐 이전과 변한 것은 아무것도 없었다.

이것은 조선 왕조가 백성에게 친 사기였다.

조선의 왕들은 이 마디에 공이 닿지 않는 사기를 무마하려 이리 뛰고 저리 뛰었다.

먼저 철 지난 옛 수법인 신화를 가져와 자신들을 치장했다.

별 볼 일 없던 몇 대 조상까지 똥 누고 개 불러대듯 들먹였다. 사오 대 위 조상들이 오래전부터 커다란 경륜과 포부를 가지고 백성에게 덕을 베풀다 보니 결국 하늘의 도움을 받아 왕조를 이루는 바탕이 되어 주었다고 물 위에 손도장을 찍었다.

하긴 대단한 조상이 없지는 않았다.

저승에서 데려온 조상 중에는 친구가 소유한 미모의 여종에 정분을 품었다가 친구에게 질책을 받자 정욕에 미쳐 친구를 죽이고 여종을 납치한 후 야반도주해 강원도를 거쳐 함경도 수자리까지 도망쳐 목구멍 때도 못

벗기며 숨을 죽이고 살던 후안무치한 자도 있었다.

그것으로는 조금 모자랐는지 중국에서도 이미 한물간 성리학이란 유학의 탁류를 빌려와 백성을 길들이려 했다.

유일한 신분 상승 기회인 과거의 시험 과목을 유학 경전으로 삼아 주자의 해석대로 답을 적어내야 합격시켰다.

온 나라 안에 상투밑에 먹물 든 자들은 후추를 통째로 삼킨 놈처럼 똥이 마려워도 참으며 주자를 형님으로 모셨다. 주자의 말이라면 흉년에 장기 배우듯 한마디도 빼놓지 않고 통째로 파먹었다.

그것이 다가 아니었다.

주자 형님을 두고 조금이라도 어긋나게 뼈물거나 비아냥거리면 사문난적으로 몰아 사람 구실을 못 하게 만들거나 아예 죽여 버렸다.

성리학을 완성했다는 주자의 학은 당시 송나라 중소 지주들이 자신의 이득을 보장하려는 의도에서 만들었던 매우 이기적인 학이었다.

이러한 탁한 학이 조선 초기 왕들의 마음에는 마른 땅에 물이 잦아들 듯 고마웠던 모양이다.

마음잡아 개장사 한다더니 자칭 하늘의 명을 받아 권좌에 앉은 조선의 왕들은 자신을 권좌에 앉힌 하늘이 보아도 얼굴이 뜨거워질 짓을 대놓고 했다.

저보다 힘센 되놈 앞에서는 바짝 엎드려 숨도 크게 못 쉬면서 제 백성은 무조건 자빠뜨린 후 올라타고 목부터 잡아 비틀어 기름을 짜냈다.

자기가 무슨 방앗간 주인인 줄 알았던 모양이다.

뱀이 사람을 물어 해치지 않았으면 사람도 뱀을 쫓아 죽이려 하지 않았을 것이다.

백성들은 참다 참다 못해 이판사판 합이 여섯 판이라 죽음을 각오하고 착취에 저항했다. 머리를 하늘로 향하고 발로 땅을 딛고 살아가는 사람이라면 너무도 당연한 반응이었다.

봉기는 조선 초기부터 산발적으로 계속 일어났다.

그러나 안타깝게도 조선이 만들어 놓은 허울만 좋은 틀의 부당함을 지적하며 일어난 경우는 거의 없었다. 대부분 황해도 처녀처럼 밤낮을 모르고 일해도 죽지 못해 살아가게 하는 지긋지긋한 지방관의 탐학을 저주해 일어난 한풀이 수준이었다.

이들은 기존의 사회 구조의 대안이 되는 새 삶의 방식에 대한 일정한 방향조차 갖추지 못한 채 분풀이를 하다가 관이나 조정의 역공을 받아 비극적인 피살로 봉기를 마치는 경우가 대부분이었다.

홍경래를 제외한다면 초기부터 곳곳에서 일어났던 봉기도 그러했고 임술년에 전국에 걸쳐 일어났던 저항도 그랬다.

그러나 계사년 겨울, 전라도 지방에서 일기 시작한 저항은 무언가 이전과는 분위기가 사뭇 달랐다.

수운과 시형이 목숨을 걸고 온 나라 백성의 가슴에 심었던 씨앗에서 싹이 나오기 시작했다.

2.

고종 30년, 계사년, 1893년,

동짓달.

전라도 고부와 전주·익산에서 수령의 수탈에 견디지 못한 백성들이 홍두깨를 양손에 들고 맨발로 일어났다.

고을 수령이 백성을 수탈하는 방법은 다양했다.

가결전·가호전·무명잡세에 백지징세, 유망·진결·은결·허복에다가 나아가 불효·불목·불경·독신·상피 같은 죄목으로 옭아매 백성을 들들 볶을 수 있었다. 메뚜기 간 데는 가을도 봄이라더니 백성의 생활은 파탄이 났다.

그러면 수령들은 무슨 배짱으로 그 짓을 했단 말인가?

병폐가 생기는 근원은 관직을 돈으로 사고팔았던 데 있었다.

백비탕 수본이라 전시나 복시도 아닌 지방 초시 합격도 돈으로 결정되었다. 처음에는 이백 냥에서 삼백 냥 사이에서 액수가 망상거렸는데, 어떤 벼슬에 눈이 먼 놈이 저를 합격시키면 오백 냥을 주겠다고 거래를 채근했다. 돈을 받던 관리도 손이 민망해 혀를 찼다.

그래도 이때는 혀를 차는 낭만이라고 있었지만, 계사년에 들어오면 담당 관리가 초시에 합격시키는 조건으로 천여 냥을 요구해도 아무도 놀라지 않았다.

조정에서 근무하는 관리는 비록 판서나 독판이라 하더라도 국고가 항상 밑 빠진 독처럼 비어 있는지라 녹봉도 제때 받지 못하는 경우가 허다했다. 벼슬아치는 미친개 친 몽둥이로도 삼 년이나 우려먹고 산다지만 돈이 안 되는 이런 관직은 팔려고 내놓아도 사려는 사람이 적었다.

　그러나 지방관 자리 매매는 언제나 문시방에 불이 나도록 호경기였다. 양반 집에서 아들을 낳으면 아비는 사랑방 문지방을 나서며 내 아들이 호남 땅 어디 조그만 고을 수령 자리라도 얻어 나가면 소원이 없겠다고 주절거렸다.

　임기 삼 년짜리 지방관이면 삼대가 맨드리를 가꾸며 종신토록 앉아 놀고먹기에 넉넉한 수입이 들어왔다. 세도가는 딸의 집에서 가져온 고추장처럼 챙겨 놓은 관직을 곶감 빼먹듯 상둣술에 낯내기로 팔아먹었다.

　평안감사 팔십만 냥, 경상감사 칠십만 냥, 함경감사 삼십이만 냥, 충청감사 삼십만 냥, 경기감사·강원감사·황해감사·전라감사는 각각 십오만 냥이면 인부를 손에 쥐었다.

　그 아래 유수는 팔에서 십만 냥, 병사는 십에서 이십만 냥, 목사·부사는 십오에서 십칠만 냥으로 낙찰 가격이 정해져 있었다.

　지방관은 자신이 다스리는 지역의 행정·사법·세무·군사에 대한 전권을 가지고 있었다. 그러므로 녹은 뒷전에 놓더라도 상추쌈에 고추장이 빠질까? 마음만 먹으면 이것저것 뜯어 먹을 것이 아주 많았다.

　정해진 액수가 부족해도 벼슬을 살 방법이 없지는 않았다. 문둥이나 문둥이 어미나 한 값이라, 신용만 좋으면 관직을 사려는 사람에게 부족한 돈을 빌려주는 대금업자가 있었다.

그들은 대부분 세도가의 차인이기 일쑤였으니 세도가가 차인을 앞세워 버젓이 고리대금을 한 것이다.

외상으로 벼슬을 산 자는 세도가가 딸려 보내는 차인을 옆구리에 달고 내려와 지방관청의 회계를 맡겼다. 무식한 도깨비가 부적을 알겠나, 차인은 세금이 들어오는 대로 외상값을 먼저 챙겼다.

지방 이권을 다투는 뇌물이 들어오면 밤이슬 맞은 놈처럼 버젓이 지방관과 나누어 먹었다.

지방관은 똥구멍 찔린 소처럼 차인 앞에서 설설 기었다.

예나 지금이나 외상이란 무서운 것이다. 차인에게 밉보이면 그가 흘겨 쓰는 편지 한 통에 어김없이 짐 보따리를 싸고 고향으로 내려가는 신세가 되었다.

수령 임기는 기본 삼 년이지만 일 년을 못 채우고 바뀌는 경우가 허다했다. 문돌쩌귀에 불이라도 내듯 일 년에 서너 번씩 바뀌기도 했다. 수령 교체는 세도가가 관운장 청룡도 쓰듯, 엿장수 엿가락 자르듯 맘 내키는 대로 행사했다.

벼슬을 산 자가 기한을 못 채우고 떨려나면서 억울하다고 가댁질이라도 하면 다시는 벼슬 살 생각을 말아야 했다.

그래서 부임한 지방관이 가장 먼저 챙겨 보는 업무는 백성의 살림살이가 아니고 투자한 본전과 고향으로 돌아갈 여비였다.

다음은 자리보전을 위해 상납할 뇌물이고 그다음은 더 물 좋은 자리로 옮길 목돈이었다.

언제까지나 대금업자의 도움을 받을 수는 없는 노릇이다. 제 돈으로 관직을 사면 이득이 배로 늘어났다.

대개 관변이 돌아가는 사정이 이러했다.

어떤 지방관이 처음 부임한 동헌에 서서 고을 백성의 살림을 돌보겠다고 마음에도 없는 빈소리라도 뱉으면 문서 없는 상전 노릇을 하던 아전들이 그를 미친놈으로 취급했다.

'사모 쓴 도둑놈이 입만 번드르르해서….

그래, 네놈 본색이 언제 나오나 어디 한번 보자.'

구실아치 역시 입장은 마찬가지였다.

그들에게는 정해진 봉급이 없었다. 세미를 거둘 때 맨망스럽게 몇 말씩 얹어서 받았는데 이것이 삭료였다.

세상에 어느 아전이 삭료에 만족하겠는가? 갖은 농간을 다 부려 세미를 더 긁어모으는 것이 그들의 주된 업무였다.

상팔십이 제 팔자겠는가? 이들 역시 상당한 뒷돈을 수령에게 주고 팔자에 없던 쪼가리 자리를 산 자들이었다.

먹이 사슬이 위에서부터 아래까지 긴밀하게 엮여 그 말단에 있는 아전이라면 더럽고 악랄한 농간을 야차같이 부려 상판대기가 꽹과리가 되어야 수령에게 유능하고 선량한 향리로 인정받았다.

군현 관아에는 육방이 있다.

이방이 우두머리로 관아의 수입과 지출을 관리했다. 그 밑에 호방과 병방이 있는데 이 세 사람을 대개 삼공형이라 불렀다. 사실상 지방의 실권은 메지메지 삼공형의 손에서 놀아났다.

그들이 부리는 먼장질은 능수능란했다.

삼공형 손에서 좌지우지 농락되는 놀이가 군정·환정·전정, 곧 삼정이었다.

전정은 토지의 결수에 따라 받아들이는 세금이다.

전세·대동미·삼수*·결작과 각종 부과세의 수납 업무가 전정이다.

세미를 공정하게 부과하려면 먼저 행심**이 바르게 되어야 한다. 그러나 행심은 새 까먹은 소리에 불과했다. 아전들이 먹미레를 부려 행심은 애당초 사족 성한 병신이었다.

구실아치는 모두 묻지 말라 갑자생이었다. 행심을 늘리고 줄이는 술법을 제멋대로 부렸다.

결국 이로 인해 국고 수입은 점점 줄어들고 농민이 수탈당하는 양은 점점 늘어났다. 이것은 조선이 생기고 나서 계속된 폐정이었다.

조선 땅, 함경도 두만강 수자리에서 제주도 남쪽 먼바다 꼬투리 섬까지 이러한 실태는 한결같았다.

그 폐단이 누적되어 계사년에 이르자 나라 재정은 이미 파탄 지경이 되고 백성들의 삶은 삶대로 철저하게 문드러졌다.

총체적인 난국이 이미 곪을 대로 곪아 어디서부터 어떻게 손을 써야 할지 아무도 알 수 없는 암담한 시절이었다.

---

* 전세-땅에 부과하는 세. 대동미-현물 대신 공물을 쌀로 환산해 바치는 세. 삼수미-훈련도감에 소속된 사수 실수 포수를 양성하기 위해 거두는 세미.
** 수재 · 한재 · 병충해 등을 참작해 소출량을 심판하는 것

조정은 그들부터 매관매직에 여념이 없으면서 탐관오리를 척결하겠다고 매양 때 묻은 왕사발 부시듯 떠들기는 천안 삼거리처럼 시끄러웠으나 어디 제 이불 뜯어 먹는 개가 있던가? 새 며느리 친정 나들이처럼 입으로만 개신대면서 세월만 허무하게 지나가기 일쑤였다.

어찌 전정뿐이었겠는가? 군정과 환정의 부패는 전정이 형님이라 부를 정도로 더 극심했다.

당시 벼슬아치들의 부패는 팔도 어디를 가나 새끼에 맨 돌처럼 마찬가지였다지만 그중 고부군수 조병갑은 탐관 중에서도 으뜸이었다.

작년인 임신년 동짓달 그믐.

조병갑은 익산 군수로 전임 발령받았다.

땅 넓은 줄은 모르고 하늘 높은 줄만 안다더니 그는 물거미 뒷다리같이 키만 홀쭉하게 크고 몸은 갈대처럼 말라 똥개가 방귀만 뀌어도 두승산 등성이까지 날려갈 듯 메마른 자였다.

삼각진 얼굴에 가늘고 길게 찢어진 눈은 살모사를 닮아 마주보기도 흉측했다. 평소에는 잘 뜨지도 않던 눈이 돈만 생긴다면 떡국점이 되어 희번덕거렸다.

고부군수에는 평안도 안주 목사를 지내던 이은용이 임명되었다. 조병갑은 산 좋고 물 좋은 고부군수로 눌러 있기 위해 새 바지에 싼 똥까지 모아 전라 감사 김문현에게 뇌물을 썼다.

김문현은 조병갑이 보낸 비단 보자기를 황새 올미 주워 먹듯 씹지도 않고 꿀꺽 삼켰다.

화적 봇짐을 헛바닥으로 털어먹자 김문현은 즉각 허파 줄이 끊어졌다. 김문현은 그달 군수로 임용된 이은용·신좌묵·이규백·하긍일·박희성·강인철에게 사임원을 내게 하고 한 사람도 임지로 보내지 않았다.

이렇게 모야무야 일을 꾸민 후에 입 싹 닦고 조정에 보고했다.

'고부는 미납 세미가 꽤 많아 군수 조병갑이 이를 거두느라 지금껏 부지런히 서두르고 있었습니다.

나머지 일을 다 마치지 못한 채 임지를 다른 고을로 옮기면 새로 오는 수령이 다시 처음부터 손을 써야 하므로 자칫 세수가 늦어질까 염려됩니다.

그러므로 조병갑을 계속 고부군수로 임명해 주실 것을 상주합니다.'

무릇 몸에 구멍이 아홉 개인 동물은 수행을 쌓으면 선하게 될 수도 있다고 했으나 조선 조정에 웅크리고 있던 인간들은 여기에서 별개였다.

조정은 떡시루 앞에서 밥주걱을 들고 엉덩이를 흔들었다. 갈치가 갈치 꼬리 무는 법은 없다.

고부는 동진강 하류 서남 유역에 자리 잡아 산중 놈 풋농사라도 허리끈만 조르면 밥은 굶지 않고 살 수 있는 곳이었다. 그러나 조병갑이 군수로 오고 나서부터는 들판에 해마다 풍년이 들어도 부엌 아궁이는 해마다 사명당이 월참하도록 싸늘했다.

조병갑의 수탈은 기름 바른 구렁이처럼 능수능란했다.

몇 해 동안 내버려 두었던 진황지를 개간하면 삼 년에서 오 년간 세금을 받지 않겠다며 개간을 장려한 후, 수확이 있으면 어김없이 세금을 강제로 징수했다.

부자들에게는 불효한 죄, 화목하지 않은 죄, 음행한 죄, 노름한 죄를 뒤집어씌워 재물을 갈취했다.

대동미를 징수할 때 한 결당 일 년에 정백미로 십육 두씩 거두고 이를 상납할 때는 쓸지 않은 거친 쌀로 바꿔치기해 남는 이문을 먹었다.

태인 군수였던 제 아비 공적비 비각을 짓는다는 구실로 돈을 거두었다.

동진강 상류, 정읍천 지류 아래에 필요하지도 않은 보를 새로 쌓고 상답 한 마지기에 두 말, 하답 한 마지기에 한 말씩 물세를 받았다.

보를 쌓을 때 들어간 목재는 남의 산판에서 수백 년 자란 나무를 허락도 없이 찍어다 쓰고 여기에 동원된 백성들에게는 삯도 한 푼 주지 않았다.

세미를 운반할 때 손실되었다는 명목으로 부족분을 다시 거두어 착복했다.

견디다 못한 농민이 가족을 데리고 야반도주하면 결손된 세액을 마을에 남은 백성들에게 나누어 징수해 착복했다.

허기진 강아지 물찌똥에 덤비듯 야멸차게 백성에게 모두발질 하면서도 항상 허리에 전대 차고, 학의 날개 타고 양주로 갈 꿈만 꾸었다.

대단히 장래가 촉망되던 지방관이었다.

남도 백성은 물엿이 아니었다.

고부 지역 도인들이 조병갑을 쫓아내려 먼저 팔을 걷고 나섰다. 한 홰 닭이 한꺼번에 울기 시작했다.

고부 삼 장두라 일컬어지는 전봉준, 정익서, 김도삼이 앞장섰다.

봉준은 향반 신분이었으나 가진 것이라곤 논 세 마지기에 불과한 가난한 선비였다.

아버지 전창혁을 이어 마을 서당에서 훈장을 해 생계를 이었다. 학동들에게는 『동몽선습』이나 『천자문』을 가르쳤다.

가계는 고달프기 짝이 없어 아침에는 밥을 먹고 저녁에는 죽을 먹었다. 목구멍이 포도청이라 때로는 의원 노릇도 했고 풍수나 점복에도 관심을 가졌다.

봉준은 이남 이녀를 두었다.

큰아들은 용규, 작은 아들은 용현이라 했다. 큰딸은 옥례, 작은딸은 성녀라 했다.

가난한 살림에 쪼들리던 아내는 오랜 병을 앓다가 일찍 세상을 떴다. 당시 봉준은 아내를 저세상으로 보내고 얼마 되지 않은 때였다.

김도삼은 정읍 이평면 삼매리 출신으로 정익서와 고추 친구였다. 두 사람은 문채가 좋은 차복성이라 고부 아낙들이 너나없이 사모해 가슴을 조이는 호남자였다.

김도삼은 권법의 대가였고 정익서는 검술에 능통했다.

두 사람은 가슴 깊이 봉준을 흠모해 무슨 일이든 따르며 보좌했다.

봉준은 일단 명문뼈를 맞은 농민들의 사정을 호소하는 글을 지어 명토를 박기로 했다.

계사년 동짓달.

봉준은 다부진 장정 사십여 명을 대동하고 고부 관아에 가 이방에게 호소문을 제출했다. 조병갑은 무슨 새우 벼락 맞던 이야기냐고 모르쇠로 일관하더니 관장을 능멸한다는 구실로 몽니를 부려 관아에 들어온 장정을 모두 옥에 가두었다.

한 자 땅 밑이 저승이었다. 갇힌 백성들은 어스름 저녁에 지나가는 소슬바람으로 배를 채웠다.

조병갑은 봉준을 장두로 지목해 섣달그믐에 떡메로 흰 떡 치듯 며칠간 모질게 다루었다.

봉준은 섭산적이 되도록 두들겨 맞고 해질녘에 비틀거리며 관아를 나왔다.

그러나 조병갑은 생나무를 잘못 휘어잡고 말았다.

며칠이 지난 섣달 초.

한 번 가도 화냥년 두 번 가도 화냥년이다.

봉준은 백성 육십여 명을 이끌고 재차 조병갑에게 진정서를 제출했다. 조병갑은 이번에는 전처럼 백성들을 옥에 잡아넣지는 않았으나 머리악을 쓰고 몽둥이를 휘둘러 두들겨 패 쫓아냈다.

고부 삼 장두는 백성들을 데리고 하염없이 쫓겨나왔다.

떡고물을 하도 주워 먹어 배가 풍년 두부처럼 불거진 이방이 틀개를 놓았다.

"저처럼 모질게 몰아내면 감사에게 말이 들어가지 않겠습니까?"

조병갑이 이방을 실눈으로 흘기며 차갑게 말했다.

"한강에 배 지나간 자리 남는 걸 보았나? 무슨 짓을 한들, 내가 모른다고 하면 그만이다. 내가 기억이 안 난다면 모든 게 없던 일이 된다.

내 뒤에는 좌의정 조병세 영감과 전라감찰사 조병호, 강원·경기·황해·충청 감사를 역임한 조병식이 있다.

자네는 명색이 이방이란 자가 아직 내 뒷배도 살펴보지 않았단 말인가?"

이방이 절절매며 허리를 연신 숙였다. 그러나 겉모양과는 달리 속으로는 그를 갈기갈기 찢어 젓갈을 만들고 있었다.

'이 자식아, 내가 그런 것도 모르고 이방질을 하겠나? 너는 조대비 사촌의 소실인 기생 몸에서 태어난 서자가 아니던가?

따지고 보면 출신은 나보다도 형편없는 놈이 돈 몇 푼 더 주고 벼슬을 샀다고 나에게 쥐 잡듯 윽박지른단 말이지? 샘을 보고 나서야 하늘을 본다더니 너는 이제 하지 지난 뜸부기 신세다 이놈아.'

조병갑이 석새베에 씨도 안 들 소리를 했다.

"내가 장담하지. 두고 보아라. 저놈들은 생쥐 소금 먹듯 뭉개다 제풀에 그만두고 말게야."

이방은 연실 파장에 수수 엿장수처럼 굽신거리며 속으로 구시렁거렸다.

'에라 이 오라질 놈아, 서리 맞은 구렁이도 너보다는 낫겠다.'

배경이 주는 자신감과 출신이 주는 열등감이 조병갑을 돈에 미친 자로 만들고 만 것일까?

어쨌든 그동안 잘나가던 그도 이제 내리막길에 접어들고 말았다.

3.

고종 31년, 갑오년, 1894년, 정월 초.

갑오년 정월 초아흐레.

소병갑은 고부군수로 유임되었다.

두 차례 등소에 실패한 고부 백성은 익산으로 간다던 조병갑이 유임되었다는 소문에 아연실색했다. 사내들은 생초목에 불이 붙어 두 주먹을 도스르고 육모얼레에 연줄 감듯 소매를 걷어 올렸다.

식솔들과 같이 굶어 죽는 일만 남은 막다른 벽에 부닥친 가장이 무슨 짓인들 못 할 것인가?

그들은 된바람 먹고 구름 똥만 싸는 신선이 아니었다. 모진 세월을 어떻게든 살아내야 할 애비고 남편이고 자식이었다. 이미 당겨 놓은 화살을 쏘지 않고 내려놓을 사람은 아무도 없었다.

폭풍 전야의 날카로운 긴장이 고부 지역을 감돌았다.

고부는 두승산을 중심으로 삼면이 산으로 둘러싸인 조용한 고을이다.

마을 주변에는 높고 낮은 언덕이 부드러운 곡선을 이루며 펼쳐져 있다. 곳곳에 있는 대밭에 한기 품은 바람이 지나가면 잎새들도 숨을 죽이고 밑두리콧두리로 사그락거렸다.

동구 앞 운문 고개는 신관 군수가 부임할 때 영접하는 곳이면서 몽을 부려 몰풍스런 똥 친 막대기가 되어 버린 수령을 지경 밖으로 추방하려 사람들이 모이던 장소이기도 했다.

잎이 져 검은 가지가 앙상하게 드러난 고목들이 비탈에 서서 이를 악물고 봄을 기다리고 있었다.

초아흐레 저녁.

차가운 북풍이 고개 등성이를 할퀴며 지나갔다.

한겨울이라 지나다니는 사람이 뜸하던 고개로 어기찬 백성들이 하나둘 모이기 시작했다. 누가 나서서 부르지도 않았다. 저절로 달밤에 물 차듯 모여들었다.

"고부 백성의 가죽을 벗기는 탐관 조병갑이를 몰아내고 아무짝에도 쓸모없는 관아를 불태워 버립시다."

"미친개는 몽둥이가 약이오. 나는 하도 이를 갈다 보니 송곳니가 방석니가 되고 말았소.

비루한 관리를 지경 밖으로 몰아내는 일은 나라에서도 인정하는 관례요. 조병갑이는 해도 너무했소. 지금 우리가 쫓아낸들 그놈은 입이 열 개라도 할 말이 없을 것이오."

"누가 세 살 적부터 무당을 해도 목두기 귀신은 못 보았다더니 우리는 어쩌다 저런 흉악한 놈을 만나 이 고생을 해야 한단 말이오?"

여러 백성이 한마디씩 불만을 뱉어냈다. 이윽고 기걸 찬 장정 한 사람이 백성들 앞에 나서서 물었다.

"조병갑이를 우리 고을에서 몰아내자는 의견은 우리가 모두 원하는 바요. 그렇다면 누가 우리를 이끌어 이 거사를 말끔하게 마무리할 수 있겠소?"

모인 사람들이 한꺼번에 말했다.

"고부에는 삼 장두가 있소. 그들에게 우리의 지휘를 맡깁시다."

"옳소!"

사람들은 고함을 질렀다.

백성 사이에 섞여 있던 봉준이 떼밀려 금사망을 썼다.

봉준은 천천히 앞으로 나가 조그만 바위 위에 올라섰다. 그리고 겸손한 어조로 말했다.

"여러분, 나는 여러분이 기대하는 만큼 능력 있는 사람이 아니오. 그러나 마냥모 판에는 뒷방 처녀도 나선답디다.

일이 여기까지 왔고 여러분이 나를 믿고 밀어주니 이번 일은 내가 장두를 맡아 보겠습니다.

이 자리에 같이 온 정익서와 김도삼 그리고 최경선을 참모로 쓰겠습니다. 이들과 함께 논의해 거사를 준비하겠습니다. 그래도 되겠습니까?"

사람들은 박수로 봉준을 승인했다.

"모든 준비를 마치고 거사 날짜를 통지하면 여러분은 다시 운문 고개 아래 말목장터로 모여 주십시오."

사람들은 가슴이 후련해서 흩어졌다.

최경선은 당시 태인 주산 접주였다. 봉준과는 원평 김덕명 대접주 연원이었기에 이번 거사에 동참했다. 본명은 영창, 자가 경선이다. 태인현 서

촌년 원총리 출신이라 봉준과 김개남과는 동향이었다.

고부 삼 장두와 최경선은 모두 동학도인이었다. 고부 거사는 처음부터 동학도인이 주도하는 모양새가 되었다.

대접주 김덕명은 전북 금구군 수류면 삼봉리 출신이다. 신묘년에 시형을 만나 가르침을 들었다.

그는 지난 삼례 집회에 지역 도인을 이끌고 참여했고 계사년 보은 장내리 취회에도 참가해 시형이 금구포라는 포명을 지어주고 금구 대접주로 임명했다.

거사 논의는 마루 넘은 수레가 비탈 내려가듯 일사천리로 진행되었다.

정익서·김도삼·최경선이 궂은일을 맡아 헌신적으로 봉준을 보좌했다.

거사 날짜를 길게 미룰 이유는 없었다. 정월 열이틀로 날을 잡았다.

거사 전날인 열하루 저녁에 이평면 예동에서 참가 인원을 점고하기로 했다.

봉준이 정익서를 불러 지시했다.

"자네는 날랜 장정 몇 사람을 데리고 미리 성안에 들어가 잠복하고 있게. 열이틀 새벽에 우리가 북성문 밖에 도착하면 기회를 보아 문을 열어주게."

"예, 알겠습니다."

정익서는 수하들과 장꾼으로 변장하고 성안으로 들어갔다.

무기를 맡은 최경선이 민가에서 총포를 거두어들였고 오래된 대밭을 골라 대를 잘라 낫으로 끝을 날카롭게 다듬었다. 만든 죽창은 예동 마을 골짜기에 감추어 두었다.

거사에 쓸 깃발은 김도삼이 준비했다. 자진해서 몰려온 아낙들이 김도삼의 수려한 얼굴을 쳐다보고 한숨짓다 자주 손가락 끝이 바늘에 찔렸다.

정월 초열흘.
이날은 말목 장날이었다.
봉준은 배들평 일대 농민들과 고부 도인들에게 통문을 띄웠다.

'정월 열이틀에 여러분과 함께 고부 관아를 치고 악덕 군수 조병갑의 목을 칩시다.
조병갑에게 아부해 백성을 침탈한 구실아치도 엄하게 징벌해 우리 고을을 정화해 다시 백성이 살기 좋은 곳으로 만듭시다.
뜻을 같이하는 사람들은 정월 열하루 유시까지 말목장터로 모여 주시오.'

열하루 저녁.
한겨울 추위가 절정을 이루는 말목장터에 열에 찬 백성들이 모이기 시작했다. 공궐 지키는 내관 상을 한 백성 수천 명이 두 눈을 부릅뜨고 이를 악문 채 뚜벅뚜벅 모여들었다.
부녀자와 노인도 눈에 띄었다. 손에 징과 나팔을 든 사내도 있었다.
이 자리에서 봉준은 다시 정식으로 장두에 임명되었다.
걸군패가 농악 가락을 불렀다. 가락은 얼어붙은 동진강을 녹이고 백성들의 긴장한 가슴을 녹여주었다.

어여로 상사뒤요
천리곤건 태평시에
도덕노픈 우리성군
강구연월 동요듯던
요임금 성덕이라
어여로 상사뒤요

요임금 놉푼 성덕으로
내신 성기
여산의 밧을갈고
어여로 상사뒤요
신농씨 내신따부
천년만대 유전하니
어이안이 놉푸던가
어여로 상사뒤요

하우시 어진임군
구년홍수 다사리고
어여로 상사뒤요
…….

가락이 진양조에서 휘몰이로 바쁘게 돌아가면서 백성들의 의기도 높아졌다.

분위기가 무르익자 봉준은 단상에 올라갔다.

"조병갑이 무두무미 탐학 불법해 고을 백싱의 재산을 약탈하니 우리가 이를 문죄하려 합니다.

우리는 집에서 늙으신 부모를 봉양하고 소중한 처자식을 부양하며 일 년 삼백육십오 일을 하루도 편히 쉬지 못하고 소처럼 일해 온 죄밖에 없는 순박한 백성들이오.

가족이 배곯지 않고 엄동에 얼어 죽지 않고 눈먼 병에 고통 받지 않으면 극락이라 여기며 사는 어리석은 백성들이오.

이런 우리의 소박한 꿈까지 빼앗아 가는 조병갑이는 나라에서 보낸 관리가 아니라 지옥에서 올라온 악귀가 분명하오.

우리는 악귀 조병갑이를 우리 손으로 직접 징치해 지경 밖으로 쫓아버려야 합니다. 그렇게 함으로써 망가진 고부 백성들의 삶을 제대로 바로 잡읍시다.

같이 관아로 쳐들어가 폐정을 바로잡고 조병갑이를 징치합시다."

백성들은 피가 끓고 의분이 동해 우레와 같이 고함을 지르며 손뼉을 쳤다.

징과 나팔 소리가 허공을 타고 날았다.

백성들은 달빛 아래 소를 잡아 저녁을 먹고 다시 걸군패와 어울렸다.

을축 사월 갑자일에

경복궁을 이룩했네

에 에헤야 어해야 얼널럴거리고 방해 홍래로다 에

을출 사월 초삼일에

헛방아 찧는 소리로다.

에 에헤야 어해야 얼널럴거리고 방해 홍래로다 에

조선 어딟도 좋다는 나무는

경복궁 짓느라고 다 들어간다.

에 에헤야 어해야 얼널럴거리고 방해 홍래로다 에

석수장이 거동보소

방망치를 갈라잡고

눈만 꿈벅거린다

에 에헤야 어해야 얼널럴거리고 방해 홍래로다 에

도편수란 놈의 거동보소

먹통을 들고 갈팡질팡한다

에 에헤야 어해야 얼널럴거리고 방해 홍래로다 에

남문밖에 떡장사들아

한 개를 베어도

큼직큼직히 베어라

에 에헤야 어해야 얼널럴거리고 방해 홍래로다 에

걸군패가 구성지게 가락을 부르자 백성들은 그늘 수위를 놀며 후렴을 부르고 춤을 추었다.

열하루 밤이 깊어 갔다.

어느덧 삼경이 지나고 새날이 열렸다. 드디어 거사 날이 왔다.

정월 열이틀.

축시에 봉준은 동진강 머리에서 다시 한 번 군세를 정돈했다. 부녀자와 노약자는 일단 뒤로 물렸다. 사내 중에서 건밭에 부룻동처럼 몸이 건장한 장정 오백여 명을 뽑았다.

이들에게 흰 무명으로 만든 띠를 나누어 주어 머리에 매도록 했다.

최경선은 일부 도인에게 화승총과 깃발을 나누어 주었다. 농민들은 예동 마을에 준비해 두었던 길이가 다섯 척이 되는 푸른 죽창으로 무장했다. 준비한 죽창이 부족해 무장하지 못한 사람은 주먹을 불끈 쥐었다.

축시 중.

멀리서 닭 우는 소리가 들렸다. 아낙들의 손끝에서 만들어진 깃발이 차가운 밤바람에 용의 허리처럼 굽이쳤다.

동진강 어귀에서 고부 관아로 가는 길은 좁았다. 소로로 많은 장정이 통과하려면 시간이 지체된다. 봉준은 장정을 두 패로 나누었다.

한패는 김도삼이 지휘해 예동에서 천치로 넘어갔다. 한패는 봉준이 이끌고 영원면 운학동 뒤 낮은 재로 넘어갔다. 두 길은 객줏집 칼도마처럼 움푹 들어간 고부 관아 북성문 밖에서 다시 합칠 것이다.

무기를 받지 못한 사람은 도중에 대밭에 들어가 죽창을 만들어 손에 들었다.

장정들은 모두 손에 횃불을 들었다. 횃불은 이글거리며 밤길을 밝혔다. 맞바람을 맞아 횃불은 유성처럼 꼬리를 만들었다.

그들의 손에 들린 횃불만으로도 어지러운 세상을 환하게 밝힐 수 있을 듯했다. 횃불은 두 길을 별처럼 밝히다가 이윽고 나누어진 별 무리가 하나로 합치듯 북성문 밖에서 결집했다.

봉준이 앞에 나섰다.

"사내는 죽어도 전장에 나가서 죽으라 했소. 무릇 장정 셋이 모이면 못 이룰 일이 없는 법이오. 오늘 우리는 부패한 수령을 다스리려 오백 장정이 의롭게 모였소.

우리 모두 한마음으로 뭉쳐 기필코 조병갑이를 징치해 마을의 안녕을 되찾읍시다."

장정들이 환호로 답했다.

"공격!"

봉준의 명령이 떨어지자 오백 장정은 일제히 함성을 지르며 고부 관아를 향해 달려갔다.

징 소리와 나팔 소리 그리고 사람들이 내는 고함이 천지를 울렸다.

최경선이 얼른 장정들을 이끌어 신속하게 성을 포위했다. 도인들이 앞서 화승총을 쏘며 성문으로 돌진했다. 이때가 새벽 인시 중이었다.

고함이 들리자 미리 성안에 잠복해 있던 정익서가 수하들과 힘을 합쳐 성문을 활짝 열었다. 장정들은 마른 나무 꺾듯 아무 저항도 받지 않고 조당*으로 진입했다.

동헌은 중 떠난 절처럼 을씨년스럽게 비어 있었다.

조병갑은 초저녁부터 관기를 끼고 녹수 갈 제 원앙 가듯 거나하게 방사를 벌였다. 한밤중이 되자 하초에 힘이 빠져 삭신이 노곤한 차에 앵성리 사는 조모가 보낸 사람으로부터 거사 소식을 들었다.

똥 싼 놈이 매화타령 한다더니, 배 아래서 고양이 앓는 소리를 내던 관기를 닦달해 그녀가 입던 솜저고리를 빼앗아 한쪽 팔에 꿰차며 소리 질렀다.

"영웅도 때가 맞지 않으면 삼십육계가 상책이라."

그는 급한 김에 맨발로 성을 빠져나가 캄캄한 허공을 헤치며 정읍을 향해 무조건 북쪽으로 뛰었다.

창백한 중늙은이는 얼마 못 가 폐가 막히고 발이 터져 부어올랐다. 그는 선짓국 먹고 발등걸이를 한 중놈처럼 징징거리며 걸었다.

차가운 바람이 얼굴을 때리자 원숭이 볼기짝이 된 면상을 언 손으로 문질렀다.

"나는 그저 거머리가 소 종아리에 달라붙어 피를 빨아먹는 정도였다. 김해 부사로 있을 때는 입이 부르트도록 아무리 빨아 먹어도 별 탈이 없었는

---

* 군수가 사무를 보는 방.

데 망할 고부에서 이렇게 탈이 난 이유는 무엇이란 말인가?

망치가 가벼우면 못이 솟는다더니 내가 백성에게 너무 어질게 대하다 보니 저 전봉준이라는 모진 놈을 만난 까닭일 것이다."

그래도 행여 고뿔에 걸릴까 봐 몸에 맞지 않는 작은 솜저고리를 머리에 꼭 둘러쓰고 조병갑이는 참새처럼 다시 뛰었다.

장정들이 횃불을 들고 조병갑을 찾아 침소를 엎고 조당을 수색하고 있을 때 그는 성에서 오 리 정도 떨어진 진선 정참봉 집에 숨었다가 다시 정읍, 순창을 거쳐 전주 감영을 향해 줄행랑을 놓고 있었다.

돌개바람이 어느덧 싸락눈을 몰고 왔다.

마음은 걸걸해도 왕골자리에 똥 싼다더니 그는 북풍한설 속에서 설삶은 말대가리처럼 투덜거렸다.

"나보다 많이 해먹은 민영준이나 사촌 충청감사 조병식이는 말없이 넘어가는데 왜 나만 이렇게 모진 일을 당해야 한단 말인가? 이 좋은 세상에 하늘은 왜 나에게 이토록 시련을 안기는가?"

멀리서 겨울바람을 맞고 마른 나무 부러지는 소리가 들렸다.

단숨에 고부성을 점령한 봉준은 먼저 관내 군기고를 열어 총과 창을 꺼내 도인들의 무장을 더 단단하게 갖추었다. 옥을 열어 억울하게 갇힌 사람들을 무람없이 석방했다.

무릎맞춤이 끝나자 관아 창고를 열어 수세미로 강제 징수해 쌓아 두었던 곡식을 실어냈다. 일부는 봉기군의 양식으로 남기고 나머지는 모두 장정들에게 나누어 주었다.

진영은 관아의 마당에 설치했다. 광목으로 장막을 치고 횃불을 대낮처럼 밝혔다.

날이 밝자 봉준은 그동안 조병갑 밑에서 세전 토끼처럼 하수인 노릇을 하며 백성을 괴롭혔던 오리들을 잡아들였다. 섬 진 놈 멱 진 놈들을 서캐 훑듯 잡아들였다.

잡아들인 구실아치들을 일일이 죄를 물어 문서로 기록하고 옥방에 가두었다. 오리들은 세 끼 굶은 시어머니 상판을 하고 줄줄이 옥으로 들어갔다.

진영은 엄숙했고 봉준이 관속을 나무라는 호령은 관아를 흔들었다.

거사 소식을 듣고 뒤이어 관아로 모여든 백성이 십사 일이 되자 만 명이 넘었다. 동진강 머리에서 뒤로 물려 거사에 참여하지 못했던 부녀자와 노인들이 뒤이어 들어왔다.

거사는 성공했다.

봉준은 조병갑을 잡아 그의 목을 치지 못한 것이 분했다.

그러나 고을 백성이 수령을 처형하면 역적이 되지만 꾸짖어 지경 밖으로 몰아내는 일은 당시 관례로 용인되었기에 조병갑이 야반도주한 것은 기특하게도 거사를 일으킨 백성들의 부담을 덜어 주는 모양새가 되었다.

사실 이번 거사에 참여한 백성이 모두 역적죄를 쓸 각오가 되어 있지는 않았다. 또 도인을 제외한 농민들은 아직 세상을 뒤엎을 장대한 꿈을 가지고 있지도 못했다.

다만 부당한 세금에 대한 분노를 발산하려 했고 폐정만 해결된다면 다시 평범한 백성으로 돌아갈 선량한 사내들이었다.

봉준은 다음 사태를 준비했다.

도망간 조병갑이 가만있을 리 없었다.

틀림없이 전주 감영에서 이번 거사에 대한 후속 조치가 있을 것이다. 아마도 조병갑은 감사를 충동해 감영 군사를 동원할 것이다.

봉준은 이에 대비했다.

봉준은 노약자와 부녀자를 집으로 보내고 장정들만 남게 했다.

그중 다시 오백 명 정도 장정을 뽑았다.

마을마다 대표 다섯 명을 뽑아 그 지역에서 나온 장정을 관리하게 했다. 모두 열다섯 개 마을에서 사람들이 모였다.

일부 고을 장정들이 불만을 털어놓았다.

"우리는 조병갑도 쫓아내고 쌀도 얻었으니 할 일을 다 한 셈이오. 그러니 이만 집으로 돌아가겠소."

봉준은 완곡하게 그들을 말렸다.

"우리는 관가 창고를 열어 그 곡식을 먹었으니 이미 나라에 죽어야 할 죄를 지었소. 가족을 구하고 명대로 살고 싶으면 나와 함께 마지막까지 깔끔하게 이 거사를 마무리해야 합니다."

그들은 봉준의 이치에 맞는 말에 고개를 끄덕여 승복했다.

봉준은 마을 집강이나 지역 책임자들에게도 옹이를 박았다.

"같이 거사를 일으켰으니 우리 모두 끝까지 거사를 성공시켜야 합니다. 우리가 흩어지는 날이 각자 칠성판에 눕는 날이 됩니다.

집에서 당신 홀로 호미와 낫을 들고 저 무지막지한 감영군을 막을 수 있겠소?"

지역 책임자 일부는 수긍했고 일부는 툴툴거렸다.

"말은 해야 맛이고 고기는 씹어야 맛이라 했소. 우리는 애당초 얻으려 한 것을 모두 얻었으니 더 일을 크게 만들고 싶지는 않소."

말은 그랬으나 정작 집으로 돌아간 장정은 한 사람도 없었다.

십칠 일.

봉준은 본진을 말목장터로 옮겨 장정들의 숙식을 원활하게 하고 감영군의 출동에 대비했다.

넓은 장터에 흥분이 식지 않아 아직 집으로 발길을 돌리지 않은 백성들이 뚫어진 벙거지에 우박 내리듯 이리저리 몰려 사람으로 콩나물을 기를 정도로 붐볐다.

봉준은 각 마을 장정들을 차출해 교대로 번을 세워 장터 수비를 강화했다.

장터 주위에 장사치들이 솥을 씻어 놓고 매장을 벌여 엄천득이 가게 벌이듯 음식과 잡화를 팔았다.

봉기를 일으킨 사람들이 아니라 마치 이웃 잔칫집에 온 사람들처럼 모두 들떠 분위기는 흥청흥청했다. 백성들은 이처럼 순박했다.

봉준은 장터 한복판에 장두청을 차리고 그 안에 대장소를 두었다. 이곳에는 밤새도록 횃불을 밝혔다.

대장소 업무는 최경선이 맡았다. 그는 조병갑이 저질렀던 여러 부정 사례를 수집하고 이를 조목조목 문서로 작성했다.

대장소로 비리를 고발하러 오는 백성은 장두청 입구를 지키던 도인이 일단 신분을 확인하고, 확인된 사람에게 노끈을 주어 왼쪽 발목에 감게 했다. 이것은 도인들끼리만 통하는 암호였다.

말목장터 입구에는 해묵은 감나무가 한 그루 있었다. 봉준은 필요할 때마다 감나무 아래에서 백성들과 소통했다.

봉준은 인근 예동의 두전 마을에 산처럼 쌓아 두었던 보세미를 풀어 고을 백성에게 나누어 주었다. 기가 살아난 백성들은 조병갑이 새로 쌓아 세금을 거둔 만석보 신보를 단숨에 허물어 버렸다.

봇물은 얼음을 깨고 우렁차게 흘러 겨울 들판을 적셨다.

4.

고종 31년, 갑오년, 1894년, 정월.

조병갑이 피골이 상접해 전주 감영에 도착했다.

안 그래도 가는 눈이 어산 칠십 리나 들어가 떴는지 감았는지 저 자신도 구분이 서지 않았다.

그는 선화당으로 들어가 김문현을 보자 자격지심이 일어나 미친 중놈이 절 허무는 기세로 소리를 내질렀다.

"영감, 나에게 군사 천 명만 주면 고부에 내려가 이 대가리에 쉬슨 놈들을 싹 쓸어버리겠소."

방귀 뀐 놈이 성낸다더니 소경 개천 나무라는 소리에 김문현은 기가 찼다.

'이놈이 참으로 후안무치한 소인배로구나.'

마음 같아서는 당장 몽둥이로 대갈통을 부숴 버리고 싶었으나 막장 인생이 불쌍해 일단 뒷방에 누워 쉬라고 인정을 베풀었다. 조병갑은 비실비실 골방에 들어가더니 된장에 풋고추 박히듯 꼬꾸라져 금방 코를 골기 시작했다.

그나저나 김문현에게도 사태는 심각했다. 조정에 보고하자니 제가 저물건을 유임시키자고 상주했으니 문책이 두려웠고, 엉덩이 밑에 깔고 앉아 뭉개자니 영절스런 대책이 떠오르지 않았다.

김문현은 물방앗간에서 고추장 찾는 기분으로 수교 정석희를 불렀다.

"여보게. 자네가 고부로 내려가 이번 거사를 일으킨 장두와 한 번 만나 보게."

정석희는 김문현의 말이 떨어지기가 무섭게 바삐 고부로 내려가 봉준과 마주 앉았다.

봉준은 거사의 전말을 물 부어도 샐 틈 없이 일사불란하게 설명했다.

정석희는 봉준의 말머리에 태기가 있다고 높이 평가했다. 봉준이 그리는 큰 그림이 눈에 선하게 보여 절로 흠모하는 마음이 일었다.

정석희는 존경하는 눈빛을 하고 시종 봉준의 말을 경청했다.

정석희는 세 차례 고부와 전주를 오가며 김문현에게 봉준의 뜻을 전했다. 김문현은 이러지도 저러지도 못하고 뭍에서 배 젓는 시늉만 했다.

일부 고을 집강들이 봉준 몰래 정석희를 찾아갔다.

"우리는 다만 탐학한 관장을 지경 밖으로 쫓아낼 생각이었소. 그러나 지금은 판이 커져 잘못되면 우리가 모두 역적으로 몰리게 되었소.

이것은 우리가 진실로 원하던 바가 아니오. 그러니 만약 당신이 판을 키우는 장두를 체포하겠다면 우리가 도와주겠소.

다행히 장두를 체포한다면 이후에 우리의 이런 형편을 감사에게도 전해 주시오."

미련하기가 곰보다 못한 사람들이었다. 그들은 아직도 조정을 믿고 있었다.

정석희는 그들을 말렸다.

"감사에게는 내가 당신들의 입장을 충분히 이해시키겠소. 나는 고부 백성들이 왜 거사를 일으켰는지 잘 알고 있소. 그리고 장두는 훌륭한 사람이니 이 봉기가 무사히 마무리되도록 여러분이 뒤에서 잘 도와주었으면 좋겠소."

말이 통하지 않자 고을 집강들은 툴툴거리며 돌아갔다.

정석희는 봉준에게 이 일을 알렸다.

"만장에 호래자식이 없겠소? 소금도 곰팡이 날 때가 있는 법이오. 집강들을 만나 잘 설득하도록 하시오.

나는 조정의 녹을 먹는 일개 수교일 뿐이니 장두를 이런 정도밖에 더 도와줄 수가 없소."

봉준은 정석희의 손을 꼭 잡아 주었다.

정석희가 오가며 이렇다 할 공은 세우지 못했으나 일단 봉준을 안심시켰다고 판단한 김문현은 마파람에 호박 꼭지가 떨어진 듯 만경창파 속에서 배 밑창을 뚫겠다고 송곳을 들고 나섰다.

벼슬아치들이 매번 써먹는 짓에 그리고 양심에 가책을 가질 리는 없었다. 일단 진정시켜 놓고 뒤통수를 치는 비열한 수법은 왕에서부터 말단 관리까지 백성에게 약방의 감초처럼 써먹은 아주 이골이 난 짓이었다.

김문현은 봉준을 암살할 계획을 세웠다.

"그놈을 죽여 버리면 고부 백성들도 겁을 먹겠지. 그다음에 조병갑이를 다시 고부로 보내면 만사형통이다."

김문현은 이 일을 전주 진영 군위 정석진에게 맡겼다.

"이 일을 무사히 해내면 자네는 내가 책임지고 승진시키겠다. 할 수 있겠는가?"

조선 관료들이 하는 말은 양파 껍질 같아 속내를 알기가 어렵다. 잘 풀리던 일이 그들 말 한마디에 콱 막히고, 도저히 불가능한 일도 그들 말 한마디면 어느 순간 슬그머니 단초가 생긴다.

모두 그들의 잇속과 관계되기 때문에, 그들이 뱉는 말을 믿고 순진하게 접수하다 보면 어느 날 갑자기 패가망신할지 알 수 없는 나락에 빠지고 만다.

단순하고 성미가 급한 무부 정석진은 일의 앞뒤를 재어 보지도 않고 김문현이 주는 미끼를 덥석 물었다.

이십 일.

정석진은 부하 수십 명을 행상으로 변장시키고 고부로 내려갔다. 부하들에게 미리 마련한 작전을 숙지시킨 다음 먼저 측근 세 명을 거느리고 대장소로 봉준을 찾아갔다.

봉준은 정석진의 거동을 세심하게 살피면서 온화한 표정으로 맞았다.

김도삼과 정익서가 배석했다.

최경선은 정석진을 보자마자 그가 자객이라고 판단했다. 최경선은 조용히 대장소 부근에 무장한 장정 이백 명을 대기시키고 봉준에게 신호를 보냈다.

정석진은 대장소에 들어와 자리에 앉자마자 과붓집 수고양이 흉내를 내며 다짜고짜로 언성을 높였다.

"당신은 왜 쓸데없는 일을 저질러 감사의 입장을 곤란하게 하는가? 역적질한 무리를 당장 해산시키고 죄도 없이 쫓겨 간 군수를 다시 불러들이 라."

봉준은 말귀에 염불할 필요조차 없어 한심한 표정으로 정석진을 쳐다보 았다.

정석진은 계속 떠들었다.

"내가 진영에 근무한 지 오래이나 당신처럼 무모한 백성은 처음 보았다. 어찌 나라에서 하는 일에 나서서 순진한 백성을 미혹시켜 감 놔라 배 놔라 하느냐?"

이때 장사치 오십여 명이 연초포를 짊어지고 장두청으로 들어오는데 왼 쪽 발목에 노끈이 보이지 않았다. 최경선이 미리 대기시켰던 도인 이백 명 을 풀어 순식간에 장사치들을 잡아 결박했다.

저항하던 몇 놈이 몽둥이에 머리통을 맞아 얼굴에 피가 낭자하게 흘렀 다. 그래도 덤비는 놈은 칼로 허벅지를 찔러 쓰러뜨렸다.

최경선이 장두청 앞마당에서 연초포를 풀어 보니 안에서 철퇴와 창·칼 이 가득 나왔다.

암살 의도가 발각된 정석진은 부리나케 자리에서 일어나 칼을 빼 들고 봉준에게 달려들었다. 예상했던 공격이라 봉준은 가볍게 몸을 틀어 칼을 피했다.

옆에 있던 김도삼이 몽둥이로 정석진의 팔을 쳐 칼을 떨어뜨렸다.

정익서가 눈을 부라리며 정석진과 함께 왔던 세 사람을 순식간에 칼로 베어 버렸다. 그들이 쓰러지며 뿌린 피가 대장소 바닥에 흥건하게 고였다.

팔이 부러진 정석진은 업혀 가는 돼지 눈을 하고 비틀거리며 밖으로 뛰어나갔다.

　그러나 입구에 있던 도인들에게 포위되어 살 맞은 뱀처럼 날뛰다 죽창에 온몸을 찔려 저세상으로 갔다.

　보통 의거가 일어나면 군수를 파면하고 안핵사를 파견하는 것이 상례였다. 그러나 한 달이 넘도록 조정에서는 무이고 아무런 조치가 없었다. 전라감사 김문현이 고부 거사를 조정에 보고하지 않았기 때문이었다.

　김문현은 자기 선에서 어떻게 해결해 보려고 용을 썼다. 미역국 먹고 생선 가시 뱉어 보려고 발버둥쳤으나 그 용렬한 바람벽에 돌이 붙을 리 없었다.

　결국 김문현은 얼굴에 철갑을 두르고 이월 십 일에야 의거 사실을 조정에 보고했다.

　믿던 도끼에 발등 찍힌 조정은 똥구멍에 불이 났다.

5.

고종 31년, 갑오년, 1894년, 이월 십오 일.

의정부에서 민란 원인이 된 충청 병사 이정규의 처벌과 고부 민란 처리에 대해 왕에게 보고했다.

"충청 감사 조병호가 전 병사 이정규의 죄상에 대하여 유사가 품처하게 해 달라고 청했습니다. 도신의 계사에 백성의 원망을 많이 초래하니 듣기에 해괴한 것이 있다고 하였고 또 잘 신칙하여 격려하지 않고 스스로 사람들의 원망을 불러일으켜 방화하는 지경에 이르렀다고 했습니다.

대개 일반적으로 말하고 꼭 집어서 말하지 않았으나 유사의 신하가 장차 무엇으로 죄를 따져서 의율하겠습니까?

연제 아래에 있는 여덟 동네 몇천의 백성이 이정규의 집과 그 관하의 십이 호를 불태워 버린 데는 반드시 그럴 까닭이 있을 것입니다.

그리고 백성들이 한결같은 마음으로 모두 자신이 장두라 하는데 백성들의 소장이 엄연히 있고 소장의 내용에 근거가 있으니 다시 도신으로 하여금 하나하나 자세히 조사하여 사실대로 등문하게 하소서.

그 전에 군수를 지냈다면 이미 두 읍을 맡아 다스릴 책임이 없는데도 전에 없던 이런 민란을 빚어냈다는 것은 더구나 극히 해괴하고 통탄할 일이니 차라리 말하고 싶지도 않습니다. 이것은 심상하게 경고할 수만은 없습니다.

전 병사 이정규를 도신의 계사로 인하여 잡아 왔으나 미처 법조문을 토의하기 전에 마침 경사를 만나 다른 죄수들과 뒤섞여 석방되었습니다.

사계가 올라온 다음에 왕부가 다시 나문하여 정죄하게 하고 난민은 주모자와 추종자를 사핵하여 구별하고 경중을 달리해 감처하라는 뜻으로 해도의 도신에게 행회하는 것이 어떻겠습니까?"

왕이 말했다.

"그리하라."

"그리고 방금 전라 감사 김문현이 올린 장계의 등문을 보니 고부의 난을 주동한 괴수는 아직 잡지 못해 명백히 조사하지 못했고 단지 해당 백성들이 올린 소장에 폐단을 설명한 조목과 해읍의 수령을 논죄하여 파직하고 잡아 오도록 하는 것과 해당 관속들에 대해 공초를 받아 감처해 달라는 요청만 있었습니다.

요즘 백성들이 소란을 일으키는 것은 대체로 관리와 백성들이 서로 믿지 못하는 데 원인이 있지만, 나라의 기강이 허물어지고 백성의 풍습이 고약한 것으로는 역시 고부처럼 심한 경우가 없습니다.

가령 고통을 견딜 수 없었다고 하더라도 무리를 불러 모아 제멋대로 법을 무시하고 본분을 어긴 죄는 용서할 수 없습니다. 응당 먼저 제창한 사람과 추종한 사람이 있을 것이니 조사하고 구별해야 할 것입니다.

그런데 도를 안찰하는 지위에 있으면서 단지 역마만 번거롭게 하는 계사만 올릴 뿐 난민의 두목이 날뛰도록 내버려 두면서 백성의 고약한 습성에 대해서는 여전히 징계를 미루고 있으니 이것을 어찌 조정의 명령을 받들고 나라의 체모를 보존한다고 말할 수 있겠습니까?

대개 이번 소란은 사실 원한이 쌓이고 화기를 상하게 하는 정사에서 나온 것이니 하루 이틀에 그렇게 된 것이 아닐 것이 뻔합니다. 해당 수령이 직책을 제대로 수행하지 않고 일을 그르쳤다는 것은 말하지 않아도 알 수 있습니다.

그런데 처음에는 표상하였다가 나중에는 파직하고 잡아 왔으니 어씨 잎뒤가 이렇게 서로 판이합니까? 매사가 개탄할 일이므로 경고하지 않을 수 없으니 전라 감사 김문현에게 우선 월봉 삼등의 형전을 시행하소서.

고부군수 조병갑이 소란을 초래하고 범장한 죄는 이미 도신의 계사에 열거되어 있으니 왕부가 나문하여 정죄하게 하소서. 고부군수의 후임은 해조가 상격에 구애되지 말고 각별하게 가려 차임하게 하며* 하직 인사를 올린 다음에 역마를 주어 당일로 내려 보내소서.

지금 듣건대 민란이 다시 일어난다는 소문이 자자합니다. 이른바 난민이라고 하는 것들이 어찌 다 자기 본성을 잃어 그런 것이겠습니까?

단지 위협하는 것에 겁을 먹고 때를 틈타 불평을 풀려는 데 불과할 따름이니 이것은 철저히 조사해 법으로 처리하지 않을 수 없습니다.

장흥 부사 이용태를 고부 안핵사로 차하하여 그가 밤을 새워 달려가서 엄격히 조사하여 등급을 나누고 구별하여 등문하게 하소서.

고을 폐단을 바로잡을 방책에 대해서는 일체 자세히 논열하도록 해야 하는데 지금 한창 바쁜 농사철에 경내에 소란이 퍼지면 반드시 살길을 잃고 농사철을 놓치는 사람이 있을 것입니다.

---

* 이조에서 이미 박원명을 차하했다.

먼저 제창한 사람 외에 일체 속임을 당했거나 위협에 못 이겨 추종한 사람들은 될수록 공정하게 하고 일일이 깨우쳐 주어 각각 생업에 안착하게 하여 조정에서 보살펴주는 뜻을 표시하라고 삼현령으로 행회하는 것이 어떻겠습니까?"

왕이 말했다.

"그 내용으로 하교를 준비하라."

왕의 지시에 따라 하교가 작성되었다.

하교

'의정부의 계언을 보니 전라 감사 김문현이 올린 장계에 고부 난민들을 아직 잡지도 못하고 조사도 못 했다고 한다.

다만 해를 끼친 조목만 들어 군수를 잡아다 논죄할 것과 관속들도 불러다 취조하기를 청하였다.

근일 백성들이 민요를 일으킨 연유는 많으나 관민이 서로 믿지 못한 데다 나라 기강이 무너지고 민습이 흉악해졌기 때문이지만 고부처럼 심한 곳은 아직 없었다.

기록에 고통을 견디기 어려워 결국 무리를 모아 제멋대로 법을 무시하고 용서받지 못할 큰 죄를 범하였다고 하니 마땅히 수창자와 수종자를 엄히 구별하기 위하여 신문을 하는 것이 도리일 것이다.

쓸데없이 장계만 올리고 난괴에게 맡겨 버려 제멋대로 날뛰는 것을 아직 징계도 하지 못했으니 이를 어찌 조정의 영을 받든다고 하며 나라의 체통을 보존한다고 하랴.

이번 민요는 원한이 쌓여 일어난 것이니 화평을 해치는 다스림에 그 연유가 있음이 틀림없어 일조일석의 연고는 아니다.

그곳 군수가 탐욕에 빠져 직책을 그르친 데 있음은 말하지 않아도 안다.

처음에는 군수를 잉임시켜 달라더니 끝내는 파직하여 문조해야 한다고 하니 어찌 이렇게 앞뒤가 상반되는가.

이처럼 일을 처리함에 개탄스럽게 하니 경고하지 않을 수 없다.

전라 감사 김문현에게 우선 월봉 삼등*을 조치하고 고부군수 조병갑은 탐장죄**를 범하여 민요에 이르게 만들었음이 도계***에 열거되어 있다.

왕부의 명으로 나문 정죄****하고 군수를 바꾸도록 해조에서 각별하게 택해 차임하여 당일로 조정의 명령을 내려 보내도록 하라.

지금 들으니 민요가 재기하리라는 소문이 자자하다.

소위 난민을 어찌 다하랴. 한결같은 성품을 잃게 된다면, 지나친 것을 바로잡지 않으면 위협하여 겁주려 할 것이니 기회를 얻어 구애받지 말고 처리하라.

이는 불가불 철저히 조사하여 법에 따르도록 하라.

장흥 부사 이용태를 고부 안핵사로 차출하도록 해조에 명하라.

밤낮으로 달려가 엄히 조사해 등급을 매겨 알리도록 하고 폐단을 바로

---

* 3분기 분의 봉급을 주지 않는 것.
** 관물의 횡령과 뇌물을 받은 죄.
*** 감사의 장계.
**** 잡아다 심문하여 죄를 정함.

잡을 방책도 소상하게 가려내라.

지금은 봄철 농사 때이니 온 고을이 시끄러우면 농사를 그르치게 할 것이니 그리 안 되도록 하라.

수창자 이외의 협종자는 모두 효유해 돌아가 농사짓게 하여 나라에 근심시키는 일이 없도록 하라.'

조정은 이월 보름 일자로 김문현을 감봉 처분하고 조병갑은 죄를 물어 파면했다. 새 고부군수로 용원 현감으로 있던 박원명을 차출했다.

또 장흥 부사 이용태를 안핵사로 임명해 폐정을 바로잡고 우두머리 이외에는 너그러이 조치하라고 일렀다.

부정을 자행한 구실아치는 잡아 죄를 물으라 구름장에 치부하듯 명했다.

박원명에게는 사태가 급박하니 빨리 부임해 수습하도록 구두로 임명을 전했다. 박원명은 십육 일 저녁에 서울에서 내려온 구전 명령을 받았다.

왕명에 따라 십팔 일에 부랴부랴 출발해 십구 일에 고부에 도착했다.

6.

고종 31년, 갑오년, 1894년, 이월.

봉준은 의거군을 김제 동진강 입구와 부안 해안 가까이에 있는 백산으로 옮겼다.

말목장터는 사방이 트인 평지여서 감영군이 대거 몰려오면 방비가 어렵다고 판단했다. 장기 주둔에 대비하려면 산성에 의지하는 것이 유리했다.

백산은 야트막하고 작은 산에 지나지 않지만 부안의 동쪽 평야와 김제의 서쪽 평야 사이로 흐르는 동진강 아랫목에 솟아 있어 사방 이십 리 밖까지 한눈에 바라볼 수 있는 곳이다. 북·동·남 삼면은 지형이 가파르고 서쪽은 나지막한 구릉으로 이어져 방어하기도 적합한 요지였다.

식량 조달에도 큰 어려움이 없는 곳이었다.

봉준은 미리 사람을 보내 백산에 돌로 방어벽을 쌓아 놓았다.

한편으로 고부 인근 동학 접주들에게 은밀히 사람을 보내 궐기를 촉구했다.

당시 금구에는 김덕명이, 무장에는 손화중이, 태인에는 김개남이 각각 수천 명의 도인을 이끌고 있었다. 그들이 도와준다면 고부 거사는 지역 봉기를 넘어 새로운 틀을 갖춘 세상을 세우는 마중물이 될 수 있었다.

백산에 공미를 모아두는 창고가 있었다. 당시 그곳에는 조병갑이 불법으로 사사로이 거두어들인 사천여 석의 쌀이 있었다.

봉준은 백산 창고를 열어 쌀을 꺼내 백성들에게 모두 나누어 주었다. 쌀을 받은 백성들이 그믐에 달이 뜬 것처럼 기뻐했다.

"전 녹두가 과연 소문대로 우리를 살리는구나."

이월 십육 일.

봉준은 전라도 내 쉰세 개 고을에 격문을 보냈다.

'수령이란 벼슬아치들은 백성을 다스리는 도리를 알지 못하고 백성을 재물이 생기는 본원으로 알고 있다.

게다가 전운사까지 창설하여 많은 폐단을 만들어 심하게 괴롭히니 백성들은 도탄에 빠져들었으며 나라는 위태롭게 되었다.

우리는 비록 초야에 묻혀 사는 백성이지만 차마 나라가 위태롭게 된 것을 바라보고만 있을 수는 없다.

바라건대 각 고을의 여러 군자는 다 같이 의분의 목소리를 내어 나라를 해치는 도적들을 초제하여 위로는 종사를 돕고 아래로는 백성을 편안케 하자.'

그러나 인근 지역에서는 아직은 이렇다 할 반응을 보이지 않았다.

이월 십구 일.

봉준은 의거군을 이끌고 다시 고부 관아에 들어갔다. 새로 부임한 군수 박원명으로부터 확실한 답변을 받아내기 위해서였다.

박원명은 광주 부호 출신이었다. 어려서부터 고생을 모르고 넉넉하게 자라 무릇인지 닭의 똥인지 구분도 못 하는 물정에 어두운 자였다.

봉준은 박원명에게 물었다.

"수세 징수를 비롯해 부당하게 거두었던 지난날의 각종 세미에 대한 조치와 이번 의거를 일으킨 백성들에 대한 후속 처리를 어떻게 하셨소?"

박원명은 제 딴에는 소진과 장의의 혀를 빌려 봉준에게 다짐했다.

"내가 군수로 있는 한 지난날의 잘못된 수세 징수는 바로 잡겠소. 그리고 이번 봉기에 대한 치죄로 고부 백성은 한 사람도 다치게 하지 않겠소."

봉준이 다시 물었다.

"군수의 그 말은 비록 고마우나 우리가 그 말을 어떻게 믿을 수 있겠소?"

"내가 고부에 부임한 것은 백성을 편히 쉬게 하도록 전념하라는 주상의 뜻에 따른 일이오.

지금부터는 내가 여러분들과 일일이 이 지방의 시정을 의논하려 하니 여러분 중에서 이방 이하 중요한 서리를 선발해 나를 돕게 하면 되지 않겠소?"

봉준은 이 말을 듣고 조금 믿음이 갔다.

"그러면 좋소. 군수 말대로 아전은 우리 백성 중에서 능력 있는 사람을 뽑아 들이겠소.

그리고 사소한 일이라도 우리와 일일이 상의해야 한다는 점을 유념하시오."

안심한 박원명은 자비로 소를 잡고 술을 빚어 잔치를 벌였다.

그동안 봉준의 눈치만 보던 일부 마을 동장이나 집강들은 박원명의 효유에 넘어가 집으로 돌아갈 준비를 했다.

농민들은 국이 끓는지 장이 끓는지 모르고 있었다. 조정은 농민을 진정으로 위무하는 것이 아니었다. 나중에 조정이 취할 위선과 가당찮은 보복을 어떻게 이들이 감당할 수 있겠는가?

동학도인들은 이전의 여러 사건을 겪으며 이미 조정에 대한 믿음을 버린 지 오래였다. 조정은 끝까지 말하는 남생이가 되어 도인들을 기만해 왔다.

이월 말.

말목장터와 백산 일대에는 상인들이 더 몰려들었다. 막걸리를 파는 주점과 국수 파는 노점, 잡화를 파는 가게들이 발등에 오줌을 싸도 모르게 붐볐다.

정석진이 봉준을 암살하려 동원했다가 잡혔던 무무한 부하들은 며칠 감금했다가 풀어 주었다. 이들은 밥 팔아 똥 사 먹은 얼굴로 백배사죄하고 전주로 돌아갔다.

봉준은 백산 건너편 동진강 나루를 봉쇄한 뒤 길목마다 요소를 장악해 길 가던 사람들을 진영으로 데려와 군졸로 삼았다. 이로써 고부와 부안 지역은 의거군이 장악했다.

의거군은 두 달 정도 버틸 군량을 확보했다. 그러나 주둔 기간이 길어지거나 감영군과의 전투가 예상 외로 길어진다면, 그 정도 양으로는 매우 부족할 터였다.

봉준과 도인들은 함열 조창을 공격해 전운영을 격파하고 전운사 조필영을 징치하는 것을 겸하여 식량을 더 확보하려 했다.

그러나 일이 커지는 것을 두려워하는 일부 농민들이 반대해 실행에 옮기지는 못했다.

이월 이십이 일.

봉준은 비밀리에 백산을 떠나 원평으로 갔다. 원평 김덕명 대접주와 도인들을 만나 도움을 청하기 위해서였다. 김덕명은 전적으로 돕겠다고 약속해 주었다.

"내가 개남이와 정식이를 부를 터이니 조만간 우리가 함께 만나 앞으로의 일을 의논하도록 하세."

봉준이 신중하게 말했다.

"장소는 어디로 하시겠습니까?"

김덕명이 시원스럽게 대답했다.

"태안 개남이의 집으로 하겠네."

이월 이십오 일.

고부 의거군은 동학도인을 제외하고 모두 해산했다.

의거군 지휘를 맡았던 집강 중에 토호와 부자가 상당수 있었다.

"우리는 속곳 벗고 함지박에 들 수는 없소."

그들은 줄창 적당한 선에서 발을 빼기를 원했다.

영세농과 머슴과 발피들도 속이 먹통이라 무기를 들어 분을 풀고 곡식을 나누어 받는 재미를 보다가 토호와 부자들이 해산하자 덩달아 흩어졌다.

이월 이십육 일.

태안 김개남의 집에서 이를 지켜보던 봉준은 말목장터로 돌아와 그를 기다리던 도인들을 해산시켰다. 봉준은 핵심 측근 수십 명만 이끌고 고부를 떠났다.

그들은 의거에 사용했던 무기를 산기슭에 묻거나 고적한 민가에 숨기고 태안으로 갔다.

7.

고종 31년, 갑오년, 1894년, 이월.

고부 봉기 무렵인 이월 이십오 일.

세세한 도장에 범이 들었다.

순천에서는 고부와 별개로 봉기가 일어났다.

부사 김갑규가 세미를 이중으로 과세하자 양하일이 앞장서고 농민 수천 명이 들고 일어나 구실아치의 집을 부수며 저항했다.

김갑규는 민영준의 매부였다.

양하일은 아전의 집을 차례차례 부수며 관아로 들어갔다.

아전과 더불어 제주말 갈기 서로 뜯어먹듯 재미를 보던 김갑규는 잘못 했다고 엎드려 싹싹 빌어 목숨을 구했다.

김갑규는 조병갑처럼 나는 모른다고 도망치지 않았다. 말 태우고 버선 깁듯이 자세를 낮추어 잘못을 인정하고 농민들이 원하는 바를 모두 들어 주기로 약속해 겨우 목숨을 부지했다.

양하일은 순천 관아를 나와 낙안에 집강소를 설치했다.

전전긍긍하던 부사 김갑규가 오밤중에 핫바지 방귀 새듯 달아나 버렸 다. 영장 이풍희도 여수 전라 좌수영으로 도망가 구차한 목숨을 부지했다. 순천 관아는 텅텅 비고 말았다.

이로 인해 순천은 고부처럼 봉기가 확대되지는 않았다.

조정은 김갑규를 파직하지 않았다.

이월 이십팔 일.

태안 김개남의 집에 봉준을 비롯해 김덕명과 손화중이 모였다.

김덕명은 헌종 십오 년 을유년 시월 이십칠 일, 금구군 수류면 삼봉리 거야에서 태어났다. 아버지는 김한기, 어머니는 파평 윤씨였다. 본관은 언양으로, 장남이었다. 풍신이 수려하고 담론이 유창했다.

김개남은 철종 사 년 계축년 구월 십오 일, 정읍군 산외면 동곡리 지금실에서 아버지 김대현의 셋째 아들로 태어났다. 이름은 영주, 자는 기선, 본관은 도강이다.

선이 굵은 사내다운 얼굴에 억대우같이 몸집이 당당한 대장부였다.

개남이란 이름은 동학 입도 후 불리던 별명이다.

태인은 이웃 금구의 원평과 호남에서 동학이 가장 세를 떨치고 있었다. 그중 산외면 동곡리는 봉준과 개남의 출생지였다. 최경선은 태인 죽산리 출생이며 김덕명 또한 이웃 고을 금구의 원평 출신이었다.

산외면 오공리에는 김개남의 종형 김삼묵·김문환 부자가 일찍이 동학을 받아들였다.

손화중은 철종 십이 년 신유년 유월 이십이 일, 정읍군 정주읍 과교리에서 아버지 손호열, 어머니 평강 채씨의 아들로 태어났다. 이름은 정식, 자는 화중, 호는 초산, 본관은 밀양이다.

그는 임진란 때 전주 사고에 보관하고 있던 왕조실록을 내장산 용굴암으로 운반해 안전하게 보관했던 태인 출신 한계 손홍록의 후예이다. 어려서 이웃 음성리로 이사해 풍족한 가정에서 학문을 연마했는데 매사에 총명하고 남달리 행동이 비범했다.

처남 윤용수를 따라 경상도 청학동으로 승지를 찾아갔다가 거기서 동학을 알게 되어 입도했다.

입교 이 년 만에 고향에 돌아와 이제까지 포덕에 전념했다. 저음에는 부안에 거처를 정했다가 후에 정읍으로 옮겨 정주 농소리에서 잠깐 머물고 다시 지목을 피해 입암면 신면리로 옮겼다.

그 후 잠시 음성리 본가로 돌아와 있다가 무장으로 옮겨 무장 김씨의 집에 잠시 포교소를 두었다가 다시 이웃 성송면 괴치리 사천으로 옮겼다.

어느 날 손화중은 꿈속에 선운사로 올라갔다. 도솔암 뒤 암벽에 마애불상이 보였다. 불상은 손화중을 보자 미소를 지으며 오라고 손짓했다.

꿈이 너무 생생해 손화중은 아침 일찍 선운사로 갔다. 도솔암 뒤를 도니 거대한 암벽에 부처의 상이 새겨져 있었다.

손화중은 암벽 밑에서 생각에 잠겼다.

"부처님이 왜 나를 보고 웃으며 오라고 손짓했을까?"

그때 구름에 가렸던 해가 나오면서 햇살이 부처를 비추었다. 부처의 발밑에 갈라진 틈이 선명하게 보였다. 손화중은 도솔암 중에게 사다리를 빌려 암벽을 올라갔다.

갈라진 틈은 깊었다. 손화중이 끝까지 손을 밀어 넣자 어깨가 암벽에 닿았다. 손끝으로 그곳을 휘저어 보니 종이 뭉치가 걸렸다.

가까스로 종이 뭉치를 꺼내니 다 낡아 너덜너덜한 책이 한 권 나왔다. 표지에는 '검단대사비결'이라 희미하게 씌어 있었다.

손화중은 한 달 동안 이 책을 꼼꼼히 읽었다. 책에는 사람의 마음을 읽는 비결이 적혀 있었다.

이후 그는 사람의 마음을 읽는 일에 능통해 무장과 서남 지역을 오가며 활동했다.

봉준은 철종 육 년 을묘년. 전북 고창군 오산면 죽림리 원당촌에서 태어났다.

아명은 봉준, 자는 명숙, 호는 해몽, 본관은 천안이다.

선대 세거지가 고창군 신림면 벽송리였다. 조상을 묻은 묘소가 벽송리 승판동에 있으나 조부 때부터 가세가 몰락해 조부 이후부터는 정읍군 이평면 조소리에 묘를 두었다. 가계는 내리 무인을 배출했다.

아버지는 전창혁, 어머니는 광산 김씨였다.

전창혁은 아들을 얻으려 흥덕 소요산에 들어가 백일기도를 드렸다.

기도를 마치는 날 밤 꿈을 꾸었다. 소요산 만장봉이 무너져 내렸다. 하늘이 무너지듯 우레 같은 소리가 나며 집채만 한 바위가 수도 없이 굴러 떨어졌다.

전창혁은 악! 하고 소리치며 이들을 한입에 삼켜 버렸다.

잠이 깨자 태몽을 얻었다고 느꼈다. 이윽고 아들이 태어났다.

봉준은 어려서 부모를 따라 전주 구미리로 이사했다. 여기에서 전창혁은 훈장을 했다.

마을 소년들이 불놀이 싸움을 하면 봉준은 언제나 대장을 맡아 호령했다. 그가 한 번 악을 쓰면 마을 안팎에 쩡쩡 울렸다.

아홉 살 되던 해에 아버지를 따라 고부군 이평면 오소리에 이사했다. 아버지로부터 유학을 배웠다. 병법과 의술에도 관심이 깊었다.

열세 살에 흰 갈매기를 보고 시를 읊었다.

'모래밭을 고향인 양 마음대로 노닌다.

흰 나래 가냘픈 다리는 유독 말쑥하게 보이네

하고많은 수석이지만 낯설 리가 없어

얼마나 풍상을 겪었기에 이미 머리털이 세었는가.

그러면서도 보슬비 내릴 때를 꿈꾸며

이따금 어부가 지난 뒤 언덕 위를 오르네

마시고 쪼는 것이 번거로운 듯하나 분수에 넘침이 없으니

강호의 어족들아, 깊은 근심 갖지 마라.'

이후 감산면 계봉리로 이주해 몇 해 살다가 열여덟 살 때 산외 동곡으로 이사해 이곳에서 청년기를 보냈다.

서른다섯이 되어서야 산간 궁곡에서 야지인 고부군 궁동면으로 이사할 수 있었다.

봉준은 이곳에서 훈장을 했다.

조선 말엽, 앞이 보이지 않는 불안한 정세 속에서 가솔의 안식처를 구하려는 가난한 가장들은 한곳에 정착하지 못하고 여러 마을을 기웃거려야 했다. 봉준도 그렇게 살았다.

그러나 봉준은 단순하게 필부의 삶을 살기만 한 것은 아니었다.

어느 날 서당에 계봉리에 살던 친구가 찾아왔다. 봉준은 마루에 앉아 친

구와 술을 마셨다. 이때 모르는 아낙이 백숙을 가져왔다.

봉준은 잠자코 있다가 주변에 개가 다가오자 백숙을 그릇 채로 마당에 던졌다. 이게 웬 떡이냐고 닭살을 뜯어 먹던 개가 갑자기 컥컥거리더니 나자빠져 죽고 말았다. 백숙에 독이 들어 있었다. 친구는 기겁하고 돌아갔다.

이웃한 토호나 양반들은 봉준을 항상 두려워했다.

그는 체구는 오척 단신이었으나 코는 우뚝했고 귀도 크고 눈빛이 형형했다. 누구라도 그와 한 번만 만나면 그 당당한 위풍에 압도되었다.

성품은 과묵해 말을 많이 하지 않았다. 샛별같이 빛나는 눈에 작은 몸집이면서 단단한 체구가 아래위를 찍을 듯해 사람들은 그를 가리켜 녹두장군이라 별호를 붙여주었다.

사람이 찾아오면 반드시 툇마루에 나와 인도했다. 집안의 높낮이나 신분의 귀천으로 사람을 차별하지 않았다.

그는 마을과 가까운 말목장터에서 약국을 열기도 했다.

봉준은 밖에 나갈 때면 늘 수하 사람이나 동료 서너 명을 이끌고 다녔다.

그러다 밤이 깊으면 가까운 친지 집에 찾아갔다. 방으로 들어가면 댓가지를 마루에 내놓았다. 그러면 집주인 아낙이 댓가지 수를 세어 손님 수에 맞추어 밥을 지었다.

전창혁은 동리에서 주비 직책을 맡아 공과금을 받았다. 주비가 포흠을 내면 친척 가운데 부유한 사람에게 물렸는데 이것을 족징이라 했다. 전창혁은 한 번도 친척에게 족징을 물린 적이 없었다.

그는 군수 조병갑의 학정에 저항하다 장살 당했다,

봉준은 아내가 병으로 세상을 뜬 후 대가족을 꾸렸다. 장남 용생, 차남 용현, 장녀 옥례,[*] 손주 이주석·이희종, 차녀 성녀,[**] 손주 강금례를 돌보았다.

동학에 입도한 후에도 끊임없이 동지를 모으고 포덕을 했다.

그와 뜻을 같이하는 사람들은 대개 향촌 지식인이었다. 그가 주로 포덕하는 사람들은 가난한 농민이었다.

금구 대접주 김덕명과 무장 대접주 손화중 그리고 태인 대접주 김개남이 봉준과 한자리에 모였다.

물로 씻어 낸 듯 깔끔한 하늘에 둥근 보름달이 휘영청 밝았다.

당시 전주 인근 지역을 장악하고 있던 세 접주와 마주 앉자 봉준은 보리밥에 고추장을 비벼 먹은 듯 기운이 났다.

맏형 격인 김덕명이 말했다.

"지금 온 나라 백성들이 삼춘고한 가문 날에 감우 기다리듯 세상이 한 번 뒤집어지기를 바라고 있다. 어느 지역에서든 누가 불씨만 붙인다면 단번에 거대한 힘으로 결집해 조정을 밀어붙일 수 있을 것이다.

그러므로 앞으로 도모할 거사는 보국안민·포덕천하·구병입경·권귀진멸이라는 창의를 대의명분으로 내세워야 한다.

다만 의거는 하되 왕은 건들지 않는 것이 좋겠다. 체제를 바꾸는 일은 힘

---

[*] 사위 이영찬.
[**] 사위 강장은.

을 더 비축한 다음 신중하게 진행해도 늦지 않다.”

봉준이 말했다.

“형님 말씀이 옳습니다. 이러한 시기에 분기탱천한 백성을 잘 이끌 수 있으려면 우리 동학도인들이 앞장서 움직여야 합니다. 형님께서 대장이 되어 우리를 이끌어 주십시오.”

김덕명이 웃으며 거절했다.

“이 사람아, 나는 그런 큰 인물이 못되네. 우리가 여기 전라도 땅에서 온 나라에 봉기를 일으키는 마중물이 될 수 있다면 나는 다른 소원이 없겠네.

내가 그러한 일을 이끌 대장을 보필할 수만 있다면 나는 싸우다 내 피와 살이 산산이 흩어져도 하나도 아까워하지 않겠네.

그래서 오랫동안 신중하게 생각한 끝에 하는 말인데 대장은 봉준이 바로 자네가 되어야 하네.

전부터 나는 자네를 주의 깊게 살펴보았네. 자네는 손끝에서 거름이 나오는 사람일세. 자네라면 앞으로의 거사를 충분히 이끌어 나갈 수 있을 것일세.

이런 내 말을 소홀하게 생각하지 말게.

자, 개남이와 정식이가 동의한다면 이제부터 봉준을 우리 거사의 대장으로 받드는 것이 어떻겠나?”

김개남이 동의했다.

“큰형님 말씀이 옳습니다. 봉준 형은 오랜 시간 가슴속에 큰 뜻을 삭이며 살아왔습니다.

일에는 매사 신중하면서도 결단해야 할 때는 과단성 있게 신속하게 처리합니다. 사실 나는 큰형님을 대장으로 모시고 싶었으나 큰형님이 꼭 마다하신다면 봉준 형을 대장으로 추대합니다."

손화중도 동의했다.

"저도 개남이와 의견이 같습니다. 봉준 형을 대장으로 모시겠습니다."

김덕명이 옹이를 쳤다.

"이야기가 이쯤 되었으니 봉준이 자네가 승낙하시게."

봉준이 김덕명을 쳐다보며 머뭇거리자 김개남과 손화중이 봉준의 팔을 잡았다.

"형님, 수고 좀 해주시오. 형님 말씀 한마디가 대포알 만 개를 당합니다. 우리가 이렇게 간청하니 어서 승낙하시오."

봉준이 김덕명에게 엎드려 절을 했다.

"형님 마음이 정 그러하시면 제가 개남이와 정식이를 데리고 앞으로의 거사를 처리해 나가겠습니다. 그러나 저는 아직 만사 부족한 것이 많습니다. 매사를 형님이 도와주셔야 합니다."

김덕명이 흐뭇하게 웃었다.

"시시콜콜하게 나에게 물을 거 없네. 자네들이 잘 의논해서 처리하시게. 나는 이제부터 자네들 뒤를 받치는 데 온 힘을 쏟겠네."

김덕명이 말을 마치자 김개남과 손화중이 일어나 봉준에게 허리를 굽혀 인사했다.

"형님이 이제부터 동도 대장이오."

봉준도 일어나 두 아우의 손을 잡았다.

"그래, 나를 믿어 주어 고맙다. 우리 형제가 힘을 합쳐 이 땅에서 학대받는 백성들이 마음 편하게 살 수 있는 나라로 만들어 나가자.

나는 아우님들이 있어 든든하네."

김덕명이 말했다.

"우리는 이제 같이 살고 같이 죽어야 할 동지가 되었다. 우리의 의로운 뜻이 이루어지는 날까지 목숨을 걸고 싸워나가자."

김개남이 비장해졌다.

"큰형님의 말씀이 옳습니다. 제가 제의를 하나 하겠습니다.

오늘 우리 형제는 진실로 의로운 뜻을 세웠습니다. 이 큰 뜻을 위해 몸과 마음을 바치자는 의미에서 서로의 피를 나누어 마시면 어떻겠습니까?"

김덕명이 흔쾌하게 말했다.

"좋은 생각이다."

김개남이 일어나 조그만 막사발과 소주를 가지고 왔다.

네 사람은 각자 칼로 자신의 손바닥을 그어 흐르는 피를 차례차례 막사발에 담고 그 위에 소주를 부었다. 흰 사발에 담긴 붉은 피가 투명한 소주를 품어 안았다.

그들은 혈주를 나누어 마셨다.

김개남이 입가에 묻은 피를 손등으로 훔치며 껄껄 웃었다.

"사람의 피가 이렇게 맛있을 줄을 몰랐네."

손화중이 핏물이 채 가시지 않은 막사발을 손에 들고 말했다.

"이 사발은 우리 형제가 큰 뜻을 맺은 증표로 제가 소중하게 보관하겠습니다."

모두가 너털웃음을 터뜨렸다.

봉준이 비감하게 말했다.

"이로써 우리 형제는 한 몸이 되었습니다. 우러러 하늘에도 부끄럽지 않고 굽어 땅에도 부끄럽지 않은 동지로 다시 태어났습니다.

대선생님께서 무극대도를 펴 이 땅에 새로운 해가 뜨고 벌써 삼십 년 세월이 지나갔습니다. 해가 뜬다고 밤새 내려간 찬 기운이 바로 따뜻해지지는 않습니다.

특히 이 땅은 지난 세월 내내 허공에 먹장구름이 두껍게 깔려 햇살이 백성들에게 다가가기가 머리 간 데 끝 간 데 없이 지난했습니다.

우리는 이제 저 먹장구름을 걷어내려 합니다. 백성들의 눈물만 짜내던 저 먹장구름을 말끔하게 걷어내 천도가 천지간에 가득 차는 세상을 만들어야 합니다.

나라 안의 모든 백성이 더불어 편안하게 사는 세상 말입니다.

맑은 샘에서 맑은 물이 나오는 법입니다. 그리고 시작이 반이라 했습니다.

한번 시작한 일은 끝을 보아야 합니다. 나는 우리 형제가 염원하는 새 세상을 이루기 위해 이 한목숨을 바치겠습니다."

달빛이 창을 통해 들어와 형제들을 포근하게 어루만졌다.

묵뫼 같은 나라를 바로 잡는 일은 말처럼 쉬운 일이 아니다.

봉준은 김덕명의 당부 이전에도 당시 무능하기로 짝이 없이 묵새기던 왕이나 부정부패의 원흉이었던 민비를 건드리지는 않았다.

우수 경칩이 와야 대동강 얼음이 풀리듯 일에는 단계가 있는 법이다.

그는 보은 집회 때 어윤중과 남판하던 자리에서도 나라가 부패하게 된 것은 전적으로 임금을 제대로 보필하지 못한 신하들 탓이라 주장했었다.

나라의 잘못된 틀을 바로 잡아야 한다는 신념은 강했으나 봉준에게는 아직 어떤 구체적인 정책을 어떠한 과정으로 시행해 나가야 할지에 대한 확고한 세부 대책은 아직 없었다.

이것은 봉준이 시급하게 공부하고 준비해야 할 과제였다.

8.

고종 31년, 갑오년, 1894년, 이월.

이월 그믐.

영의정 심순택이 상주했다.

"오늘 전라 감사의 전보를 보니 고부 난민은 비록 모두 해산하지는 않았으나 신임 군수가 이미 부임하였으니 처음 부풀려 전해진 말에 비해 현재는 심히 우려할 것이 못 됩니다."

심순택은 대궐을 나와 이조판서 심상훈을 집으로 불렀다.

저녁 어스름에 심상훈은 호군 심기택과 같이 왔다. 둘 다 익은 밥 먹고 선소리나 잘하는 심순택의 일가 측근들이었다.

심순택이 물었다.

"요즘 세상 돌아가는 이야기나 한번 해 보게."

심상훈이 심드렁하게 말했다.

"장시가 돌아가는 상황이 예사롭지는 않습니다.

이전에 소위 북학파라고 하는 놈들이 상공업을 일으켜야 한다면서 문호를 열자고까지 나불댔습니다. 그래야 조선이 스스로 일어날 정책의 대강이라고 떠들고 다녔습니다.

박지원·이덕무·박제가 같은 놈들이 청국에서 앞선 기술을 모짝 받아들이고 나라 안에서 상공업을 육성시키자고 무진년 팥 방아 찧듯 말발이 우렁찼습니다.

특히 박제가라는 놈은 재물은 샘과 같다면서 퍼내면 가득 차고 버려두면 말라 버린다며 정신 나간 소리를 해 댔습니다. 가만히 살펴보면 그놈이 지껄이는 말속에는 요즘 한양을 비롯해 나라 안의 군현에 장시가 횡행하면서 돈깨나 모은 자들이 우리에게 차마 대놓고 하지 못했던 불평이 들어 있습니다.

박제가는 여기에서 한 발 더 나가 나라 백성 수에서 절반을 차지하면서도 생산을 하지 않는 양반들도 상업에 종사해야 한다고 떠들었습니다. 조선 백성이라면 누구라도 청국에 들어가 서양 오랑캐와 장사를 트는 것도 좋다고 했답니다.

그런 몰지각한 자들을 두고만 보았으니 지금에 와 나라 안에 장시가 무더기로 생기고 거기에서 밥을 빌어먹는 행상도 수가 늘어나 이런 형세가 참으로 예사롭지는 않습니다. 주문공의 가르침에서 벗어난 유생들이 나라를 다 망쳐 버렸습니다."

반드럽기는 삼 년 묵은 물박달나무 방망이 같은 심순택이 말을 막았다.

"북학파라는 샌님들의 말은 왕조를 유지하는 신분제의 틀을 넘어서는 주장이라 당시에도 정책으로 받아들이지는 않았다."

호군 심기택이 말했다.

"그러나 상업으로 밥을 먹는 자들은 유비가 한중 믿듯 그들의 말을 받들고 있습니다."

심상홍이 거들었다.

"사실 조정은 입에 발린 항산과 근면을 묵은장 쓰듯 떠벌이면서도 상인과 장인들은 바지저고리 정도로 천시했습니다.

그러다 보니 산업은 시든 배추 속잎같이 후줄근하고 물동 교역이나 증식 장려 정책은 조정에서 아예 거론조차 없었습니다. 이런 까닭으로 상공업은 크게 성장하지 못해 아직도 세금 원이 되지는 못하고 있는 실정입니다."

심순택도 고개를 끄덕였다.

"나라가 농경에만 의존하는 단일 세원에다 관리의 가렴주구로 백성의 생활은 더욱 쪼들리고 국고는 항상 바닥나 호조가 애먼 하늘만 쳐다본 지는 이미 오래되었다.

나라가 쪼들리고 백성이 굶주리는 사정은 내가 알 바가 아니다. 또 내가 선손 걸어 나설 이유도 없고, 어거지로 나서서 어찌 손을 써 본들 고쳐질 구조도 아니다. 나서서 바른말을 하면 모가지가 달랑거리는데 그 짓을 내가 왜 해야 하겠나?

그나저나 자네가 보기에 나라 안에 어느 지역에서 가장 수탈이 심한가?"

심상홍이 대답했다.

"깨놓고 말씀드리면 곡창이 많은 호남이지요. 백성 봉기도 그곳에서 가장 자주 일어납니다."

심순택이 가자미눈을 하고 심상홍을 노려보았다.

"백성들은 그런 일이 있으면 고을 수령이나 관찰사에게 진정하거나 제소해 시정을 구신하면 되지 않느냐?"

심기택이 기가 차서 허허 웃고 말았다.

"아이고 영감님, 그런 말이 입에서 나옵니까? 어째 다 알면서도 우리를 떠보는 말씀 같습니다. 백성들이 제소한다고 들어줄 놈이 누가 있습디까?"

심순택도 실없이 웃고 말았다.

"하긴 위아래가 모두 한통속인데 백성들이 떠들어 본들 그게 무슨 소용이 있겠나?"

심상홍이 말했다.

"제소를 받아주지 않으면 백성들은 말이나 글로 시위를 합니다. 그러면 밑이 구린 관장은 민주고주를 대 이들을 난민으로 몰아 강제로 해산시키거나 장두를 포박해 죄를 물어 모가지를 잘랐습니다. 대개는 이런 방법이 잘 통했습니다.

그런데 독한 놈들이 앞장서는 고을은 사태가 거기에 이르면 폭동이 일어납니다."

심기택이 거들었다.

"폭동이 일어나면 난민이 제시하는 조건과 거사 장두의 투지 여하로 관과 백성 간의 승패가 결정 납니다.

대부분 폭동은 관이 심판서 말대로 백성을 무마하는 수법으로 마무리됩니다. 폭동을 주도한 장두 급은 잡아 죽이고 동조한 백성들은 등급을 매겨 그에 상응하는 처벌을 하면 끝납니다.

반대로 백성들이 이긴다 해도 탐관을 축출하는 분풀이 정도에 그치고 후임으로 부임해 오는 신임 사또에게 충성을 다해야 하는 의무만 남게 됩니다."

심순택이 무얼 아는 척 말했다.

"백성들이 집단으로 저항하는 밑절미는 대체로 온건하게 출발하기 마련이다. 그러나 관장은 순한 양에게는 절대로 굴복하지 않는다. 문제는 해결되지 않는다. 그러면 날이 갈수록 저항은 과격해지기 마련이다. 이 과정에서 무리를 이끄는 괴수가 갈라지고 결국 조금이라도 더 강포한 놈이 사태를 주도하게 마련이다.

전라감사 김문현의 보고에 의하면 이번 폭동의 괴수 전봉준은 호남의 동학 신참 접주라고 한다.

내가 보기에 아마 그놈은 동학하는 자들과 농민을 꾀어 단순한 봉기가 아닌 내란을 계획하고 있는 듯하다. 그러나 그가 그의 뜻을 펴기에는 여건이 충분하지 못하다.

좌우 양 포도청 보고에 의하면 동학 괴수는 지금 보은에 본거지를 둔 최경상이라는 놈이다. 이놈은 이제껏 비폭력 온건으로 일관하고 있다.

전봉준은 자신이 일어나기만 하면 최경상이 내란을 주도해 주기를 바라겠지만, 어림 반 푼어치도 없는 희망일 뿐이다. 최경상은 하찮은 소인배로서 일을 크게 일으킬 만한 배포는 없는 일개 사이비 교주에 불과하다.

그러므로 남도에서 전봉준이라는 놈이 날뛰고 있다 하나 괴수가 동조하지 않는 이상 동학은 구심을 잃고 이리 떼 틀고 간 수세미 자리처럼 어수선하다 얼마 지나면 제풀에 수그러들고 말리라."

심상훈이 말을 받았다.

"관리의 탐학이 자심한 호남 동학 접주들은 그들 나름대로 독자 노선 모색에 절치부심하는 것으로 압니다.

아마도 전가 놈은 작년에 괴수가 주도했던 세 차례 시위를 군대가 대규모 침공이나 반격 작전을 펴기에 앞서 예행하는 연습과 같은 것으로 인식하는 모양입니다.

따라서 이전의 시위들은 도인의 동원 가능성이나 동원 방법 또는 동원 규모나 동원 관리 등을 시험하고 실습해 보는 의미가 있었다고 보아 결코 실패한 시위가 아니라고 보는 듯합니다.

동학 교단은 싫건 좋건 간에 그러한 포대를 구축했고 포신을 정비해 놓은 셈이 되었습니다.

그러므로 이제는 누구라도 심지에 점화만 하면 백성의 봉기는 내란으로 커질 여건이 성숙해 있다고 전가 놈은 생각하는 모양입니다.

그 심지가 고부군수 조병갑이었고 화전에 불을 붙인 사람이 바로 자신이라는 것이지요.

전가는 고부 봉기 시작부터 온건과 강경 세력의 통합 없이는 폭력 수단으로 마무리되는 혁명까지는 어렵다는 것을 알고 있었을 겁니다. 그래서 스스로 항쟁의 선봉에 서 마중물이 된다면 괴수도 자연히 합세해 주리라는 믿음을 가졌을 것입니다.

그 믿음에 김덕명과 김개남 손화중 같은 졸개들이 힘을 보태 주었고 새로운 길을 모색하던 호남 접주들의 마음에도 들었다 하겠습니다."

심순택은 만족스러운 얼굴로 턱에 난 수염을 쓸었다.

"자네들이 그나마 벼슬 값을 하고 있으니 내가 조금은 마음이 놓이는구만.

고부 봉기 첩보를 보니 도인과 농민들은 서로 속셈이 달라 농민들이 동학하는 놈들의 거짓말에 잘 속지 않는 모양이야.

무지하고 순박한 농민들이야 분풀이만 하면 만족하기에 대놓고 역적질을 하려는 동학 놈들에게 쉽게 꼬일 이유는 없어 보이네.

그러니 동학하는 놈들이 모두 모여 보아야 얼마나 되겠나. 관군이 출동하면 하루아침에 버러지처럼 흩어지고 말 것일세.

그러나 지난 임술년의 난리도 있었으니 지금 고부 사태를 만만하게 보지는 말게.

김문현과 조병갑의 거취는 내가 잘 알아서 처리할 터이니 자네들은 정신 똑바로 차리고 동학 부스러기들의 동향을 자세히 살펴 일이 더 확대되지 않도록 철저하게 대비하도록 하게."

심상홍과 심기택이 서로 눈치를 보더니 동시에 고개를 끄덕였다.

심기택은 담뱃대에 다시 불을 붙였다. 한 모금 깊게 빨아들이더니 한숨 삼아 길게 숨을 내쉬었다.

"나는 명색이 정승이라도 핫바지에 불과한 몸이다. 알짜는 민가 놈들이 다 빼먹고 일이 생기면 책임은 내가 모두 져야 한다.

나는 떡고물을 주워 먹는데도 저놈들 눈치를 살펴야 한다.

끈이 언제 떨어질지도 모르는 신세이니 내가 자리에 있는 동안 한밑천 단단히 뽑아 두는 것이 상수다. 그까짓 무지렁이 백성들이야 죽든 살든 내 알 바 아니다. 우리 집안의 실속이 가장 중요한 법이다.

이 점을 각자 명심하도록 해라."

9.

고종 31년, 갑오년, 1894년, 삼월.

소사는 어느덧 스물넷의 숙성한 여인이 되었다. 여옥을 닮아 황홀한 용모에 아리따운 자태가 늦가을 배춧속처럼 청아했다.

필제에게 병법을 배워 온갖 병서에 통달했다. 그녀가 낭랑한 목소리로 문장을 외우면 허공에 꽃비처럼 무지개가 퍼지고, 깊은 골짜기를 맴돌다 혼자 가던 바람도 등성이로 올라와 잠시 머물렀다.

필제가 총에 맞은 다리를 끌면서 산채로 올라왔을 때 상처는 이미 곪아 고름이 차서 흘렀다. 여옥은 이를 악물고 남편의 다리를 잘랐다.

무슨 일인지 필제의 잘린 다리 부분 상처가 아물자 소사에게 신령스런 기운이 들어왔다. 소사가 사람의 상한 부위에 손을 대면 그 순간 신기하게도 고통이 사라지고 새살이 돋았다.

필제는 서재에서 소사의 노래를 들으며 차를 마셨다.

옆에서 여옥이 차를 쳤다. 다호를 높이 들어 뜨거운 찻물을 길게 늘여 잔에 부었다.

세상은 급박하게 돌아갔으나 칠선봉에는 어김없이 봄이 찾아왔다. 세상이 곰 설거지하듯 몸을 뒤틀고 있을 때 칠선봉 언저리는 새순이 돋아 푸르렀다.

필제는 여옥의 두 손을 끌어당겨 꼬옥 포갰다. 여옥이 마알간 햇살을 받고 공작처럼 웃었다. 아침나절이 신선이 산다는 항아리 속처럼 편안했다.

허벅지 중간까지 잘린 다리에 목발을 끼우고 보낸 세월이 길었다. 늙은 화강암 그늘 속에서 도마뱀처럼 꼬리를 끊고 고단했던 역사를 반추하면 등 뒤로 가랑잎 쓸려가는 소리가 사무쳤다.

소사를 보고 있으면 저절로 미소가 지어지고 심장이 따뜻해 오지만 금방 가엾고 안타까운 마음에 가슴이 찢어졌다.

소사는 어릴 적부터 뜻이 컸다.

아버지가 이루지 못한 과업을 이어 세상에 잘못 쳐진 그물을 걷어내겠다고 스스로 서원을 세웠다.

소사는 세상에 나가서 옳은 일을 하면서 목숨을 바칠 때를 기다리고 있었다.

오시에 소사는 가뭇없이 산채를 나왔다.

영산봉을 오르자 다람쥐 떼가 따라왔다. 촛대봉 입구에 이르자 고라니 무리가 기다리고 있었다. 연화봉 들머리에 닿자 산돼지 떼가 몰려왔다. 제석봉에는 지리산에 터를 잡은 온갖 짐승과 새들이 소사를 기다리고 있었다. 소사는 이들을 이끌고 천왕봉으로 올라갔다.

천왕봉 등성이가 저만치 보이는 비탈길에 이르자 정상에 미리 와 있던 백호 부부가 새끼를 데리고 마중 나왔다. 소사는 백호의 솜처럼 부드러운 등짝을 부드럽게 어루만져 주었다. 백호는 눈을 가늘게 만들고 입으로만 웃었다.

정상 아래쪽에 숲에 묻힌 넓은 터에 온갖 금수가 모였다. 뱀 무리 옆에 개구리 무리가 자리 잡았다. 백호 가족 옆에 토끼무리가 자리 잡았다. 온갖 무리가 앉은 자리에서 소사를 쳐다보았다.

소사는 그들을 마주 보며 이마에 흐르는 땀을 손등으로 훔쳤다.

몇 년 전 봄날 소사는 영산봉을 오르다 죽어 가던 병든 다람쥐 한 마리를 살렸다. 그랬더니 다람쥐들이 병이 들면 칠선봉으로 소사를 찾아왔다. 소사는 정성껏 치료해 살려 보냈다. 얼마 뒤에는 병든 고라니가 찾아왔고 옆구리가 찢어진 산돼지도 찾아왔다. 소사는 모두 살려 보냈다.

날씨가 더워지자 소사는 직접 숲으로 들어갔다. 그녀를 보고 모여드는 온갖 아픈 금수를 돌보았다.

가을이 깊어 가던 보름밤이었다. 황소보다 덩치가 큰 백호 한 마리가 소사를 찾아왔다. 백호는 소사를 보고 눈물을 뚝뚝 흘리며 무릎을 구부렸다. 소사가 백호 등에 올라타자 백호는 찬란한 달빛 속을 바람처럼 달려 천왕봉 골짜기로 소사를 데려갔다.

골짜기 으슥한 곳에 긴 동굴이 있었다. 동굴 입구에 어미 백호가 새끼 백호 한 마리를 품고 있었다. 새끼 백호는 절벽에서 떨어져 장이 터져 죽어 가고 있었다.

소사는 얼은 새끼 백호를 품에 안았다. 새끼 백호는 겨우 눈을 떴으나 신음조차 내지 못했다. 소사는 새끼 백호의 배를 어루만지며 조용히 주문을 외었다.

"시천주 조화정 영세불망 만사지."

백호 부부가 소사를 간절한 눈길로 쳐다보았다. 잠시 후 새끼 백호는 앓는 소리를 냈다. 그러더니 몸을 뒤틀어 땅에 내려달라 했다. 소사가 내려놓으니 새끼는 금방 어미 품에 가 안겼다.

이후로 소사는 보름에 한 번 천왕봉을 올랐다.

그녀가 천왕봉에 오르는 날은 지리산에서 생을 이어가는 온갖 금수가 숲속 공터에서 같이 모였다.

무리를 둘러보던 소사가 이윽고 주문을 외기 시작했다.

"시천주 조화정 영세불망 만사지.

시천주 조화정 영세불망 만사지.

시천주 조화정 영세불망 만사지."

천상에서 울리듯 아름다운 낭송은 무리의 심장으로 들어가 실핏줄 끝까지 우렁차게 흘렀다.

주문 외는 소리는 끝없이 이어졌다.

온갖 금수가 소사의 주문을 속으로 따라 외었다.

그리하여 한울님의 도가 지리산 하늘 위에 찬란하게 빛났다.

10.

고종 31년, 갑오년, 1894년, 삼월.

삼월 초하루.

김개남이 도인을 이끌고 줄포 세고를 열었다.

줄포는 부안군에 속한 작은 포구이다. 도인들은 군의 경계를 넘어 부안군에 있는 세고를 턴 셈이다.

당시 거사 단계에서 군 경계를 월경하는 것은 역모로 취급되었다.

그러므로 갑오년 삼월 초하루는 사실상 갑오동학혁명이 시작된 날이다.

줄포 세고에서 꺼낸 미곡은 혁명을 위해 도인들이 움직일 수 있는 최소한의 자금이 되어 주었다.

봉준과 동지들은 각자 자신의 관내 도인들을 동원하기 시작했다.

일차 집결지는 손화중의 근거지인 무장으로 정했다.

신미년, 영해 교조신원운동 때 필제가 병풍 바윗골에 오백 명을 동원하는 데 이십 일이 걸렸다. 지금은 그때와는 비교할 수 없게 상황이 무르익었다.

그때는 일개 고을 관아를 대상으로 벌인 봉기였지만 이번에는 그림이 커져 조선의 관군을 상대해 전투를 치러야 한다.

삼월 이십 일.

무장에는 봉준과 그의 동지들의 호소에 화답하듯, 수천의 동학도인들이 집결했다.

봉준은 미리 구상한 대로 포고문을 반포해 거사의 뜻을 밝히고, 백성들이 놀라지 말고 거사의 대의에 호응해 줄 것을 당부했다.

포고문

'사람이 세상에 가장 귀한 것은 인륜이 있기 때문이니 군신부자는 인륜의 가장 큰 것이라 임금이 어질고 신하가 곧으며 아버지가 사랑하고 아들이 효도한 후에야 가정과 국가를 이루어 무강한 복에 이르게 된다.

지금 우리 성상은 인효자애하고 신명성려한지라 어질고 정직한 신하가 있어 총명을 익찬하면 요순지화와 문경지치를 곧 바랄 것이다.

그러나 지금 신하된 자는 국은에 보답할 생각은 아니하고 한갓 녹위를 도적하여 총명을 가리고 다만 아첨할 뿐이라. 충간하는 선비를 요언이라 이르고 정직한 사람을 비도라 하여 안에는 보국의 재가 없고 밖에는 학민의 관이 많도다.

인민의 마음은 날로 변하여 들어서는 생을 즐길 수 없고 나가서는 보신할 계책이 없으니 학정이 날로 심하매 원성이 그치지 아니하여 군신의 의와 부자의 인륜과 상하의 분이 다 무너지고 말았다.

관자가 사유가 퍼지지 않으면 나라가 멸망한다고 했으니 지금 형세는 옛날보다 더 심함이 있는지라. 공경으로부터 방백수령에 이르기까지 국가의 위태함을 생각하지 아니하고 한갓 자기만 살찌고 가정만 윤택하게 할 계책을 하여 환로의 문을 돈벌이하는 길로 보며 응시의 장을 교역하는 저자로 삼아 간다.

허다한 재물은 국고로 들어가지 아니하고 다만 사장을 채울 뿐이며 국가에 누적된 채무가 있어도 갚을 생각은 하지 않고 교만하고 사치하고 음란하고 더러운 일만을 기탄없이 행하여 팔도가 어육이 되고 만인이 도탄에 들었도다.

수재의 탐학이 까닭이 있으니 백성이 어찌 곤궁하지 않으리오. 백성은 국가의 근본이라 근본이 깎이면 나라가 반드시 쇠잔해지는 법이다.

보국안민의 방책을 생각하지 않고 밖으로 자기 집만 꾸미려 오직 자기만 잘되려는 방법만 생각하여 한갓 녹위를 도적하니 어찌 이것이 옳은 일이겠는가.

우리들은 비록 초야의 유민이나 임금의 토지에서 먹고 임금의 은혜로 옷을 입고 사는 자라. 국가의 멸망을 차마 앉아서 볼 수 없어 팔로가 마음을 같이하고 억조가 순의하여 이제 의로운 깃발을 들어 보공과 보국안민으로써 사생의 맹세를 하였으니 오늘의 광경은 비록 놀랄 일이나 절대 놀라지 말고 각안기업하여 함께 승평의 세월에 함목성화하기를 축원하면 천만행심일까 하노라.'

갑오년, 삼월, 호남창의소, 전봉준 손화중 김개남

마침내 혁명의 깃발이 올려졌다. 동학농민군은 무장을 출발하여 고부 관아를 다시 한 번 접수하여 후방을 튼튼히 하고, 말목장터를 거쳐 정월 봉기 때 최후의 거점으로 삼았던 백산으로 이동했다.

백산에 그럴싸한 대장소가 차려졌다.

그러는 중에도 각처에서 동학도인들과 호응하는 농민들이 몰려들었다.

대장소에 두목들을 모이게 하고 봉준이 말했다.

"형님이 계시는 금구 원평은 전주 감영과 가까운 곳입니다. 그러니 그곳에서 하루나 이틀간 군사를 한곳에 집결시킨 후 곧 다른 요처로 이동시켜야 합니다. 그렇지 않습니까?"

김덕명은 고개를 끄덕였다.

"그러나 개남이와 영식이가 이끄는 도인들은 전주 감영과 멀리 떨어져 있어 동원에 큰 위험은 없어 보인다. 그렇지 않은가?"

두 사람은 인정했다.

봉준이 다시 말했다.

"기러기도 백 년 수를 갖는다고 했다. 아무리 썩어도 관군은 관군일 터이니 절대로 그들을 얕보아서는 안 된다."

김개남이 호기롭게 말했다.

"아무런들 길마 무거워 소 드러눕겠소?"

손화중도 거들었다.

"늙은 까마귀가 짖는다고 범이 죽겠소? 그러면 한번 시작해 봅시다."

김덕명·김개남·손화중은 선발대 격으로 백산에 집결한 휘하의 동학도인들 외에도 자신들의 근거지에서 계속해서 병력을 규합해 나갔다.

순천에서는 박낙양, 보성에서는 문장형과 이치가 병력을 이끌고 움직였다. 광양·낙안·홍양에서 유하덕·유봉만·안규복·이수희가 도인들과 함께 이동하기 시작했다.

고창의 오하영과 오시영, 정읍의 손여옥과 차치구, 태인의 김낙삼과 최경선도 움직였다.

지역 접주로는 고창의 홍낙관과 홍계관, 고부의 송대화, 금구의 김인배, 무안의 배규인·송두옥·김응문, 남원의 김홍기, 진안의 이사명·전화삼, 장흥의 이방언과 이인환, 장성의 김주환, 나주의 오권선, 순천의 박낙양이 참여했다.

백산 들판에 수천 명의 동학군이 모였다.

봉준은 부대를 새롭게 편성하고 각 부대의 부서를 결정했다.

여러 사람이 봉준을 총대장으로 추대했다. 이에 봉준은 정식으로 동학군 총사령관이 되었다.

봉준은 즉시 지도부를 구성했다.

총관령 손화중·김개남
총참모 김덕명·오시영
영솔장 최경선
비서 송희옥·정백현

총관령은 총대장의 지시를 받아 군사를 지휘하는 부사령관 역할을 담당했다. 총참모는 지도부가 자문을 얻는 고문 역할을 했다.

영솔장은 가장 앞선 부대를 지휘하는 선봉장이었다. 비서는 여러 문서 실무를 담당하고 선언문을 작성 등을 담당했다.

최경선은 매사를 신중하게 처리해 봉준의 오른팔 역할을 충실하게 해냈다. 송희옥과 정백현은 젊은 문사로 호남에 크게 이름을 떨치던 인물이었다.

규모를 갖추어 지도부가 구성되고 편제를 갖춘 동학군은 군대의 위의와 군기를 갖추기 위해 부대별로 표지를 기안했다. 부대마다 진영 앞에 부대 깃발을 세우고 그 옆에 동도대장·보국안민·제폭구민이라 쓴 기를 세웠다.

동학군은 죽창을 높이 들고 함성을 질렀다.

백산 위에 모인 동학군은 접별로 대오를 짓거나 무리 지어 모인 동학군들은 최경선의 구령에 맞춰서 일어서거나 앉기를 반복했다. 때로는 잰걸음으로 앞으로 몰렸다가 황급히 뒤로 물러나기도 하였다. 말하자면 군사 훈련을 하는 셈이다. 지휘자의 지휘에 일사불란하게 호응하게 하는 것이 무엇보다 중요했다.

멀리서 보면 그 모습이 더욱 장관이었다.

"일어나면 백산이요 앉으면 죽산이다."

백성들 사이에 이런 말이 먼저 퍼져나갔다.

흰옷을 입었던 동학군이 일어나면 흰 구름이 뭉친 듯했고 앉으면 푸른 죽창이 빽빽한 것을 일컫는 말이었다.

봉준은 머리에 백립을 쓰고 몸에는 백의를 걸쳤다. 이것은 부친의 억울한 옥사를 에둘러 표현했다. 손에는 백오 염주를 손에 들고 항상 주문을 외웠다.

포사들은 어깨에 弓乙(궁을) 두 자를 적고 몸에는 同心義盟(동심의맹) 넉 자를 쓴 횡대를 두르고 五萬年受運(오만년수운)이라 쓰인 기를 한 손에 들었다.

봉준은 거사 동기를 간단명료하게 밝힌 격문을 다시 사방에 놀렸다.

'우리가 의를 들어 여기에 이름은 그 본의가 결단코 다른 데 있지 아니하고 창생을 도탄 속에서 건지고 국가를 반석 위에 두고자 함이다.

안으로는 탐학한 관리의 머리를 베고 밖으로는 횡포한 강적의 무리를 몰아내고자 함이다.

양반과 부호 앞에서 고통 받는 백성과 방백 수령 밑에서 굴욕 받는 낮은 벼슬아치들은 우리와 같이 원한이 깊은 자라, 조금도 주저하지 말고 이 시각부터 일어서라.

만일 기회를 잃으면 후회해도 돌이키지 못하리라.'

격문을 품에 숨긴 동학군을 태우고 파발마가 바람과 구름을 탄 송골매처럼 분주히 내달렸다.

봉준은 다시 동학군의 사명 의식을 다짐하는 사대 강령을 발표했다.

하나, 사람을 함부로 죽이지 말고 재물을 손상하지 말 것.
하나, 충효를 다하여 세상을 가지런히 하고 백성을 편안히 할 것.
하나, 왜적을 몰아내고 성도를 밝힐 것.
하나, 군사를 이끌고 서울에 들어가 권귀를 진멸할 것.

이 네 가지 조항은 혁명의 직접적인 목표를 알게 하는 지침이 되었다.

봉준은 다시 더 세세하게 동학군이 지켜야 할 행동 수칙을 발표했다.

"매양 적과 싸울 때 우리는 칼날에 피를 묻히지 않고 이기는 것을 공으로 삼습니다. 어쩔 수 없이 싸우더라도 결코 나와 상대의 목숨을 상하게 하지 않도록 주의해야 합니다.

행신하나 마을을 시날 때 사람이나 가축을 해쳐서는 안 되며 어진 사람이 사는 마을에는 십 리 안으로 들어가 머무르지 맙시다.

닭고기는 계룡산의 정기이니 계룡산의 운수를 해치지 말고 개고기는 사람의 정신을 흐리게 하니 먹지 말도록 합시다."

이전에는 굶주린 봉기군이 마을에 들어가면 백성의 닭이나 개를 허락없이 잡아먹기 일쑤였다.

민폐를 끼치지 않도록 동학군은 개와 닭을 먹지 말자는 당부는 호남을 넘어 강원도와 황해도를 넘어갔다.

온 나라 안에서 철저히 지켜진 동학군 규율이 되었다.

이로 인해 나중에 홍주 목사 이승우는 천주교도에게 십자가를 밟아 배도를 증명하게 하던 짓을 흉내 내 개를 잡아 포로가 된 동학군에게 억지로 먹여 도에서 이탈하게 하는 졸렬한 방법을 쓰기도 했다.

봉준은 이차 집결지를 논의했다.

김덕명이 물었다.

"전라도 도인이 모두 모일 집결지는 외지고 식량 조달이 용이한 곳이어야 하네. 생각해 놓은 곳이 있는가?"

봉준이 조심스럽게 말했다.

"저는 두 곳을 보고 있습니다. 한 곳은 부안면 임천이고 또 한 곳은 무장현 동음치면 당산입니다. 임천은 깊은 산중이고 당산은 외진 서해 바닷가입니다.

형님은 어디가 좋겠습니까?"

김덕명이 잠시 생각하더니 형제들을 둘러보며 말했다.

"바닷가보다는 산중이 안전하지 않겠나? 자네들 생각은 어떤가?"

김개남과 손화중이 동의했다.

봉준은 이차 집결지를 부안면 임천으로 결정했다.

흥덕에서 선운사 쪽으로 십 리 정도 가면 아산 방면으로 가는 길과 선운사 방면으로 가는 길이 갈린다. 여기서 선운사 쪽으로 가면 밋밋한 작은 고개가 나온다. 고개를 넘어가면 바로 주월강을 가로지른 반암교가 나타나며 다리 오른쪽으로 들어가면 홍강 임천 마을이다.

고부에서 임천까지는 뱃길과 육로가 있다. 뱃길은 줄포에서 배를 타고 주진강 하구까지 가 강을 거슬러 십 리 조금 못 되게 올라가면 된다.

육로는 줄포에서 흥덕 쪽으로 가다가 사포를 건어 선운사 쪽으로 들어가면 된다.

주월강을 사이에 두고 무강과 홍강 두 마을이 있었으나 합쳐봐야 삼십 호 정도였다. 본진 수천 명이 숙식하자면 별도 시설이 마련되어야 했다.

백산에 집결한 동학군 일부가 먼저 임천 산중으로 떠났다.

그들은 강가에 초막을 여러 채 쳤다.

이곳은 두 마을의 가운데 지역이고 배가 닿는 선창이기도 했다.

많은 인원이 집결하려면 식량 조달이 큰 문제가 된다. 봉준은 이 점을 생각해 김개남을 시켜 줄포 세미창 미곡을 미리 확보해 놓았던 것이다. 줄포에서 확보한 미곡만 팔만여 석이었다.

양곡은 바다를 거쳐 주월강 하구에서 배편으로 임천까지 운반했다.

11.

고종 31년, 갑오년, 1894년, 삼월.

조정은 고부 봉기를 수습한답시고 장흥 부사 이용태를 안핵사로 임명했다.

이용태는 전주 이씨로 당시 나이 사십이었다. 계유년에 뇌물을 바쳐 진사가 되고 곧 군수를 제수 받았다. 나막신 신고 대동선을 쫓아가다 보니 이렇다 할 학문이나 식견은 없는 자였다.

정해년부터 영길리국·아라사·이태리·불량국 등 다섯 나라 공사관과 참사관을 거치면서 머리 없는 놈 댕기치레 하듯 선진국 문물은 접해 본 자였다.

그러나 그러면서 어섯눈이라도 뜨지 못하고 매사에 반상이나 따지는, 머리카락에 홈이 파인 소인배였다.

위에다 대고 비비는 재주는 자못 신통해 신묘년에 참의내무부사로 승진했다가 일 년 전인 계사년에 장흥 부사로 부임했다.

부사 재임 중 선운사에서 재산깨나 있는 백정을 동학도인이라 트집 잡아 끌어가다가 손화중 휘하 도인들에게 걸린 일이 있었다.

이용태는 연지원 주막거리에서 매를 흠씬 두들겨 맞고 맨발로 달아났다.

그 꼴을 당하고서도 수하들에게는 그 일을 절대로 소문내지 말라고 윽박질렀다.

이 일로 그는 송곳니가 방석이 되도록 갈아대며 동학도인들을 잡도리할 기회를 벼르고 있었다.

안핵사로 임명된 이용태는 동학군 세력이 의외로 강하다는 첩보를 들었다. 비굴한 인물은 대개 잔나비처럼 겁이 많고 뱀처럼 잔인한 법이다.

이용태는 몸이 아프다는 핑계를 대고 손자 턱에 흰 수염이 나도록 차일피일 출발을 미루었다. 못된 음식이 뜨겁기만 하고, 망나니가 금관자 서슬에 큰기침한다더니 이용태가 바로 그랬다.

그러면서도 교만은 살아서 동학군을 오합지졸이라 무이 여겼다.

'그놈들이 박명원의 유화책에 속아 해산한다면 그 후에 뒤통수를 쳐 손쉽게 일망타진하면 된다.'

그의 수하에는 팔백여 명의 병졸이 딸려 있었다.

평소에도 출동하면 전투보다는 민가를 약탈하고 아녀자를 강간하는 재미에 더 맛을 들인 놈들이었다. 백성을 보호하는 군대이기는커녕 아예 화적보다도 못한 불한당들이었다.

이들은 이용태의 명령만 기다리며 인경 꼭지를 잡고 침을 질질 흘렸다.

삼월 삼 일.

박원명이 동학군을 거의 해산시켰다는 첩보를 듣자 이용태는 맹꽁이 결박하듯 갑옷을 차려입더니 느럭느럭 움직이기 시작했다.

왕은 전라도 분위기를 무춤무춤 감지하고 전라감사와 안핵사에게 명을 내렸다.

'의정부의 계언에 의하면 고부 민요로 이미 안핵사를 파견하였으나 그 동안 어떻게 조사했는지 알 수가 없다고 한다.

연이은 다른 보고를 보면 난민의 움직임은 갈수록 더욱 헤아리기 어렵다. 우선 감사와 안핵사에게 영을 내려 짐이 특별하게 위무하는 뜻을 잘 전해서 효유시키라.

그래도 여전히 완강하게 버티면 이는 평범하게 다스리면 안 된다.

오호라! 저 무리는 어리석은 백성들의 모임이다.

설사 한두 불량배의 부추김에 속았거나 위협에 넘어갔다 할지라도 더는 늘어나지 않도록 해야 한다.

설혹 무력을 쓰게 되더라도 형정을 함부로 쓰지 말라는 내 뜻을 전라감 사와 안핵사에게 속히 알리도록 하라.'

삼월 칠 일.

이용태가 고부에 들어갔다.

그는 왕의 명 중에 완강하게 버티면 평범하게 다스리지 말라는 문구를 들어 부하들에게 훈시했다.

"국법의 권위를 세우려면 저 사악한 무리에게 대강 묵주머니가 되어서 는 어림도 없다. 그러므로 저들이 다시는 고개를 들지 못하도록 철저하게 짓밟아야 한다."

이용태는 군수 박원명에게 물경스럽게 으름장을 놓았다.

"당신은 민요 장두도 아직 잡아들이지 못하고 여기서 여태까지 무얼 하고 있었소?"

기질이 무른 호박 같은 박원명은 이용태 앞에서 날 잡아 잡수라고 말도 한마디 못 했다.

이용태와 팔백 졸개들은 박원명이 백성들과 한 약속 따위는 애초에 무시했다. 고부 백성을 송곳 항렬로 세워 인절미 팥고물 묻히듯이 모두 동학군으로 몰았다.

사내는 만나는 대로 체포해 구타했다. 무조건 육모방망이로 개 패듯 두들긴 후 생선꾸러미 엮듯 포박해 옥에 처넣었다.

부녀자는 보이는 대로 치마를 벗겨 강간했다. 바늘뼈에 두부살밖에 없는 놈들이 젊은 여인을 보면 무조건 붙들어 여럿이 둘러싼 가운데에 집어넣고 거꿈내기로 범했다.

몸을 버린 여인들이 길에 나와 땅을 치며 통곡했다. 영문을 모르는 어린아이들이 제 어미 옆에서 같이 울며 굴렀다.

졸개들은 아무 집이나 들어가 도둑놈 개 꾸짖듯 손에 잡히는 대로 난전을 쳤다.

약탈한 물건을 자루에 넣어 메고 나오다 저희끼리 마주 보고 희희덕거렸다.

봉기 기간에 고부 군민이라면 공동 책임을 진다는 뜻에서 동헌과 말목 장터에서 순번을 서기 위해 관아 문턱을 한 번쯤 넘어가지 않은 사람이 없었다. 이용태는 이들을 모두 동학군으로 몰아 가혹하게 물초를 먹였다.

말을 타고 동에 번쩍 서에 번쩍, 뒤웅박 차고 바람 잡는다고 활약이 대단했다.

고부는 말살에 쇠뼈다귀를 먹은 듯이 날뛰는 이용태의 작태로 아비규환의 지옥으로 변했다.

고양이 낙태한 상을 한 박원명은 별수 없이 뒷짐 지고 구경이나 했다.

이용태는 힘없는 백성들을 상대로 한바탕 몸을 풀고 난 후 전주 한벽당으로 물러가 기생을 불러 크게 잔치를 벌이고 수하들과 밤새도록 술을 마셨다.

한벽당 마당에는 억울하게 잡혀 온 백성들이 수염을 뽑히거나 상투를 매다는 악형을 받으며 몸부림쳤다.

이용태는 아랭이를 사발로 마시며 기염을 토했다.

"쇠뿔도 각각 염주도 몫몫이다."

이용태는 왕의 명을 받은 안핵사의 책임을 다한 난세의 영웅을 자처하며 밤이 새도록 물 만난 오리처럼 으스댔다.

이러한 이용태의 작폐는 봉기의 수습이라기보다는 차라리 기름에 불을 지른 꼴이 되고 말았다.

12.

고종 31년, 갑오년, 1894년, 삼월.

봄이 익어가고 있었다.

얼굴을 스치는 바람결이 한결 포근했다.

백산을 떠나 임천에 도착한 장정들은 삼 일에 걸쳐 전투 훈련을 받았다. 여러 열로 줄을 맞추어 서서 죽창을 들고 품세 훈련을 했다. 화창한 허공이 푸른 죽창 허연 날에 찔려 파르르 떨었다.

봉준은 임천과 당산에 병력을 나누어 주둔시켰다.

훈련을 마친 장정들은 무장현 동음치면 구암리 구수 당산으로 이동했다.

무장현 당산은 법성포에서 복동 사이 이십 리 조금 못 되는 곳이다.

구암천 하구에서 삼당리 울진까지 거리는 오 리이다. 당산은 바닷가이지만 외져서 마음 놓고 진을 칠 수 있었다.

이곳은 무장 관아와 가까운 곳으로 너른 들판이 있었다. 영광과 법성 양읍 경계와도 접해 있었다.

도인들은 법성 진량면 용현리 일대에 넓게 자생하는 대밭으로 가서 대밑동을 베어 죽창을 만들었다. 일부는 여러 지역을 돌며 백성이 소지하고 있던 조총과 쇠붙이·쟁기·낫과 도끼 같은 물건을 빌려 무장했다.

이들은 이전에 동학을 대놓고 멸시했거나 도인을 일부러 지목했던 자들을 골라 모두 엄하게 징계했다.

악명이 높았던 석교천 안덕필과 송경수의 집과 가산을 사정없이 부수고 불태웠다.

삼월 이십오 일.

하늘에 보름달이 휘영청 밝았다.

초경에 봉준의 대장소에 젊은 사내 한 사람이 찾아왔다. 대장소에는 안 팎으로 횃불이 걸려 대낮처럼 밝았다.

그는 입구를 지키던 장정들이 제지하자 조용히 말했다.

"총대장님께 긴히 드릴 물건이 있으니 어서 말씀을 올려주시오."

자객이 들끓는 상황이라 알지 못하는 젊은이가 봉준을 찾자 병사는 최 경선에게 보고했다.

최경선이 횃불 아래에서 사내의 얼굴을 자세히 바라보니 매우 수려하고 엄숙해 함부로 다룰 사람이 아니라고 판단했다. 최경선이 대장소에 들어 가 봉준에게 이 사실을 알렸다. 봉준은 들여보내라고 지시했다.

대장소에 들어가 봉준을 만난 사내는 공손하게 허리를 숙여 인사했다.

"저는 주정호라는 서생입니다. 총대장께 드릴 물건이 있어서 이렇게 찾 아오게 되었습니다."

워낙 진지했다. 봉준이 물었다.

"나에게 주려는 물건이 무엇인가?"

주정호는 품속에서 책 한 권을 꺼냈다.

"이 책입니다."

"그 책을 왜 나에게 주려는가?"

"이 책은 평범한 책이 아닙니다. 이전에 다산 정약용 선생님께서 유배지에서 쓴 책입니다. 다산 선생님이 유배 중 경세를 다듬은 생각을 엮어 이 책에 담았습니다.

당시에는 이 책에 담은 내용이 용납되지 못했습니다. 선생님은 이 책을 네 권으로 필사해 제자 이청과 초운 스님에게 전했습니다.

그리고 이 책이 사람들 눈에 띄지 않은 채 뜻있는 사람들에 의해 전해지고 또 전해져야 한다고 했습니다.

세월이 흘러 언젠가 때가 무르익어 진정 자신이 어떤 존재인지 확연히 깨닫는 사람들이 수도 없이 생겨나 올곧게 자유로운 자신들의 삶을 방해하는 잘못된 세상의 틀을 바꾸기 위해 스스로 목숨 바쳐 싸워야 할 때 이 책이 조금이나마 도움이 되었으면 좋겠다고 했습니다.

이 책에는 지금 총대장님에게 꼭 필요한 개혁 강령이 일목요연하게 적혀 있습니다. 바로 비밀의 책 『경세유표』입니다.

이 책은 이청을 거쳐 남상교에서 윤세현으로 이어지고 마침내 제가 받아 소지하고 있었습니다. 제가 총대장님 봉기 소식을 듣고 드디어 다산 선생님께서 말씀하신 때가 되었다고 판단했습니다. 그래서 여기까지 직접 오게 되었습니다.

바위 속에도 용수가 있는 법입니다. 총대장님의 큰 뜻을 이루는 데 이 책이 도움이 되면 좋겠습니다."

봉준은 주정호의 말을 끝까지 듣고 나서 정중하게 책을 받았다.

오래된 책은 누렇게 색이 변했고 앞장은 가장자리가 풀어져 너덜거렸다. 그러나 다산 선생의 백성을 위하는 고운 마음이 살가운 향기가 되어 다소곳이 풍겨 나오는 듯했다.

봉준은 저절로 허리가 숙여졌다.

"그렇다면 정말 고마운 일이오. 내가 읽어보고 모두 돌려 보도록 하겠소. 정말 수고했소."

주정호는 공손하게 인사하고 방을 나가더니 잠시 사이 아무도 모르는 곳으로 흔적도 없이 사라지고 말았다.

봉준은 자리에 앉아 비밀의 책 『경세유표』를 읽기 시작했다. 그는 실학자들이 주장한 공전론과 한전론 그리고 다산의 여전론을 이미 알고 있었다.

이러한 이론들의 핵심은 토지 소유권을 국가가 가져야 한다든지 아니면 개인이 일정 한도 이상의 토지를 가질 수 없게 한다든지 또는 공동 소유와 공동 경작, 공동 분배를 통해 토지와 그 소출을 관리하게 하자는 것이었다.

이 문제는 오랫동안 대토지를 소유한 세도가의 존립과 연결되기 때문에 결코 하루아침에 바뀔 수 있는 일은 아니었다.

봉준은 『경세유표』에서 눈을 뗄 수 없었다. 토지 문제 외에도 그가 바꾸려 생각했던 여러 제도가 각각 단을 나누어 상세하게 적혀 있었다.

봉준은 대장소 밖으로 나갔다. 보름달이 휘영청 밝았다. 봉준은 달을 향해 절을 했다.

밤바람은 차가웠으나 둥근 보름달 속에서 다산이 내려다보고 흐뭇하게 웃고 있었다.

봉준은 『경세유표』를 머리에서 불이 나도록 밤새도록 읽고 또 읽었다.

어느덧 달이 지고 해가 떠올랐다.

붉게 타오르는 아침 해를 보자 봉준은 가슴이 환하게 뚫리고 앞으로 나아갈 길에 대한 확신이 깊어졌다.

13.

고종 31년, 갑오년, 1894년, 사월.

구수내에서 출발한 동학군 수천 명은 먼저 주변 고을인 고창·홍덕·금구·부안 일대를 휩쓸었다.

봉준은 백마를 타고 대장기를 펄럭이며 위의를 갖추고 행진했다. 말을 탄 군사 스무 명이 뒤에서 호위했다.

동학군이 가파른 굴치를 넘어 나아갈 때 척후를 나갔던 최경선이 삼백여 명의 농민군을 이끌고 와 본대와 합류시켰다. 많은 농민군이 지역마다 결집해 대기하다가 봉준의 부대가 나타나면 환호성을 지르며 달려왔다.

사월 이 일.

왕은 바장거리고만 있다가 동학군이 다시 고부에 들어갔다는 소식이 도착하자 그저 당황해 조정 분위기는 상갓집처럼 어수선하기만 했다.

조정은 전라 병사 홍계훈을 양호초토사로 임명했다. 그에게 장위영병과 통위영 군사 그리고 평양 수비병인 서영 군사를 호출해 동학군을 진압하게 했다.

홍계훈은 서영 군사는 현지에 윤선으로 파송하라 지시했다.

그러나 홍계훈은 임명장을 받고도 술 취한 놈 달걀 팔 듯 절절매며 쉽사리 움직일 생각을 못 했다.

동학군은 태인 수령을 징치하고 사월 삼 일에는 반밤에 김해 부사 조준구를 징치해 인부를 빼앗아 반실이를 만들어 축출했다.

사흘 뒤 봉준은 전주 입구 원평을 향해 나아갔다.

전라감사 김문현은 고부뿐만 아니라 전라도 지역 여러 관아가 동학군에게 함락되자 아랫도리를 개미에게 물린 기분이 되었다.

못 먹는 씨아가 소리만 난다더니 그는 똥줄이 타들어 가자 전라 감영에 소속된 모든 군사와 아전을 급하게 불러들였다. 이들을 시켜 용머리 고개를 밤낮으로 지켰다.

그러면서 한편으로는 가까운 고을의 보부상과 향병을 불러 모았다.

시원찮은 귀신이 사람 잡아간다더니 보부상 우두머리를 불러 전주 주변의 보부상을 모조리 이끌고 오라 재촉했다. 보부상들은 본디 정보를 수집해 관가에 보고하거나 민란을 제압하는 데 동원되는 어용상인이었다.

처음에 홍선이 이들 뒤를 보아주며 이용했는데 왕이 친정한 후 민비가 그들을 자기 세력으로 끌어들여 외국 상품 행상 독점권을 주고 사병처럼 부렸다.

그때부터 이들에 대한 관리는 감영이나 수령이 맡게 되었고 결국 보부상은 관군의 끄나풀이나 다름없는 처지였다.

그래도 병력이 모자란다고 김문현은 쉬파리 똥 갈기듯 민가에서 백정과 무당의 지아비까지 끌어들였다. 보부상과 민가에서 차출한 백성을 섞어 잡색군으로 편성했다.

향병도 동원했다.

향병은 유사시를 대비해 고을 단위로 백성들을 임시 편성해 두었던 병사들인지라 기율이 거의 없었다. 향병은 전라도뿐 아니라 인근 충청도에서도 동원되었다.

향병은 군복이 아닌 흰옷을 입고 있어 겉으로는 동학군인지 향병인지 잘 구분이 되지 않았다.

부여에서 어거지로 모병한 향병 서른 명을 좌수가 이끌고 여산에 도착했다. 그들은 부여 관아에서 푼돈을 주기로 약속하고 모은 행상이나 도한들이었다.

그러나 기일을 어겼다고 좌수가 곤장을 맞아 반죽음이 되었다. 부여 향병들은 안 그래도 시다는데 김문현이 초를 더 치자 삯을 받을 엄두가 나지 않아 모두 도망치고 말았다.

이들을 영관 이경호가 부여로 내려가 일일이 도로 잡아가는 통에 부여 온 마을이 소란을 떨었다. 지아비가 다시 끌려가자 아낙이 길에 나가 미친 년 널뛰듯 구르며 통곡했다.

어쨌든 김문현은 무남영병 칠백여 명과 향병 육백여 명 그리고 잡색군 수백 명을 동원할 수 있었다.

봉준은 전주 병영이 출동했다는 최경선의 첩보를 받았다. 전주 병영이 온다면 곧 경군도 들이닥칠 터이다.

봉준은 원평으로 진출하려던 계획을 잠시 미루고 일단 금구 관아로 물러났다.

동학군 한 부대는 부안 농민군과 같이 부안 관아로 들어가 현감 이철화를 묶어 죄를 물었다. 일부는 부안 줄포와 법성포로 진출했다.

부안 사포에 제주도에서 온 농민군이라고 밝힌 사람들이 상륙했다. 이들도 동학군과 합세했다. 멀리 떨어진 섬에서도 봉기 소식을 듣고 힘을 실어주려고 달려왔다.

봉준은 임천에서 다시 백산으로 대장소를 옮겨 이곳에서 측근과 작전을 숙의했다.

일부 동학군은 고부 도교산으로 진지를 옮겼다.

감영병이건 경군이건 봉준의 안중에는 없었다.

봉준은 철저하게 준비하고 때를 저울질했다.

사월 사 일.

봉준은 왜국 상인과 조선 전운사와 균전관의 죄상을 폭로 매도하는 통문 두 통을 지어 법성포 현지에 보냈다.

동학군 통문 하나.

'왕이 위에 있으나 민생은 도탄이니 누가 민폐의 근본인가.

이는 포흠질하는 관리로 말미암은 것이니 포흠질하는 관리의 근본은 탐관으로 말미암은 것이고 탐관의 소기는 집권층의 탐람에 있다.

오호라, 난이 극한즉 다스리고 흐린즉 바뀌는 것은 당연한 이치이다.

지금 우리가 백성을 위하고 나라를 위하는 이 마당에 어찌 관리와 백성의 구별이 있겠는가.

그 근본을 캐면 관리 역시 백성이니 각 공문부의 관리들의 포흠질은 백성의 병이 되는 조선이므로 몰수하여 와 보고하라.

마땅히 구별의 방법이 있으니 가져오는 것을 염려하지 말되 또한 시각을 어기지 말기를 특별히 명심하라.'

동학군 통문 둘.

'우리의 오늘날 의거는 위로는 종사를 보호하고 아래로는 백성들을 편안하게 하고자 죽음을 각오하고 일어난 것이다.

그러므로 백성들은 놀라지 말고 우두머리들은 당장 폐정을 고칠지어다.

전운영이 아전과 백성에게 끼치는 폐단과 균전관의 거폐생폐는 극에 달했다.

각 시장의 분전 수세와 각 포구의 선주 늑탈과 타국 밀무역상들의 무역과 소금의 시장세와 각종 물건의 도매상의 폭리와 백지징세와 손전기진과 고리대의 발본 등 많은 패악은 이루 다 기록할 수조차 없다.

우리 사농공상의 사업에 종사하는 백성들은 동심협력하여 위로는 국가를 돕고 아래로는 빈사의 민생을 편안케 하면 어찌 다행이 아니겠는가.'

14.

고종 31년, 갑오년, 1894년, 사월 사 일.

왕이 시임대신과 원임대신 각신을 소견하였다.

판부사 심순택이 말했다.

"전라도에서 온 전보를 연이어 보니 저 무리가 경군을 차출해 보낸다는 말을 듣고 이미 많이 도망쳐 흩어졌다고 하는데 이것도 이미 짐작한 일입니다. 지금은 비록 도망쳐 흩어졌다지만 마음을 놓을 수는 없습니다. 그들이 다시 모이지 못하게 도모하려면 전적으로 뒤처리를 잘하는 데에 달렸으니 이것이 심히 걱정스럽습니다."

좌의정 조병세가 말했다.

"저 무리는 모였다가 흩어졌다 하는 것이 반지빠르고 일정함이 없어서 오늘 흩어진 것을 기뻐할 일이 못 되고 내일 모일 것을 걱정하지 않을 수 없습니다. 대저 백성들의 형편이 쪼들리고 억울하여 무리 지어 호소하려던 것이 점점 이렇게까지 된 것인데 언제 한 가지 폐단이라도 제거하고 한 가지 고통이라도 바로잡아서 백성의 실정에 부응한 적이 있습니까?"

왕이 말했다.

"이것은 전적으로 탐욕스럽고 포악한 정사를 건뎌내지 못하여 그런 것이다. 수령을 각별하게 가려서 의망하여 폐단을 영구히 고쳐서 바로 잡은 뒤에야 불쌍한 저 백성들이 안착할 수 있을 것이다."

판부사 김홍집이 말했다.

"남도에서 온 전보를 보니 금산과 진산에서 보부상배들이 비적을 때려 죽였다고 합니다. 비록 당장에는 시원한 일이 되겠지만 관령을 받지 않고 저들끼리 함부로 싸웠으니 또한 법률에 어긋나는 일입니다."

조병세가 말했다.

"오늘 백성들의 실정은 극히 불쌍합니다. 네 칸짜리 초가집이 있는 사람은 일 년에 백여 냥의 돈을 바치고 대여섯 마지기 토지를 가진 사람은 네 석이 넘는 조세를 바치니 입에 풀칠도 할 수 없게 되어 궁색하기 짝이 없습니다.

백성들이 만일 안착하여 생업을 즐기게 된다면 어찌 뛰어다니며 소란스럽게 호소하는 지경에 이르겠습니까? 만일 크게 고치고 넓게 조치를 시행하지 않으면 결국 실제 효과가 없을 것입니다."

판부사 정범조가 말했다.

"백성들이 소란을 일으키기 시작한 것은 관리들이 잔인하고 포악하고 탐욕을 부려 살아갈 수 없어 그런 것인데 동학당의 비적들이 이 기회를 타고 세력을 합쳐 이렇게 점점 뻗어나가게 된 것입니다.

이번에 적도를 쓸어버린 후 폐단을 바로잡고 돌보아주는 정사를 조금도 소홀히 해서는 절대 안 되니 그것은 진실로 적임자를 가려서 임명하는 데 달렸습니다."

조병세가 말했다.

"동학당의 두목이 이미 성명이 드러났으니 반드시 체포하여 처단해 버린다면 위협에 못 이겨 추종한 사람들은 마땅히 돌아가 농사를 지으면서

다 평민이 될 것이니 돌보아 안착시킬 방책을 마땅히 잘 강구해야 할 것입니다."

심순택이 말했다.

"두목 몇 놈은 기한을 정하고 체포하지 않을 수 없지만 한 명이라도 혹시 평민이 걸러든다면 이것이 어찌 말이 되겠습니까?"

왕이 말했다.

"만일 한 사람이라도 뜻밖에 걸러든다면 이것이 어찌 백성을 위하여 폐해를 제거하는 뜻이 되겠는가? 묘당에서 특별히 더 신칙하라."

조병세가 말했다.

"전라도에서 온 전보에 지금 감영 군사와 고을 포수를 동원한다고 했습니다. 이미 이런 군사들이 있는데 무엇 때문에 경군을 자꾸 청하는 것입니까? 완백이 하는 일을 알 수가 없습니다."

김홍집이 말했다.

"저들이 오면 무서워서 떨고 저들이 흩어지면 어물어물 지내니 이것이 매우 답답한 노릇입니다. 두목을 체포하는 것도 반드시 적임자를 구한 다음에라야 도모할 수 있습니다."

조병세가 말했다.

"체포하건 무마하건 어느 것이나 다 적임자를 고른 뒤에 할 일입니다."

왕이 말했다.

"초토사가 오늘 신시에 배로 출발하면 언제 군산에 도착하는가?"

김홍집이 말했다.

"모레 아침에는 도착할 수 있을 듯합니다."

"저들이 다 흩어지면 하필 꼭 상륙하겠는가?"

조병세가 말했다.

"상륙할 필요가 없지만, 또한 선뜻 돌아오기도 어렵습니다. 마땅히 형편에 따라서 행동해야 할 것입니다."

15.

고종 31년, 갑오년, 1894년, 사월.

김문현은 식혜 먹은 고양이가 되어 군량미조차 마련하지 않고 병력을 마구잡이로 출병시켰다.

바람이 불어야 배가 갈 것 아닌가? 김문현이 보낸 병력은 백산으로 행군하면서 길가에 마을이 보이면 무조건 들어가 강제로 밥을 짓게 하고 닥치는 대로 재물을 빼앗았다.

그것으로도 모자라 부녀자를 겁탈했고 백성이 키우던 가축을 보면 개든 소든 가리지 않고 잡아먹었다.

군사들은 호주머니에 약탈한 금은붙이를 가득 쑤셔 넣고 뒤뚱거리며 걸어 다녔다. 보부상들은 대낮부터 얼굴이 벌게질 정도로 술에 취해 해롱해롱 혀를 빼물고 비틀거렸다.

사월 육 일 낮.

김문현이 보낸 군사들은 신축년에 남편 찾는 흉내를 내며 동진강 화호 나루를 건너더니 맞은편 백산을 향해 무턱대고 총을 쏘기 시작했다.

백산에서 이를 지켜보던 봉준은 일부러 겁을 먹어 도망치는 시늉을 하며 두 대로 나뉘어 황토현 쪽으로 물러났다.

마침 장대비가 내리기 시작했다. 빗물에 황톳길이 금방 질척거렸다.

감영군 군량은 보부상들이 운반했다. 비가 그쳤지만, 수레바퀴가 황토에 반이나 묻혔다.

말은 수레에 가득 실린 쌀보다 바퀴가 더 무거워 용을 쓰며 비틀거렸다. 행진이 속도가 나지 않자 보부상들은 꼭 필요한 짐만 챙겨 감영군을 따라갔다.

감영군은 두승산 동쪽 장거리에서 좁은 계곡 길을 더듬으며 나아갔다. 비탈길은 좁고 울퉁불퉁했다.

바보는 약으로도 못 고친다더니 군사들은 그 판에도 원기가 솟구쳐 행진 중에 노래도 부르고 이따금 밤비에 놀란 개구리처럼 고함을 지르기도 했다. 산도 허물고 바다도 메울 기세였다.

이들은 마실 나온 과부처럼 여러 번 쉬어 가며 느긋하게 걸어서 해 질 무렵 황토현 기슭에 도착했다. 보부상들이 바로 짐을 풀어 막사를 세웠다. 작은 진지를 여러 곳에 만든 뒤 밥을 하려 불을 피웠다.

무남영군은 두승산 북쪽 산록을 가로질러 황토현 아래에 본진을 차렸다. 동학군은 동쪽 고지에 머물면서 야영 준비를 하는 척했다. 방귀만 뀌어도 서로 들릴 거리였다.

봉준은 눈치 빠르고 몸이 날랜 장정 수십 명을 선발해 보부상 차림으로 변장시켰다. 김도삼이 이들을 지휘했다. 이들은 어둠을 이용해 고개를 내려가 무남영군 진영에 잠입했다.

동학군은 황토현 정상에 흰 포장을 둘러치고 얕은 토성을 만든 뒤 그 바닥에 짚 더미를 깔고 엎드려 몸을 숨겼다. 또 다른 동학군 한 부대는 두승산 중턱 홍송이 우거진 숲에 매복했다.

감영군에게는 동학군의 모습은 전혀 보이지 않았다. 동학군은 주먹밥을 마련해 엎드린 채 먹었다.

밤이 깊어지자 안개가 자욱하게 끼었다. 짙은 밤안개로 불과 몇 자 앞도 구분할 수 없었다. 추위를 느낀 무남영군은 소나무를 베어다 화톳불을 피웠다. 연기가 자욱하게 장막을 덮었다. 안개와 연기 사이도 삼영군 신시가 환하게 내려다보였다.

잡색군과 향병은 한쪽 구석에 모여 무남영군의 병기를 기름걸레로 닦고 있었다.

병사들은 소를 잡아 사또 상을 차리고 술까지 곁들여 걸판지게 놀았다. 멋에 취해 중 서방질한다더니 한쪽에서는 노름판이 벌어졌다.

낮에 민가에서 약탈한 금붙이를 놓고 노름을 하며 서로 으르렁거렸다. 술에 취하자 흥에 겨워 일어나 어깨동무로 노래를 부르고 춤을 추었다.

마을에서 강제로 데려온 부녀자를 벗겨 놓고 돌아가며 손가락으로 희롱했다.

그들은 동학군이 진을 친 산봉우리를 쳐다보며 비웃었다.

"저 무지렁이들은 아둔해서 전투나 할 수 있을까 몰라."

"저놈들은 나무껍질을 벗겨 먹고 계곡에 흐르는 물로 배를 채운다지. 내일은 배가 곯아 걷지도 못할 거야."

그들은 고드름장아찌나 황새 똥구멍 맛을 본 놈처럼 기분이 좋아 서로 마주 보며 웃었다.

동학군 진영이 고요하고 불빛도 보이지 않자 그들은 동학군이 무서워 멀리 달아났다고 생각했다.

긴장을 아예 풀어버리고 사잣밥인 줄도 모르고 삶은 소 창자를 질겅질 겅 씹었다.

봉준은 정익서와 최경선을 대동하고 안개 속에서 무남영군 진영을 정찰했다. 봉준의 입에서 저절로 한숨이 터졌다.

"반풍수가 집안 망친다더니 저놈들이 전투하러 왔는지 술 마시러 놀러 왔는지 도무지 모르겠구나."

그는 병사들이 술에 취해 깊이 잠들 시간에 기습하기로 했다.

인시 초.

동학군은 입에 나뭇가지를 물고 바짓단을 단단하게 묶었다.

봉준이 앞장섰다. 동학군은 숨을 죽이며 고개 밑으로 내려갔다. 무남영군은 보초도 세우지 않고 모두 잠에 빠져 있었다.

멀리 떨어진 마을에서 개 짖는 소리가 들려왔다.

봉준이 작은 소리로 말했다.

"강토를 지키고 백성을 보호하라고 나라는 세를 거두어 저들을 무장을 시키고 녹을 주었다. 위에서부터 썩은 고름이 아래로 흘러 저놈들도 자신이 관군임을 잊은 지 오래다.

그러므로 저들은 우리의 정당하고 의로운 행진을 방해하는 부패한 권력의 미친개일 뿐이다. 우리는 사정을 두지 말고 저들을 무찔러야 한다."

드디어 봉준이 큰소리로 명령했다.

"공격하라."

동학군은 함성을 지르며 진지 안으로 달려갔다. 함성이 들리자 미리 투입되었던 선봉대가 진지에 불을 지르고 신속하게 빠져나왔다.

불구덩이가 된 무남영군 진지로 무수한 총탄이 날아갔다. 술에 취해 코를 골며 잠에 떨어졌던 무남영군은 불에 타고 총에 맞아 속수무책으로 죽어 갔다.

병사들에게 시달렸던 젊은 부녀자들이 속옷도 걸치지 못하고 뛰쳐나와 마을로 달아났다.

삽시간에 무남영군 진지에 시체가 무더기로 쌓였다. 급하게 옷을 입다가 앉은 채로 죽은 자도 있었고 그 소동에도 술에 취해 일어나지도 못하고 죽창에 찔려 죽은 자도 있었다.

그나마 반정신을 차린 병사들은 무기도 버리고 맨발로 진 밖으로 뛰어나갔다. 그러나 얼마 못가 두승산 아래 매복해 있던 동학군의 총을 맞아 차례차례 쓰러졌다.

매복해 있던 동학군이 산기슭으로 치고 올라오자 감영군은 갈 곳이 없었다.

보부상들이 남은 무남영군에게 힘을 합쳐 산 정상으로 탈출해 등성이를 타고 도망가자고 제안했다. 별다른 방법이 없는 잔병들이 보부상들과 한 무리로 엉겨 마루로 올라갔다.

아직 질척거리는 황토에 발이 빠지며 산신 제물에 메뚜기 뛰어들 듯 마루로 올라가자 산 중턱 홍송 숲에 매복했던 동학군이 일시에 총을 쏘았다. 여기에서 무남영군은 사실상 궤멸했다. 그들을 꾀었던 보부상들도 전멸했다.

서서히 날이 밝았다.

이윽고 해가 뜨자 안개가 걷혔다.

봉준이 다시 명령했다.

"흰옷을 입은 향병은 죽이지 마라. 검은 옷을 입는 영병과 등에 붉은 도장을 찍은 보부상만 죽여라."

그 북새통에도 기적처럼 살아남아 인근을 헤매던 검은 옷을 입은 무남영병과 등에 붉은 도장을 찍은 보부상들이 도망갈 길이 막히자 골짜기 한가운데 논으로 몰렸다.

동학군은 그들을 칼과 죽창으로 찔러 죽였다. 논물은 붉게 물들어 개울을 타고 벌판으로 길게 흘렀다.

한밤에 시작한 전투는 대략 네 시간 만에 끝났다.

겨우 목숨을 건진 보부상 잔당은 황토현 북쪽 대나무 숲에 몸을 숨기고 있다가 가까스로 지름길을 더듬어 백산 서쪽 해안까지 갔다. 여기서 배를 타고 아산 쪽으로 도망쳤다.

동쪽으로 도망간 보부상들은 동학군 별동대에게 걸렸다.

쑨 죽이 밥이 되겠나? 곳곳에 작은 샛강이 흘러 건너기가 더뎌 더 많이 죽었다.

무남영군이 주둔했던 진지에는 군량미 사백여 석이 버려져 있었다.

봉준은 대포 일 문과 소총 육백 자루 그리고 많은 칼과 창을 수습했다. 군량미는 주변 마을 백성에게 골고루 나누어 주었다.

이 싸움으로 전주 무남영군은 몰살했고 동원된 보부상도 칠팔십여 명이 죽었다. 도망치다 인근에서 잡힌 보부상들은 황토현 아래 논배미에서 모두 처형했다.

봉준이 흰옷을 입은 향병을 공격하지 않은 것은, 그들이 강제로 동원된 같이 핍박받던 백성이기 때문이었다.

　봉준은 관군을 상대한 첫 전투에서 귀중한 승리를 거두었다.

16.

고종 31년, 갑오년, 1894년, 사월.

사월 초.

장위영 대관 이학승과 이두황이 각각 부대를 인솔하고 인천항에 도착했다. 이어 대관 이건영과 원세록이 병정 세 부대를 인솔하고 인천항에 집결했다.

원세록은 병정 한 부대를 인솔해 짐바리와 대포를 창룡선에 실었다. 이두황도 병정 한 부대를 인솔해 한양선에 올랐다.

나머지 세 부대 병정은 초토사 홍계훈이 직접 인솔하고 평원 병선을 탔다.

이들은 신시에 바닷길로 호남으로 내려가 다음날 신시에 군산포에 도착해 신속하게 상륙했다.

모두 칠백여 명의 경군이 전주를 향해 나아갔다.

무남영군 패보가 알려지기 전인데도 도중에서 발기집어 탈영하는 병사가 많았다. 알고도 죽는 병이 해수병이라 제 죽을 줄 알면서 가만있을 병신이 있겠는가?

동원된 경군 팔백 명 중 남은 군사가 먹부리 암탉으로 겨우 사백칠십여 명이었다.

그나마 명주 자루에 개똥같은 우둔한 자들만 남아 난전에 명태 한 마리

놓고 딴전 보는 시늉이나 했다.

동학군을 잡는다며 마을마다 뒤지고 약탈하는 것도 모자라 애꿎은 닭과 개까지 모조리 잡아먹었다.

동리마다 가축이 동이 나고 부녀자는 보이는 대로 능욕을 당했다. 욕을 당해도 발뺌할 실이 없는 여인들이 서로 얼싸안고 동곡했나.

아동판수 육갑 외는 날라리 병사를 거느린 홍계훈이 동학군과 접전하기에는 사실상 역부족이었다.

깨놓고 경군은 사회적 지위도 보잘것없는 신분이어서 명분도 없는 싸움에 목숨을 걸고 애써 싸울 이유도 없었다.

사월 구 일.

어쨌든 홍계훈은 전주에 입성했다.

그의 옆에는 청군 해군 사관이 따라다녔다. 사관은 양복감으로 지은 제복을 입고 어깨에 금줄 하나가 표시된 견장을 달고 있었다.

그는 청국 정탐원으로 서방걸이라는 자였다. 평복을 입은 청국인 열두 명이 서방걸 뒤를 오리걸음으로 뒤뚱거리며 걸어 다녔다.

경군은 전주에 들어간 사흘 뒤에 진북정에서 조련했다. 감사 김문현과 청국인 셋이 참관했다.

청인 둘은 붉은 배낭에 넣은 장도와 양창을 지니고 있었고 서방걸은 독일산 십칠 연발 모젤 소총을 가지고 있었다.

이윽고 경군 병사의 조련이 끝나자 서방걸이 일어나더니 자랑이라도 하듯이 하늘에 대고 연발총을 쏘았다. 귀가 찢어지는 소리와 함께 검은 콩알 같은 총알이 연이어 허공으로 날아갔다.

아망위에 턱을 걸고 김문현도 총을 빌려 직접 쏘아 보았다. 열일곱 발이 새끼에 꿰인 듯이 한 줄로 발사되자 김문현은 놀라서 뒤로 자빠졌다.

산 범의 눈썹을 씹어 본 김문현은 비로소 마음이 놓였다.

연무당에 연회를 열어 홍계훈과 서방걸에게 향응을 제공했다. 성대한 술판을 벌여 기생을 붙이고 악기를 연주하며 크게 쾌락을 즐겼다.

장교들이야 이처럼 질탕하게 놀이판을 벌인다지만 군졸들은 날마다 하루 두 끼 밥값을 받았다.

아쉬워 엄나무 방석이겠나? 점심 대신 때우는 막걸리로 낮에는 술에 취해 군밤 둥우리처럼 웃통을 벗고 건들거렸다.

이들을 보는 백성들이 혀를 찼다.

"언제 모래에서 싹이 난 일이 있었나?"

"삶아 논 녹비 끈 같은 놈들이 무슨 전투를 하겠나?"

사월 십오 일.

조정은 뒤늦게 안무사 이용태에 박을 주어 박부득이 파면했다. 이용태는 난을 평정한 충신을 파면하는 나라가 나라냐고 악박골 짐승 선불 맞은 소리로 악다구니 쳤으나 제 입만 아팠다.

17.

고종 31년, 갑오년, 1894년, 사월.

봉준은 동진강 화환루를 건너 김제로 넘어갔다. 여기서 전주로 곧바로 진격하지 않고 일단 정읍 쪽으로 향했다.

동학군의 행군 모습은 당당했다. 대로를 행진할 때는 삼삼오오 짝을 지어 걸었다. 등에는 궁을 두 글자를 넣은 부적을 붙였다.

행군할 때 논밭에 자라는 보리나 곡식을 밟지 않으려 조심했다. 노인이나 어린아이가 무거운 짐을 지고 가면 대신 들어주었다. 부녀자에게는 먼저 인사하고 상냥하게 대했다.

가끔 마을에 들어가 밥을 얻어먹더라도 부드러운 말로 부탁했고 가축은 절대로 잡아먹지 않았다.

밥을 먹거나 주문을 외울 때 잠을 잘 때에도 여럿이 같이 행동했다.

길가에서 허리가 꺾이고 머리가 하얗게 센 노인이 물었다.

"자네들은 왜 동학군에 들어갔는가?"

사람들은 이구동성으로 대답했다.

"조정의 잘못된 정치를 바로잡고 조선에 들어와 민폐를 끼치는 왜놈을 추방해 사람답게 살아보려고 합니다."

노인이 고개를 끄덕였다.

"자네들의 뜻이 매우 가상하구먼. 고마운 일이네. 그러나 상대는 모기 대가리에서 골을 파먹던 놈들일세. 항상 몸조심하시게."

가난한 사람과 부유한 사람 가리지 않고 서로 다투어 병사들에게 음식을 가져왔다.

걸어가면서 먹으라고 보리밥에 산나물을 넣어 고추장에 비벼 주먹밥을 만들어 왔다. 병사들이 주먹밥을 받아 입을 크게 벌려 베어 먹으면 백성들은 석숭처럼 흐뭇하게 웃었다.

사월 팔 일.

봉준은 흥덕을 함락하고 고을 군기고를 열어 총검을 접수했다. 이어 고창에 들어가 억울하게 감금되었던 도인 일곱 명을 방송하고 역시 무기를 거두었다.

봉준은 홍계훈이 이끄는 경군이 전주성에 들어갔다는 첩보를 받고 서해안 여러 고을을 돌면서 무기와 장비를 거두며 전열을 가다듬었다.

18.

고종 31년, 갑오년, 1894년, 사월.

사월 팔 일.

그동안 시형의 눈치만 보고만 있던 충청도 도인 일부가 움직이기 시작했다.

회덕에서 일어난 수천 명의 동학군이 회덕 관아로 들어가 무기고를 부수고 화승총 마흔네 정, 창 마흔한 개, 환도 예순네 개, 연환악수궁 석 장, 화살 삼백 시, 철추 다섯 개 등 무기를 확보하고 진잠으로 향했다.

충청감사 조병호는 굴뚝 막은 덕석이 되어 급히 장계를 올렸다. 조정은 양호초토사 홍계훈에게 회덕에 병력을 나누어 보내라 명했다. 홍계훈이 전주로 들어가기 전날이었다.

안 그래도 병사가 부족해 조바심 내고 있던 홍계훈은 어이가 없어 화가 났다.

"나더러 안벽 치면서 밭벽까지 치라는 말인가? 도대체 안질에 고춧가루 뿌리는 짓이로다.

나를 안팎곱사등이로 만들어 굽도 접도 못 하게 해 저희가 좋을 일이 무어 있나?"

홍계훈은 조정의 명령을 무시했다.

조병호는 홍계훈이 말을 듣지 않자 앉은뱅이 망건 뜨기로 은박 파수병

백 명과 청주 영병 이백 명을 급히 진잠으로 보냈다.

사월 구 일.

봉준은 무장을 공격해 이곳 현아 공청도 무난히 접수했다. 사십여 명의 도인을 석방하고 암고양이 자지까지 베어 먹던 악질 구실아치를 엄하게 징계하고 그들의 집을 모두 불태웠다.

무장은 손화중의 근거지로 호남 지역에서 가장 세력이 큰 곳이었다. 동학에 대한 관의 지목 또한 가장 혹독했었다.

봉준은 무장에서 사 일간 주둔했다.

봉준은 바로 영광으로 진격해 군수와 탐관오리를 축출했다.

보은에 거주하던 시형은 이 모든 정황을 소상하게 듣고 있었다.

요동치는 국제 정세도 면밀하게 읽고 있었다. 사나운 세력들이 힘을 앞세워 이 땅을 침탈하려 대문 앞에서 서성이는데 왕과 측근들은 여기에 대한 아무런 대책도 없이 제 백성들의 기름이나 쥐어짜기에만 여념이 없었다.

도탄에 빠진 백성의 삶을 구할 특단의 대책이 시급한 시기라는 사실을 시형은 누구보다 더 절실하게 느끼고 있었다.

그러나 어떻게?

그가 심고에 심고를 거듭하고 있는 사이 결국 전라도에서 살길을 찾으려는 백성들이 먼저 일어나고 말았다.

시형인들 봉준과 전라도 도인들의 심정을 왜 모르겠는가? 기분대로라면 지금 당장이라도 일어나 온 도인들을 모아 전라도로 달려가고 싶었다.

그러나 시형은 더 먼 앞날까지 신중하고 면밀하게 내다보고 있었다. 청국과 왜국이 가만 보고 있을 리 만무했다.

왕은 임오년과 갑신년에도 청군을 차병해 치졸한 권좌를 유지했다. 상황이 다급해지면 이번에도 그러지 말라는 법은 없었다.

봉준의 거사는 외군 차병의 빌미가 되고야 말 것이다.

청군이 들어온다면 왜군도 들어올 것이다. 호미와 죽창을 손에 든 도인들이 신식 무기로 무장한 아귀 같은 정규 군인들과 어떻게 싸운단 말인가?

봉준의 뜻은 높고 아름다우나 결국은 뜻은 무너지고 처절한 희생만 남을 뿐이었다.

'조금 더 지켜보도록 하자. 일단 남도는 그렇다 치더라도 충청도까지 봉기가 확산하는 것은 좋지 않다.'

시형은 손병희를 불렀다.

"도금찰을 차정해 충청도 각 포를 순회시켜 봉기가 확산하지 않도록 제지하라."

손병희는 급하게 도금찰을 충청도 전역으로 파견했다.

회덕과 진잠 도인들은 도금찰이 가 시형의 뜻을 전하자 스스로 해산했다.

거의 같은 시기에 청산·아산·홍주·연원·평신에서도 봉기가 일어났다. 지경 밖으로 내쫓긴 고을 수령들이 발에 불이 나도록 한양으로 도망갔다.

그러나 이곳에도 시형이 보낸 도금찰이 당도하자 봉기군은 스스로 무기를 반납하고 해산했다.

시형은 그래도 마음이 놓이지 않아 봉기를 우려하는 통유문을 다시 각 포에 발송했다. 통유문을 받은 충청도 접주들은 잠시 진정하고 때를 기다렸다.

그러나 그렇다고 해서 충청도 지역 모든 도인이 침묵하고 있지는 않았다. 지역에 따라 소규모 봉기는 자주 일어났다.

도인들은 관청과 호족들의 전곡을 거두어 빈민들에게 나누어 주었다.

조정은 이원화를 양호순변사로 임명해 공주로 보냈다.

이원화가 공주로 내려와 미친년 널 뛰듯이 날뛰자 기포했던 충청도 도인들은 봉준에게 건너가 합류했다.

경상도라고 가만히 있었겠는가?

사월 초 진주 덕산에서 봉기가 일어났다.

도인 백낙도는 전라도 백산의 동학 기포 소식을 듣자 고무되었다. 그는 덕산 도인과 인근 사족을 규합해 의거를 준비했다.

백낙도는 진주 지역에서 송웅구·고만준·임정용·임말용을 비롯한 수천 명에게 동학을 전해 상당한 조직을 일군 인물이었다.

그러므로 진주 도인들은 적극 백낙도를 지지했다. 양반 사족이 가담한 것은 조정의 폐정을 고치려는 의도보다 왜국을 혐오하는 감정이 앞섰기 때문이었다.

백낙도는 진주를 넘어 경상도 서남부 지역 도인들도 규합하려 며칠간 움직였다. 그러나 그의 움직임은 곧 관의 첩보망에 걸렸다.

사월 십삼 일.

진주 영장 박희방이 민포 삼백 명을 모집해 백낙도를 잡으러 덕산으로 넘어갔다. 근거지로 민포들이 들이닥치자 미처 무장을 갖추지 못했던 백낙도 일행은 속수무책으로 잡히고 말았다.

박희방은 백낙도의 덕산 근거지와 인근 시천 시내리 산등성이를 모두 불태웠다.

영내로 회군하자 박희방은 백낙도를 다그쳐 관련된 밥을* 내라고 모화관 동냥아치 떼쓰듯 목청을 높였다.

백낙도는 당당하게 말했다.

"우리는 나라를 지키고 백성을 편안하게 하려 일어났다. 그러나 너희들은 백성의 기름과 피를 빨아먹던 관원이 아닌가?

내가 지금 비록 목맨 송아지 꼴이 되었으나 어찌 너희에게 나를 따르던 사람을 죽이라고 불러 댈 것인가? 차라리 내가 그들 대신 죽으리라."

백낙도는 고문을 당하다 결국 다리뼈가 부러졌다.

"이 무도한 놈들아. 죄 없는 백성에게 이렇듯 악형을 가하느냐?

내가 힘이 부족해 뜻을 이루지 못하고, 홀로 사는 어머님께 불효를 면치 못하고 죽게 되니 이것이야말로 천추의 한이다. 너는 나에게 만년의 원수가 되었다.

내가 너의 손에 오늘 죽을지라도 나의 혼은 기어코 원수를 갚으리라."

---

* 밥을 내다 : 범죄 사실을 불게 하다.

사월 십오 일.

이날은 진주 장날이었다. 박희방은 발을 달아 장터에서 백낙도의 목을 잘랐다. 같이 잡힌 도인과 사족 서른 명도 함께 죽었다.

나중에 현도 후 교령으로 활동하는 손은석은 백낙도에게 도를 받았다.

그는 백낙도가 체포된 직후부터 움직여 인근 고을을 돌며 열흘 사이에 수천 명의 도인을 규합했다.

사월 이십육 일.

손은석은 도인을 이끌고 진주에 들어갔다. 고만준·임정룡·임말룡이 손은석을 보좌했다.

박희방은 앉은뱅이 뜀뛰듯 악을 썼으나 동학군 군세를 보더니 지레 겁을 먹고 뒤도 돌아보지 않고 도망쳤다.

경상우병사 민준호는 싸워 보지도 않고 손은석에게 항복했다.

칠월 귀뚜라미 신세가 된 민준호는 이 일을 계기로 동학군 구월 이차 기포 때에도 계속 동학군을 후원하게 된다.

손은석은 박재화·김창규·김용기·김상정의 보좌를 받아 진주의 민정을 지휘했다.

진주 거사가 성공하자 인근 지역에서도 봉기가 일어났다.

곤양은 김성룡·김학두·이광이, 하동은 여장협, 사천은 박치모·윤치수, 고성은 최상관, 남해는 정용태, 단성은 임말룡, 마동은 우정진·백주헌, 거창은 이익우, 함안은 이재형이 봉기를 이끌었다.

19.

고종 31년, 갑오년, 1894년, 사월.

갑오년 봄부터 부산 개항장에 서해안과 남해안 포구에서 들어오던 쌀 물량이 갑자기 절반 이하로 떨어졌다.

개항장뿐만 아니라 작은 포구마다 서캐처럼 박혀 있던 왜인 미곡상들은 동학 봉기가 일어나자 궂은고기 먹은 똥개처럼 비적비적 철수하기 시작했다.

이로 인해 그들과 약국집 맷돌처럼 바짝 붙어 거래를 트던 보부상들도 중개하던 미곡량이 급격히 줄어들었다.

이러한 상황은 왜국 외무성 통상국과 주조선 왜국 영사관이 일 년 전부터 벌어질까 걱정했던 일이었다.

조선을 무력으로 침탈할 기회를 엿보고 있던 왜국은 군사작전 시 조선 현지에서 군량을 확보하려 했다. 그런데 현지 상황에 문제가 생기면 기왕 짜놓은 전략에 차질이 생길 것은 당연했다.

그런데 이상하게도 한 달이 지나자 전라도에서 생산된 쌀이 다시 부산 항에 들어오기 시작했다. 거래되는 양이 이전에 비해 적지 않았다.

이것은 전라도 부호들이 동학군에게 쌀을 빼앗기기 싫어 서둘러 몰래 팔아 버렸기 때문이었다.

앞으로 보나 뒤로 보나 정방산이었다. 그러나 그것도 잠시였다.

쌀은 그렇다 치고 콩과 쇠가죽 물량 역시 눈에 보이게 감소했다.

인천 제물포항도 사정은 마찬가지였다.

제물포항은 황해도에서 이따금 조운선이 들어오기도 했으나 해안 남쪽의 군산과 법성포에서 들어오는 조운선이 주로 정박했다. 그런데 갑오년 봄부터 군산창에서 들어오던 미곡 유입이 중단되었다.

군산은 철도가 아직 연결되지 않았고 개항장으로 지정되지도 않았으나 만경 평야를 낀 전주·옥구·익산·금구·태인·김제 지역과 김제평야를 낀 주변 고을에서 거둔 세미를 모아 조운선에 실어 마포로 보내던 거점이었다.

봉준은 봉기 직후부터 군량 확보를 염두에 두어 전라도 지역의 쌀 유출을 금했다. 그는 특히 군산창을 주목했다.

봉준은 금강 입구를 막고 군산과 옥구를 비롯해 장항·서천·한산을 점령해 쌀이 외부로 유출되는 것을 차단했다.

왜인 미곡상이나 그들과 쌀을 중개하던 보부상들이 눈치도 없이 군산에서 어정대다가 동학군에게 잡히면 그날로 황천 구경을 해야 했다.

작년 계사년 보은 집회에서 동학도인이 외국 상품 불매 운동을 벌이면서 수입품인 옥양목을 사지 말고 국산 베옷을 입자는 주장을 내세우자 왜국 산업통상 관련 부서는 매우 당황했다.

왜국은 그동안 영길리국에서 생산한 면포를 중개 무역해 조선 개항장에서 톡톡히 재미를 보고 있었다. 개항장에서 영길리국 면포를 입수한 왜국 상인들은 행상으로 조선 내륙을 돌며 청국 상인들과 경쟁을 벌였다.

장터 포목전에는 바다 밖에서 들어온 옥양목을 비롯해 면포와 비단이 산처럼 가득 쌓였다. 백성들은 부모 회갑이나 자녀 혼사가 있으면 주로 이곳을 찾아갔다.

장시가 열리는 날에 맞추어 왜국 상인들은 한강·금강·임진강·낙동강·영산강에 작은 배를 띄워 돌아다녔고, 내륙에서는 나귀와 말을 이용해 금건 상표가 붙은 면포와 석유를 비롯해 동동구리무 같은 잡화와 점 빼는 약과 금계랍 따위를 팔았다.

왜국 상인들은 여기에서 남는 이득으로 조선의 쌀과 콩 그리고 쇠가죽을 대량으로 사 왜국으로 실어 갔다.

왜상이 가져간 쌀과 콩은 먼저 왜국 군인들의 군량미로 공급되었고 그 다음으로 오사카 공장지대에서 군수품을 만드는 노동자의 식량으로 소비했다.

쇠가죽은 피혁 공장에 보내 군인들이 사용하는 군화와 가방 그리고 마구를 만드는 재료가 되었다.

왜국 당국자들의 조선에 대한 인식은 「갑오조선내란시말」을 보면 잘 나타난다.

'조선은 독립국이라고는 하나 실제로는 단지 오늘날 한 가닥 명맥만이 겨우 이어지거나 없어지는 사이를 맴돌고 있다.

무슨 연유든 실로 조선은 동양의 발칸반도와 같다.

사방의 이웃이 손톱과 이를 갈면서 그 고기를 살핀 지가 오래되었지만,

또 어찌하지도 않았다.

....

이 나라의 내부 모습을 관찰하면 여러 종류의 숨은 불평당의 세력이 지금은 점차 그 걸음을 내디뎌 조정의 기강이 흔들리는 기회를 틈타 혁명을 간절히 바라고 있다.

나아가 여러 곳에서 봉기하여 안으로는 간사한 자를 배척하여 충량에 힘쓰고 밖으로는 척왜 척양의 주의를 실행해야 한다는 것을 명분으로 삼고 오직 지방 토민의 환심을 사는 데 힘을 쏟고 있다.

켜켜이 쌓인 적폐 때문에 계속 조정을 싫어하는 토민들은 다투어 이에 호응하여 그 세력이 대단히 창궐하다.'

왜국은 봉준의 동학군 봉기에 맞추어 이제까지 기획한 조선 정책을 다시 조정했다.

첫째, 조선의 조정을 일본 마음대로 조종해 식민지 기반을 닦는다.

둘째, 종주국 행세를 하는 청국의 간섭을 조선에서 배제시킨다.

셋째, 목숨을 걸고 싸우는 목구멍의 가시 같은 동학군을 철저하게 제압한다.

20.

고종 31년, 갑오년, 1894년, 사월.

전주에 입성한 홍계훈은 십여 일간 양반 김칫국 떠먹듯 문짝 뒤에 숨은 채 동학군 동태를 살폈다.

일단 전투가 시작되면 수나 사기에서부터 열세인 관군이 무조건 패배하리라는 건 그뿐 아니라 수하의 말단 병사들도 알고 저자의 삼척동자도 다 알았다.

그는 조정에 끊임없이 증원군을 요청했다. 증원이 여의치 않으면 외국에서 군대를 빌리자고도 건의했다.

조정은 통제영 중군 황헌주에게 강화병 오백 명과 장위영병 삼백 명을 이끌고 가 홍계훈을 도우라 했다.

사월 십팔 일.

홍계훈은 전주에서 머뭇거리더니 얼씨구! 엉뚱하게 목수가 해금통을 부수는 짓을 했다.

전라 감영 영장 김시풍은 김개남과 같은 집안으로 봉준과는 친구 사이였다. 홍계훈은 이를 빌미로 김시풍을 잡아다 묶어놓고 다그쳤다.

"네 놈이 동학 역적과 내통한 사실을 이미 내가 다 알고 있다. 어김없이 불어라."

아닌 밤중에 홍두깨라, 졸지에 양주 사는 홀아비 신세가 된 김시풍이 홧김에 끙! 하고 한번 힘을 쓰자 묶었던 오랏줄이 국수 가락처럼 끊어졌다. 그는 분한 마음이 일어 홍계훈 앞에서 대놓고 왕과 민씨 정권의 비리를 질타했다.

낚싯대를 드리우고 그런 말만 기다리던 홍계훈은 울고 싶은 년 뺨 맞은 듯 그 자리에서 김시풍을 칼로 베어 죽였다. 김시풍의 두 아들도 같은 혐의를 씌워 옥에 가두었다.

다음에는 전주 감영 수교 정석희를 동학군 첩자로 몰아 체포했다.

"네가 이전에 말목장터에서 봉준에게 뇌물을 받고 관군을 물린 사실을 내가 모두 알고 있다. 어서 이실직고하지 못하겠느냐?"

정석희가 미친놈이 지랄한다고 강하게 저항하자 홍계훈은 거두절미하고 금구 장터로 끌고 가 어이딸이 쌍절구질하듯 목을 잘라 버렸다.

병사들은 홍계훈만 보면 탈바가지 쓴 귀신 보듯 슬슬 피했다.

마누라 방에 들어갈 자신이 없는 놈이 발가벗고 달밤에 체조한다더니 홍계훈은 엉뚱한데다 힘을 쓰면서 끈이 닿는 권신 민영준에게 계속 청국에 원병을 청하라고 졸랐다.

어질병이 지랄병이 된다더니 민영준이 여기에 넘어갔다.

왕에게 현지 사정이 매우 어렵다고 고하고 청국에 지원병을 요청하자고 꾀었다. 밤비에 자란 사람처럼 발바닥에 털이 나 주견이라고는 찾아볼 수도 없는 왕은 대신들을 모아 이 건에 대해 논의하라 했다.

대신들은 떨떠름하게 여겨 반대했다.

"나라의 근본은 백성인데 외국 군대를 차병해 백성을 치면 이는 전하의 백성 몇만 명의 목숨을 외면하는 일입니다.

더욱이나 외국 군대가 국내에 일단 들어오면 그에 따른 폐단이 미치지 않는 데가 없어 그러지 않아도 어수선한 민심이 걷잡을 수 없이 흔들릴 것입니다.

또한 외국 군대가 들어오면 각국에서 군사를 보내 자기 나라 공관을 지키려 할 것이니 그로 인해 예기치 못한 분쟁이 생길 소지가 다분합니다.

그러므로 청국 청병은 무모한 일입니다."

조정의 썩은 권귀들이 이때만큼은 제정신이 들었는지 바른 소리를 했다.

그러나 민영준은 동학군이 민씨 일파를 꼴사납게 본다는 사실을 잘 알고 있었다. 그에게는 나라의 앞일보다 척족의 이익이 더 중요했다.

언청이 굴회 마시듯 남몰래 여러 차례 청국 공사 원세개를 만나러 다녔다.

21.

고종 31년, 갑오년, 1894년, 사월.

사월 십육 일.

봉준은 영광에서 사 일을 머물다 이날 함평으로 진격했다.

김도삼이 열네댓 살 난 사내아이를 안아 목말을 태우고 대열 맨 앞에 섰다. 아이의 손에 들린 남색 대장기가 산들바람을 받아 펄럭였다.

그 뒤를 날라리 부는 광대 패가 이었고, 인과 의를 쓴 기 한 쌍, 예와 지를 쓴 기 한 쌍, 백기 두 쌍, 황기를 든 도인들이 차례로 걸어갔다. 그 뒤를 갑주를 쓰고 말 등에서 앉았다 일어섰다 하며 칼춤을 추는 자, 칼을 쥐고 품세를 하며 걸어가는 네다섯 쌍, 붉은 옷을 입고 나팔을 부는 두 사람, 호적을 부는 두 사람이 따랐다.

전쟁을 치르러 가는 군대가 아니라 축제를 즐기는 마실꾼의 행렬 같았다.

그 뒤를 투구와 갑옷을 갖추고 기마군이 말을 몰았다. 기마군은 정익서가 지휘했다. 기마군 뒤를 이어 동학군 본대가 따라갔다.

두 줄로 길게 늘어선 동학군 본대 수천 명은 어깨에 화승총을 메고 머리에 수건을 질끈 동여맸는데 수건은 다섯 가지 색으로 직책을 나타냈다.

총을 든 행렬 뒤에는 죽창을 든 사람들이 따라갔다. 그들은 걸어가면서 꺾어지고 돌아서는 등 전투태세의 보무로 행진했다.

봉준은 고깔모자를 쓰고 도복을 입었다. 우산을 든 채 나귀를 타고 대열의 맨 끝에서 따라갔다.

봉준 주위에는 동학군 여섯 명이 통이 좁은 흰옷을 입고 화승총을 손에 들고 호위했다.

부대는 맨 앞에 선 아이가 치켜든 대장기를 따라 발걸음노 사납게 딩 딩 탕 탕을 울리며 이동했다.

사월이라 들판에서 잡초를 뽑던 농부들이 형형색색의 깃발 행렬을 보자 드디어 바라던 새 세상이 왔다고 손에서 호미를 놓고 일어나 어깨춤을 추었다.

밭을 매던 농군이 쟁기를 내던지고 대열에 뛰어들었고 산에서 나무하던 나무꾼은 도끼를 든 채로 달려왔다. 어떤 홀아비는 비장하게 자기 집에 불을 지르고 동학군에 합류했고, 어떤 장정은 부모와 처자식에게 눈물로 마지막 이별 인사를 하고 합류했다.

가면 갈수록 병력은 점점 늘어났다.

봉준이 함평 관아로 들어가자 그토록 방사스럽고* 교만하던 이서와 군교들은 이미 도망가고 흩어져 코빼기도 보이지 않았다.

함평 현감 권풍식이 관아 앞에 대기하다가 허리를 숙이고 봉준을 맞았다. 봉준은 권풍식이 평소 고을에 치적이 있음을 알고 있었기에 험하게 대하지는 않았다.

동학혁명 전 과정을 통해 동학군에게 징치되지 않은 관장은 권풍식이

---

* 방사스럽다 : 거리낌 없이 제멋대로 하다.

유일했다.

함평을 함락한 동학군은 함평 들판에서 깃발을 날리고 창과 칼을 휘두르고 포를 쏘는 등 그 기세를 한껏 과시했다.

이때 병력은 칠만팔천 명을 상회했다.

사월 십팔 일.

함평을 떠나 장성으로 향한 봉준은 무안 접경을 넘어가 하루를 자고 이튿날 나주 쪽으로 방향을 잡았다.

아직도 승복하지 않고 있는 나주를 손보아야 했다.

그러나 전주에서 홍계훈이 움직이기 시작했다는 최경선의 첩보를 받고 다시 함평으로 돌아왔다.

봉준은 일단 김개남을 영광으로 보냈다.

사월 십구 일.

봉준은 초토사 홍계훈에게 글을 보냈다.

'방백과 수령이 선왕의 법으로 백성을 다스리지 않고 탐학만 일삼아 삼정을 문란하게 하고 전운사와 균전관이 농간을 부리고 여러 관사의 구실아치와 하인이 끝없는 토색질로 백성들이 살아날 길이 없어 수령과 감사에게 호소해 보았다.

하지만 도둑의 무리라고 지목해 군사로 죽이기만 하니 어쩔 수 없어 오늘의 일을 벌이게 되었다. 우리가 무기를 든 것도 우리의 몸을 지키기 위해서이다.

전국의 백성들이 서로 논의하여 위로는 국태공을 받들어 나라를 돌보게 하여 부자의 인륜과 군신의 의리를 온전히 하고 아래로는 백성을 편안하게 해 종묘사직을 보전하자.'

여기서 봉준은 국태공이라 하여 처음으로 홍선을 언급했다.

사실 봉준은 홍선과 수하를 통한 가벼운 접촉이 있었다. 권력을 다시 찾으려 암중모색하는 홍선과 새로운 틀을 만들려는 봉준 사이에 간극은 컸으나 정치적인 교집합이 없는 것은 아니었다.

그래서 그런지 갑오년 봄부터 항간에 봉준과 홍선에 관한 낭설이 무성했다.

'녹두가 운현궁으로 홍선을 찾아갔다. 녹두는 그곳에 며칠 묵으면서 홍선에게는 아무런 말도 하지 않았다. 홍선이 무슨 부탁이 있냐고 물어보아도 모른 척했다.

이윽고 홍선이 빙긋 웃으면서 손바닥에 江(강) 자를 써 녹두에게 보여주었다. 녹두는 그 글자를 보자 고개를 끄덕이고 자리를 털고 일어섰다.

녹두는 홍선이 손바닥에 써 보여준 그 江(강)은 한강을 뜻하고 동학군이 한강까지 올라오면 홍선이 돕겠다는 뜻으로 풀이했다.'

또 있다.

'언젠가 홍신이 문득 두려운 마음이 일어 운현궁 큰 사랑방에서 나와 작은 침방에 숨어서 잠을 잤다. 한밤중이 되자 장명등이 환하게 켜진 복도에서 몸집이 큰 소년이 장검을 차고 층계를 걸어 내려오다가 장승규에게 들켰다.

장승규가 소년의 옆구리에 칼을 겨누고 물었다.

"너는 누구인데 감히 대원위 대감 집을 침범했느냐?"

소년은 장승규의 말을 개방귀로 알고 코웃음 쳤다.

"나는 해남 사람이다. 운현궁이 좋다기에 구경하러 들어왔다. 다른 것은 묻지 말고 나를 대원위 대감께 안내해라."

장승규가 기가 차서 소년을 삵매 모으듯 홍선에게 데려갔다.

소년은 소매에서 작은 쪽지를 꺼내 홍선에게 건넸다. 쪽지를 펴 읽은 홍선은 고개를 끄덕이고 소년을 내보냈다.

민씨 일족은 수시로 운현궁 주변에 숨어 드나드는 사람을 확인했다. 소년은 운현궁 앞에서 좌포도청 포졸에게 잡혔다.

그날 밤 포도청 옥에서 무슨 일이 있었는지 아침에 소년의 시체만 수레에 얹혀 나왔다. 포도청 내에서는 소년이 봉준이 보낸 심부름꾼이라는 소문이 잠시 퍼졌다.'

이런 소문은 홍선 측에서 퍼뜨렸다. 홍선은 어쨌든 새롭게 떠오르는 세력인 동학과 연계하고 싶었다.

다른 소문도 있었다.

'봉준이 이전에 측근과 짜고 여러 병사 앞에서 시범을 보인 적이 있었다.

"내게는 신령스러운 부적이 있어 몸을 보호해준다. 대포 연기 자욱한 곳이나 빗발같이 쏟아지는 총탄 속에서도 부적을 몸에 붙이고 있으면 절대로 다치는 일이 없다. 내가 직접 보여주겠나."

봉준은 탄환 수십 개를 소매 속에 숨겨둔 채 입이 무거운 부하 십여 명에게 자신을 에워싸고 소리만 요란하도록 빈총을 쏘게 했다. 봉준이 짐짓 몸을 흔들며 소매를 툴툴 터니 소매 속에 숨겨두었던 탄환이 어지럽게 땅에 떨어졌다.

이를 보고 놀란 병사들은 그가 신령스러운 사람이라고 감탄했다. 그 뒤 동학군은 전투에 나가도 봉준이 준 부적을 옷에 붙이고 적탄을 두려워하지 않았다.

또 봉준은 어느 날 밤 총잡이와 짜고 미리 손아귀에 총탄을 숨기고 있다가 총수가 헛방을 쏘면 잽싸게 총알을 잡는 시늉을 하고 손을 펴 총알을 보였다. 어둠 속에서 이를 목격한 병사들은 대장만 따라다니면 어떤 양총에 맞아도 죽지 않는다고 소문을 냈다.'

이런 소문은 왜국 낭인 조직 천우협에서 퍼뜨렸다.

산 눈깔도 빼먹을 천우협 낭인 패는 봉준과 손을 잡기 위해 밖에서는 비아냥거리면서도 삭신이 꽁지 빠진 수탉이 되도록 봉준의 뒤를 쫓아다녔다.

봉준은 함평으로 돌아가면서 정익서에게 병력을 주어 법성포로 보냈다. 법성포는 전라우도 스물일곱 개 고을의 세미를 보관하는 조운창이 있는 곳이다.

봉준이 영광에 머물고 있을 때 한양호가 장위영병을 군산항에 내려준 뒤 세곡을 실어 가기 위해 법성포에 머물고 있었다.

정익서는 포구에 정박해 있던 한양호를 공격했다.

동학군 육십여 명이 화승총과 창검·죽창으로 무장하고 한양호를 공격했다.

힘이 장사인 정익서는 칼을 쓰지 않고도 갑판에서 달려드는 곁꾼들을 잡히는 대로 번쩍 들어 바다에 던져 버렸다.

인천에서 전운국 일을 보는 김덕용과 군산 전운국의 강인철 그리고 일본인 선장과 조타수가 벌벌 떨며 손을 들고 나왔다. 정익서는 이들을 차례로 새끼줄로 묶어 배 밑창 깊숙한 방에 감금했다.

확보한 군량은 마소에 실어 본진으로 보냈다.

정익서는 이어 봉준의 지시대로 법성포 주변의 객주와 여각도 공격했다. 이곳 객주와 여각 주인은 왜국 상인과 거래했다. 농민들에게는 헐값에 쌀을 사고 왜제 옷감인 금건과 석유는 비싸게 팔았다. 중개로 재미를 보던 자들이었다.

정익서는 이들을 일일이 징치하고 그들의 창고를 열어 군수품이 될 만한 물품을 골라 운반했다.

강화도 조약으로 개항한 이래 왜국은 부산과 인천·원산에서 무역했다.

조선 조정은 개항장에 이사청을 두어 관리했다 호남 지방은 인천 이사청 관할이었다.

전운영에 소속된 수송선들이 거두어 놓은 조창의 세미를 개항장으로 실어 나르다 때때로 배떼기로 왜국 상인에게 팔아먹었다.

민영준은 개항장의 화물 수송을 위해 한양의 친군경리청 소속으로 왜국에서 기선 두 척을 사들여 경리회사를 세웠다. 경리사 벼슬을 하던 자신이 이 회사의 사장을 맡고 외무독판 조병식은 부사장이 되었다.

말이 날까 저어해 기선을 부리는 선장과 기사는 왜국이나 청국 사람을 고용했다. 이 기선들은 수송비를 챙기는 것은 물론 세미도 제멋대로 빼돌렸다.

얻은 떡이 두레 반이었다. 여기에서 생기는 이득은 고스란히 민영준과 조병식에게 들어갔다.

봉준이 정익서를 법성포로 보냈던 것은 이런 세도가의 부패를 경고하는 의미도 있었다.

22.

고종 31년, 갑오년, 1894년, 사월.

사월 십팔 일.

김개남이 영광으로 들어가자 영광 군수 민영수는 법성포에서 세미를 나르던 조운선을 타고 칠산 앞바다를 거쳐 한양으로 줄행랑쳤다. 그는 민씨 패거리여서 잡히면 무조건 칠성판을 등에 메야 했다.

영광에 주둔하던 김개남은 무안 방면으로 진격해 하룻밤을 묵었다.

동학군은 세 부대로 나뉘어 각각 영광, 무안, 함평에 주둔하면서 때로는 합세하기도 했다.

봉준은 함평에서 나주 관아에 통문을 보내 동학군이 봉기한 목적을 밝히고 옥에 갇힌 도인들의 석방을 요구했다. 나주 목사 민종렬은 이에 불복하고 통문을 가지고 간 도인을 오히려 옥에 가두었다.

그래도 분을 참지 못했던지 장졸을 끌고 성을 나가 나주 읍내 인근 승안리에 살던 도인 몇 사람을 더 체포했다.

봉준은 바로 나주를 응징하지 않았다. 나주의 방비가 워낙 튼튼해 쉽게 무너지지 않으리라고 여겨 신중한 작전이 필요했고, 만약 나주 점령에 실패하면 전주에서 움직이기 시작한 초토사 홍계훈과의 싸움에 차질이 있을까 염려했기 때문이었다.

봉준은 이제까지 잡은 모든 도인을 방송하면 당분간 나주 고을은 공격하지 않겠다고 민종렬에게 통보했다.

봉준의 기세에 밀린 민종렬은 여기에 승복해 가두었던 도인을 모두 풀어 주었다.

사월 이십일 일.

봉준은 미시 중에 장성 쪽으로 이동했다.

다음 날 이십삼 일에는 장성군 황룡촌에 이르렀다.

봉준이 초토사 홍계훈의 동정을 살펴보니 경군은 기가 죽어 어정쩡하게 움직이고 있었다.

홍계훈은 업어온 중 모양 어드레 팔십 리 걸음으로 멀리서 동학군의 꽁무니만 쫓아다녔다. 홍계훈은 천천히 정읍을 지나 이십 일에는 고창, 이십일 일에는 영광 부근에 도착했다.

정읍 인근으로 진출한 손화중은 연지원 모천강변에서 잠시 대열을 정비한 뒤 밤늦게 정읍 읍내로 들어갔다.

이어 고창·의사·영광으로 들어가 차례차례 관아를 점령했다. 고창 읍성인 모양성을 점령한 손화중은 대정 현감을 지낸 토호 은수룡의 집에 불을 지르고 의사에서 악질 아전을 징치했다.

손화중은 봉준이 하던 대로 억울하게 갇혀 있던 백성을 풀어 주고 무기를 수습하고 양곡을 확보했다. 농민의 표적이 된 악질 아전 무리와 위세를 부린 토호는 일일이 죄를 물어 처벌했다.

고창 호산봉 아래 너른 들판을 동학군 훈련장으로 사용했다.

봉준은 함평을 떠나 장성 방면으로 이동했다.

봉준은 들어가는 고을마다 에너른 밭골 삼아 병사를 규합하고 위용을 크게 펼쳤다.

봉준은 이동하면서 오리마다 복병을 심고, 삼십 리마다 이천오백 명씩 군사를 배치해 홍계훈의 기습에 철저하게 대비했다.

봉준은 동학군 규율을 단속하는 행동 준칙을 정했다.

'적과 맞설 때 지킬 약속 네 가지'

하나, 매양 적과 맞설 때 병사는 칼에 피를 묻히지 않고 이기는 것을 첫째의 공으로 삼는다.

하나, 어쩔 수 없이 전투를 벌이더라도 일체 인명을 손상하지 않는 것을 귀중히 여긴다.

하나, 매양 행진해 마을을 지나갈 때 일체 사람들의 재물을 해치지 않는다.

하나, 효제 충신한 사람이 사는 마을 십 리 안에는 머물지 않는다.

'군사를 경계하는 호령 십이 조'

하나, 항복한 이는 받아들여 대우해준다.

하나, 곤경에 처해 있는 이는 구해준다.

하나, 탐욕스럽고 모진 벼슬아치는 쫓아낸다.

하나, 공순하게 대해주는 이에게는 공경하게 심복한다.

하나, 달아나는 이는 추적하지 않는다.

하나, 주린 이에게는 음식을 먹인다.

하나, 간활한 이는 그 짓을 못하게 막는다.

하나, 가난한 이는 도움을 준다.

하나, 충성스럽지 않는 이는 제거한다.

하나, 거슬리는 이는 일깨워 타이른다.

하나, 병약한 이에게는 약을 준다.

하나, 부모에게 불효한 이는 죽인다.

위의 조항은 우리가 일을 거행하는 근본이다. 만약 이 명령을 어기는 이가 있으면 죄를 묻겠다.

봉준의 뒤만 따라다니던 홍계훈은 더는 동학군과의 대결을 회피할 수 없었다.

사월 이십이 일.

홍계훈은 대관 이학승·원세록·오건영에게 삼백 명의 병력과 야포와 기관포 각 일 문을 주어 공격을 시작하라 명령했다.

드디어 다음 날 이십삼 일.

봉준은 장흥 접주 이방언에게 관군을 맞아 싸우라 명령했다.

이방언의 이름은 민석이다. 장흥군 용산면 출신으로 신묘년에 입도해 장흥·강진·완도에서 포덕했다.

갑오년 삼월 장흥 접주로 있다가 봉기에 참여했다. 키가 크고 얼굴선이 굵은 호남이었다.

이방언은 병력을 이끌고 장성군 황룡촌 황룡강 가 월평 장터에서 늦은 점심을 먹었다.

이때 대관 이학승이 여산 풍경에 헌 쪽박 같은 장위영군 삼백 명과 향병을 거느리고 황룡강 건너편에 도착했다.

이학승은 강 건너편에 흰옷을 입은 사람들이 앉아 있는 모습을 보자 이를 동학군으로 판단하고 다짜고짜 대포로 선방을 놓았다. 동학군 몇 명이 포탄에 맞아 쓰러졌다.

이방언은 바로 부대를 수습해 뒷산 삼봉산으로 올라가 순식간에 학진을 짰다. 동학군의 병력은 관군의 열 배가 넘었기에 관군이 학의 날개 안으로 들어오면 날개를 접듯 포위해 섬멸할 작정이었다.

아직 봄이어서 산비탈에는 잔풀이 우수수 자랄 뿐 숲은 성겼고 황룡강의 물도 허벅지 깊이로 얕았다.

이방언은 삼봉산 정상에 대장소를 차렸다. 그리고 주변에서 대나무를 베어와 장태 수십 개를 만들었다. 황룡강 언저리 곳곳에 대나무밭이 널려 있었다.

농촌에서 흔히 닭을 가두어 두던 닭장 모양을 변형한 무기가 장태이다.

백산에서부터 봉준을 따라다니며 싸움이라면 밤송이 우엉 송이 다 까 본 이방언은 장태를 만들어 전투에 사용한 후부터 이장태라는 별명을 얻는다.

장태는 대나무로 타원형의 큰 닭장 모양을 만든 다음 겉에 창과 칼날을 꽂아 벌집과 같이 만들고 아래에는 쌍으로 바퀴를 달아 뒤에서 밀어 적에게 접근하는 일종의 장갑차이다.

장태 안에는 솜을 채운 이불을 가득 넣었다. 농민이기에 생각할 수 있는 신무기였다.

이방언은 산꼭대기에서 장태를 굴리며 공격했다. 장태 뒤에 여러 명이 숨어 바퀴를 밀어 굴렸다.

이방언은 수하 동학군 등에 직접 부적을 붙여 주었다.

"옷깃을 입에 물고 머리를 숙이고 장태를 굴려라. 절대로 옆을 보지 말고 앞으로만 나아가라.

그러면 적의 총탄이 우리를 빗나갈 것이다."

주술적인 방법을 빌려 부하들의 용맹을 북돋움과 동시에 두려움 없이 접근전을 펼치게 했다.

관군이 쏘는 총알과 화살이 장태에 맞으면 튕겨 나가거나 솜이불 속에 박혔다.

장태를 굴리지 않는 동학군은 장태 뒤에 숨어 총을 쏘았다.

이방언이 장태를 앞세워 산 아래 관군을 공격하자 총알받이로 앞에 세웠던 향군이 지레 겁을 먹고 도망쳤고, 장위영 군사들도 따라 도망쳤다. 건디지 못한 이학승은 다시 황룡강을 건너 후퇴했다.

이방언은 강을 건너 신호 마을 언덕을 넘나들며 삼십여 리나 밀고 나갔다. 삼십 리를 후퇴한 이학승이 겨우 전열을 수습했다.

"대포를 쏘아 적들의 공격을 무마시켜라."

장위영군 포병이 포를 쏘려 하자 이번에는 포신에서 물이 쏟아졌다. 심지가 젖어 불을 붙일 수 없었다.

경군은 너 싸울 방법이 없었다. 부조건 도망치는 수밖에 없었다.

이방언은 달아나던 대관 이학승을 노리고 추격했다. 말을 잃고 휘청휘청 걸어서 도망가던 이학승은 이방언이 달려오자 두려워 그 자리에 발이 얼어붙었다.

꼼짝도 못 하는 이학승을 발견한 이방언이 채찍을 들어 말을 급히 몰았다.

이방언은 여포 창날보다 날카로운 칼로 무른 땅에 말뚝 박듯이 이학승의 목을 베었다.

대관이 죽자 경군은 혼백이 나가, 옴딱지 떼듯 손에 든 무기를 버리고 어디로 가는지도 모르고 무작정 달리기만 했다.

이방언은 대포 이 문과 화승총 백여 정을 노획했다.

처참하게 패배한 경군 사이에서 동학군이 신통력을 써 대포를 무용지물로 만들었다는 둥 숨어 있던 백성들이 강물을 퍼다 포신에 부었다는 둥 동학군 대장은 총을 맞아도 죽지 않는다는 둥 이런저런 소문이 와자하게 퍼졌다

동학군은 장성 황룡촌에서 대포를 몰고 온 경군을 상대로 두 번째 승리를 거두었다.

황룡촌 싸움에서 나약하고 배때 벗은 경군의 전력이 확연하게 드러났다.

황토현 전투에서 감영군에게 이기고 이어 또 한 차례 전투에서 경군에게 승리한 동학군은 사기가 크게 올랐다.

23.

고종 31년, 갑오년, 1894년, 사월.

사월 이십사 일.

봉준은 대오를 정비한 뒤 나팔을 크게 불며 갈재를 넘어 원평으로 나아갔다.

이십오 일.

원평 장터에 이르렀다. 원평은 지난해 도인 집회를 연 곳이다. 봉준은 원평에 임시 대장소를 꾸렸다. 대장소는 활기가 넘쳤다.

점심을 먹고 얼마 되지 않아 홍계훈의 지시를 받았다는 이효응과 배은환이 왕의 편지를 들고 대장소에 들어왔다.

"나는 초토사의 종사관 이효응이다. 윤음을 들고 왔으니 무릎을 꿇어라."

이효응이 기선을 잡으려 으름장을 놓았다. 연못 골 나막신을 신겨도 시원찮을 판에 까마귀 않은 소리를 하자 봉준은 앉은 채로 웃었다.

"어디 그 알량한 윤음이나 들어보자."

배은환이 나섰다.

"초토사가 너희들을 바로 토포할 것이다. 두렵지 않은가?"

봉준은 코웃음 쳤다.

"밥 팔아 똥 사 먹을 무능한 초토사 말이냐? 다음 전투에서는 그놈 목숨

을 내가 기두겠다고 진해라. 너희가 초토사 따위를 배송낸다고 내가 눈이
나 깜짝할 것 같으냐?

왕이라는 자가 백성의 뜻을 수렴해 탐관을 제거하고 잘못된 정사를 고
칠 생각은 하지 않고 홍계훈 같은 어설픈 작자를 내세워 뒤에서 입만 나불
대는 졸렬한 짓을 하는데 내가 왕의 말이라고 들을 줄 알았느냐?"

봉준은 두 사람이 보는 앞에서 왕의 윤음을 적은 두루마기를 빼앗아 태
워 버렸다.

"여봐라. 이 두 놈을 묶어 가두어라."

초토사의 두 알량한 종사관은 밧줄에 묶여 반벙어리 축문 읽듯 투덜거
리며 옥으로 끌려갔다.

이때 최경선이 들어와 선전관 이주호와 수행원 두 사람이 초토군 내탕
금 만 냥을 가지고 가는 것을 잡았다고 보고했다.

봉준은 웃음을 터뜨렸다.

"경군이 전주까지 오는 동안 거의 반수가 넘게 열 도깨비 날치듯 도주했
다. 이런 군대에 만 냥의 내탕금을 주는 행태가 과연 제정신을 가진 자들
이 하는 짓인가?

참으로 가당치 않은 일이로다. 내탕금은 몰수하고 그놈들도 모두 가두
어라."

방바닥에서 낙상한 선전관 이주호와 두 수행원도 밧줄에 묶여 옥으로
들어갔다.

해 질 무렵, 봉준은 원평 장터에 동학군들을 모아놓고 가두었던 다섯 사
람을 끌어내 목을 쳤다. 두 동강 난 시체는 마을 뒷산에 버렸다.

그들이 소지하고 있던 방패연 갈개발 같던 증명서와 문서는 태워 버렸다.

왕명으로 파견된 사자들을 처형했다는 것은 봉준이 평소 왕은 건드리지 않았던 것에 비하면 비상한 사건이었다.

봉준은 일부러 느러내 그들을 죽이 어떤 회유에도 굴하지 않겠다는 강한 의지를 동학군들 앞에서 표명한 셈이다.

이제 무남영군과 중앙 경군을 연이어 격파하고 왕이 보낸 사자를 죽이고 내탕금을 빼앗았으니 조정의 입장으로 보면 봉준은 영락없는 역적이 되고 말았다.

봉준은 원평 들판을 가로질러 호남 심장부이며 왕조의 고향인 전주를 노렸다.

사월 이십육 일.

봉준은 태인에 도착해 전주성 공격을 준비했다.

이십칠 일.

봉준은 태인을 떠나 전주성 외곽 삼천까지 진출했다.

동학군이 전주로 가는 길가에 백성 남녀노소가 구름처럼 몰려와 환호하고 박수를 보냈다.

술동이를 들고 마중 나온 아낙도 있었고 주먹밥을 소쿠리에 담아 돌리는 처자도 있었다. 가족과 작별하고 동학군에 지원하는 젊은이도 부지기수였다.

동학군 수는 더욱 늘어 거의 십만 명을 헤아렸다.

아침 일찍 봉준이 김도삼과 정익서 두 사람을 은밀히 불러 지시했다.

"오늘은 전주성 서문 장날이다. 자네들은 장꾼으로 변장해 미리 전주성에 잠입해라. 우리가 서문 앞에 도착하면 즉시 성문을 열도록 하라."

두 사람은 젊은 도인 몇 사람을 대동하고 장꾼과 섞여 전주 성안으로 들어가 대기했다.

정오에 봉준은 전주 입구 용머리고개를 숨 가쁘게 올랐다. 경군들은 모두 도망쳤는지 한 사람도 보이지 않았다.

봉준은 한낮의 대기를 뚫고 멀리서 어렴풋이 보이는 풍남문을 바라보며 가슴 빠개지는 희열을 느꼈다.

"백성들이 문지기 눈치를 살피며 몸을 도사리고 드나들던 저 문을 오늘 우리는 자유로운 백성으로 당당하게 들어가는구나."

전주성은 너무도 평온했다.

동학군은 일자진 외줄 행렬을 갖추고 총과 죽창을 흔들고 함성을 지르며 서문 앞으로 다가갔다.

서문 밖에서 잠시 숨을 고르자 장꾼으로 변장하고 미리 성안에 들어갔던 김도삼과 정익서가 안에서 문을 열었다.

육중한 성문이 활짝 열렸다. 햇볕이 쨍쨍 내리쬐는 초여름의 화창한 대낮이었다. 이날은 서문 장날이어서 장꾼들이 옆에서 기다리다 같이 들어갔다.

모두가 마치 축제를 즐기는 분위기였다.

돌아보면 봉준이 원평에서 수만 군중을 모아 기세를 올리고 일 년이 지났다. 고부를 징치한 뒤로는 넉 달이 조금 못 된다. 백산에서 봉기하고는 불과 한 달이 조금 넘었다.

그런데 지금 조선 살림의 거의 반절을 감당하고 왕조의 근거지였던 호남 제일성인 전주에 무혈입성하게 된 것이다.

24.

고종 31년, 갑오년, 1894년, 사월.

사월 이십팔 일.

전주 함락과 더불어 호남 천지는 대부분 동학군 수중에 들어왔다.

미친년 가마 탄 듯 모퉁이만 돌던 김문현과 수하 벼슬아치들은 모조리 도망쳤다. 감영 마당에 버려진 관모와 요대가 배추밭의 개똥처럼 바람에 날려 뒹굴었다.

미처 도망가지 못하고 감영에 남아 있던 이속과 사령들은 벌거벗고 환도 찬 놈처럼 동학군 눈치만 보며 범도 보기 전에 똥 싸는 흉내만 냈다.

봉준은 도망치지 못한 자 중에서 법당 뒤만 돌던 악질 아전과 부호를 찾아내 죽이고 그들의 집과 재산을 불살랐다.

전주 관아에서 궂은 심부름을 하던 관노와 사령들은 춤을 추며 동학군을 맞이했다. 그들이 관아 구석구석으로 동학군을 안내했다.

봉준은 텅 빈 선화당을 대장소로 썼다.

최경선은 모든 관아 건물을 접수하고 남은 무기와 양곡을 거두고 억울하게 갇힌 백성들을 풀어 주었다.

이날은 여느 날과 마찬가지로 길에 왕래하는 사람들이 많았다.

김문현은 변복하고 모시 바지 방귀 새듯 북문 쪽으로 달아나 행상 무리에 섞였다. 덤벙대다 보니 어느 사이 어깨에 달고 가던 갓도 잃어버렸다.

김문현은 염병 치른 놈 대가리 꼴을 하고 길가 민가에 들어갔다.

백성이 기르던 나귀를 억지로 빼앗아 타고 한양을 향해 달렸다. 십 년 염병에 땀도 못 낼 놈이었다.

경기전 참봉은 태조의 어진을 끊어 말아 들고 위봉산성으로 달아났다. 그는 길에서 판관 민영승과 마주쳤다.

민씨 일가인 민영승은 참봉에게서 어진을 빼앗았다. 뒷날 전주성을 버린 죄를 무마하려는 속셈이었다.

민영승은 어진을 위봉산성 태조암에 숨겨 놓고 달아났다. 염초청 굴뚝 같은 놈이었다.

도망가던 무리 중에 전신국 기술자도 있었다. 그들은 조정에 수시로 전보를 쳐 벙거지 시울 만지는 소리로 상황을 보고했다.

동학군이 전주를 점령했다는 소식에 한양 민심은 요동쳤다. 이씨 조선이 일어난 전주가 동학군에게 함락되었다는 사실은 하늘이 놀라고 땅이 뒤흔들릴 만한 사건이었다.

한양의 높은 벼슬아치들이 땅을 치며 탄식했다.

"내가 진즉 이런 날이 올 줄 알았지. 그러나 이렇게 빨리 닥칠 줄은 꿈에도 몰랐구나."

한양 주변 고을에서도 자주 소요가 일어나면서 민심이 흔들리자 병든 까마귀 어물전 돌 듯 시세가 돌아가는 낌새만 보던 양반과 토호들은 피란 갈 준비를 서둘렀다.

왕과 민비는 동학군이 흥선을 받든다는 보고를 듣고 잘못하면 다시 권력을 빼앗길까 크게 두려웠다.

왕은 발을 동동 구르며 민영준을 불러들였다.

"일전에 내가 청국에 청병하라 지시한 것은 어떻게 되어 가는가?"

왕이 묻자 민영준이 몸을 비틀며 더듬거렸다.

"글쎄, 그것이…. 소신이 원세개를 만나 파병 약속은 받았습니다. 그런데 원세개가 청군이 출병하면 그것을 빌미삼아 왜군이 출동할 것이라며, 여기에 대한 대책을 내놓으라면서 차병을 차일피일 미루고만 있습니다."

옆에서 듣던 민비가 버럭 화를 냈다.

"못난 놈, 내가 차라리 왜놈의 포로가 될지언정 다시는 임오년 군란 때의 일을 당하지는 않겠다. 내가 망하면 너희들도 씨가 마를 것이니 여러 말 하지 말아라."

민영준은 다른 이야기로 돌렸다.

"그나저나 전라도 감사와 일을 이렇게 만든 고부군수를 빨리 처리해 비적들을 달래야 하지 않겠습니까?"

왕은 서둘러 전라감사 김문현과 고부군수 조병갑의 관직을 박탈했다.

봉준은 전주를 함락한 후 선화당을 접수해 이곳에서 측근들과 북상 시기를 재고 있었다.

25.

고종 31년, 갑오년, 1894년, 사월.

불과 이십 일 사이 전라 감영군과 초토사의 경군이 거듭 패하자 베주머니로 바람만 잡던 조정은 매우 당황했다.

왕은 다시 홍계훈의 외병차용 안을 중신 회의에 부쳤다.

청군 차병은 이미 일 년 전에 왕이 박제순을 통해 요청한 적이 있었다. 그러나 그때 박제순은 도대체 황당한 이야기라고 여겨 묵은 낙지 캐듯 딴전만 피우고 움직이지 않았다.

조금 지나자 왕도 자기가 무슨 말을 했는지 잊어버리고 말았다.

사월 이십구 일.

왕은 한밤중에 황급히 다시 대신 회의를 열어 원병 요청을 결정했다.

"지난 임오년과 갑신년에도 청국군이 사직을 보전해 주었다. 지금 다시 청병한들 무엇이 문제가 되겠는가?"

왕은 민영준을 시켜 청국 공사 원세개에게 공식적으로 청병 의사를 전달하게 했다.

도대체 무슨 생각을 하는지 알 수 없는 위인이었다. 백성의 호소를 진지하게 들어보기는커녕 그에게는 쇠불알처럼 흔들리는 자기의 안위가 우선이었다.

왕이나 민씨 일가붙이나 돌아가는 정세를 보는 수준이 개천 바닥을 기기는 매일반이었다.

왕은 이미 오래전부터 조선의 왕이 아니었다. 그는 한 집안의 충실한 계승자이고 한 가정의 성실한 가장이 되는 것으로 만족하는 필부에 불과했다.

이 땅에 목을 매고 사는 온 백성의 운명은 그들의 왕이 아닌 한낱 용렬한 필부의 손에서 좌지우지되고 있었다.

이 땅에 왕은 없었다. 머리가 비고 심장이 없는 허수아비가 왕 노릇을 하고 있고 진실로 백성을 위하는 새 왕은 아직 등극하지 못했다.

원세개는 봉기 직전에 일방적으로 파병을 강행할 생각도 있었으면서 민영준이 다시 찾아와 싹싹 빌며 엎드리자 짐짓 어려운 척 망상거리며 주판을 놓았다.

한참을 뻐기더니 교활하고 거만한 태도로 왕의 청병을 일단 접수했다.

조정은 황급히 청국 정부에 차병 조회문을 보냈다.

차병 공문

'폐방 전라도 관할인 태인 고부 등 현은 백성들 버릇이 흉한하고 성정이 혐휼하여 다스리기 어렵다고 일러 왔는데 근월에 와 동학이란 교비가 부관하여 취중이 만영 인이 되어 이들이 십여 고을을 쳐 함락하였고 또 이제 북쪽으로 내달아 전주성을 함락하였습니다.

그리하여 전에 이미 훈련된 군사를 뽑아 보내 초무케 했으나 그 비도들은 마침내 죽음을 무릅쓰고 항전하여 그 훈련된 군사도 도리어 패하게 되어 대포와 군기들을 많이 잃었습니다.

그리고 본즉 이 같은 흉한이 오래 난을 일으킬 것이 자못 근심되오며 항차 서울에서 현지의 거리가 겨우 사백십 수 리니 그처럼 다시 일어나 북으로 내닫게 버려둔다면 두렵게도 서울까지 소동할 것이니 손해되는 바가 적지 않을 것입니다.

그리고 폐방의 신연 각군 형수가 겨우 서울이나 호위할 것인데다가 또 전진 경험도 없으니 흉구를 진제하기는 어려울 것인데 혹시 자만일구한 소이로 근심을 중국 조정에까지 보내게 될까 더욱 두렵습니다.

돌아보건대 폐방은 임오□갑신 양차 내란에도 모두 중국 병사가 대위 근절하였거니와 이번에도 먼젓번 원안대로 귀 총리의 수고를 청하옵고 따라서 북양대신의 신속한 처리를 간청하오니 작견수대 하시와 속래대소하여 주시고 아울러 폐방 각 병장으로 하여금 수습 군무케 하여 장래의 조위지계를 삼고저 합니다.

한편 조비좌진을 기다려 철회하도록 곧 청할 것이오며 감히 계속 유방 초록 청하지 않을 것이니 천병이 외지에서 오래 노력하는 데까지는 이르지 않게 할 것입니다.

아울러 귀 총리께서 타속수조하기를 급박지절히 고대하나이다.'

사실상 청국은 조선 정부에서 파병 요청만 오면 이를 기회로 삼아 군대를 파견해 조선 내정에 깊이 관여해 계속 주도권을 행사하고 싶었다.

자기들보다 뒤에 들어와 조선이 저희 땅인 양 활개 치는 왜국과 아라사 세력을 쫓아내고 전과 같은 독점적인 종주권을 장악하기를 원했다.

원세개는 평소 자신이 지휘하면 동학당 정도야 오 일 이내에 평정할 수 있다고 이홍장에게 호언장담해 왔다.

이홍장이 그를 떠 보았다.

"우리가 파병하면 왜놈들이 가만있지 않을 터인데 이 문제는 어떻게 처리하겠소?"

원세개는 사실상 왜국 정세에 대한 정보가 매우 부족했다. 그는 제 스스로 억단해 이홍장에게 말했다.

"왜국은 현재 내정이 복잡해 공사관 호위 명목으로 기껏해야 백여 명 정도의 군인을 불후리로 파병할 것입니다. 그 정도 병력은 조선의 외무담당자나 주한 외교 사절을 시켜 준동을 저지할 수 있습니다."

꼬장꼬장하던 이홍장도 여기에 넘어갔다.

"그렇다면 마침 잘 되었다. 조선의 위기가 동학도의 분란인 것 같으니 우리는 차제에 파병해 조선의 병권을 장악하고 내정에 깊이 관여하면서 우리의 장래 이익을 최대한 추구하기로 하자.

실제로 동학도의 분란은 조선 군사들로도 족히 진정시킬 수 있을 터인데 왕이 이처럼 일을 크게 만드니 참으로 우스운 일이다. 그러나 우리는 그런 내색은 하지 말고 오로지 조선의 요청으로 마지못해 파병한 것으로 내외에 보여야 한다.

우리 군대를 조선에 보내면 즉시 일본에 알려야 하니 그렇게 되면 일본도 군대를 파견할 것이다.

그렇게 되면 우리는 일본과 비각으로 무력 대결을 불사해야 할 것이다.

그때를 대비해 자네는 만만의 자세로 임해야 한다. 알겠는가?"

"어부가 있겠습니까? 분부대로 시행하겠습니다."

요식절차에 불과한 차병 조회문은 전달된 즉시 수락되었다.

사월 삼십 일.

독판교섭통상사무 조병식과 잠의내무주사 싱기운이 청국 공시관으로 원세개를 찾아갔다. 둘은 한껏 저자세를 취하고 문둥이 떼쓰듯 원세개를 졸랐다.

"어떻게, 차병은 승인되었습니까?"

원세개는 이미 파병이 수락되었음에도 모른 척 고개를 저었다.

"그게 어디 쉬운 일입니까? 내가 애를 쓰고 있으니 좀 더 기다려 봅시다. 조만간 즐거운 소식이 오지 않겠소?"

"청국 군대가 들어오면 우리가 최대한 편리를 도모하고 크게 위로하겠습니다."

"글쎄 그렇기는 하겠지만, 요즘 국제 정세가 너무 예민해 북양대신도 고민이 많은 모양입니다."

"수고스럽겠으나 다시 한 번 말씀을 올려주셨으면 합니다."

원세개는 짐짓 호탕하게 웃었다.

"걱정하지 마시오. 내가 더 신경을 쓰겠소. 그나저나 어쩌다가 사태가 이 지경에 이르렀단 말이오?"

조병직이 나서서 변명했다.

"전라도 태인과 고부에 사는 백성들은 성정이 험해 평소에도 다스리기 어려웠습니다. 봉기가 일어나 고을 십여 곳이 넘어갔는데 특히 전주성을 잃어 조정이 체면을 세우기 어렵습니다.

귀국은 한양에서 불과 사백수십 리 떨어진 곳이라 번국에서 일어난 비적의 난리가 더 극심해질 경우 황제에게도 폐가 될까 두렵습니다."

비로소 원세개는 속을 털어놓았다.

"북양대신의 승인이 나 곧 군대가 도착할 예정입니다. 그러니 너무 걱정하지 마시라고 왕께 전하시오. 이번에 내가 고생을 많이 했으니 내 공을 잊지나 마셨으면 좋겠소."

"여부가 있겠습니까? 오직 감사할 따름입니다."

조병직과 성기운은 신이 나서 청국 공사관을 뛰어나왔다.

26.

고종 31년, 갑오년, 1894년, 사월에서 오월.

갑신정변 때 청군과 왜군이 무력으로 충돌하면서 양국 병사 다수가 죽고 왜국 공사관은 파괴되었다. 그 뒤 왜국은 적반하장으로 이에 대한 배상 문제를 청국에 들고 나왔다.

왜국은 청국에 전면 전쟁을 불사하겠다고 으름장을 놓았다.

청국은 당시 안으로 내정 문제가 복잡했고 밖으로 열강과 대치하느라 사실상 왜국과 전면전을 치를 여력은 없었다.

청국 북양대신 이홍장은 울며 겨자 먹기로 왜국 총리대신 이토 히로부미에게 배상금을 주겠다고 굴복했다.

을유년 사월에 체결한 천진조약은 겉으로는 청국과 왜국 사이에 맺은 조약이지만 사실은 두 나라가 서로 조선에 대한 패권을 쥐기 위해 다투는 전초전이었다.

그래도 이홍장이 천진에 앉아 이토 히로부미를 불렀으니 아직은 청국이 아주 기가 죽지는 않은 형세였다.

천진조약 중 제삼 조에 '조선에 변란이 일어나 외국의 출병이 필요할 때는 한쪽 나라가 상대 나라에 통지한다.'는 내용이 있었다.

이 조항으로 청국은 예전처럼 매사에 조선의 종주국 입장을 내세우며 강압적인 간섭을 하지 못하게 되었다. 왜국은 교두보를 확보한 셈이었다.

이후 여러 가지 역학이 작용해 왜국은 조선에서의 패권 경쟁에서 계속 청국에 밀렸다. 그러나 왜국은 포기하지 않고 자체 군사력을 증강하면서 호시탐탐 반전의 기회를 기다렸다.

임진년에서 계사년 시기, 조선에서 변화가 일어났다. 동학도인이 공주와 삼례에서 집회를 열고, 광화문에서 교조 신원을 위한 복합 상소를 벌였다.

이어 도인들은 척양·척왜를 주장하며 한양에 거주하는 외국 공사관에 방문을 붙이기도 했고 보은과 원평에서 대규모 집회를 열었다.

마침내 기다리던 기회가 왔다고 판단한 왜국 내각과 외무성은 왜국 공사관과 거류민 보호를 명분으로 조선 출병을 논의했다. 왜국 육군과 해군은 흥분해 자기들끼리 구체적인 작전을 세우느라 귀먹은 중 마 캐듯 분주했다.

조선 주재 왜국 공사 오토리 게이스케가 외무대신 무쓰 무네미쓰에게 보고했다.

'만약 동학당이 일단 막다른 수단을 동원한다면 조선 조정의 능력으로는 도저히 동학당을 진압하기 어렵습니다.

그러므로 재류 외국인을 보호할 수 있을지는 경험에 비추어 오히려 어려울 것입니다.

현재 한양에 체류 중인 우리 거류민은 칠백여 명으로 대부분 당장이라도 참화를 만날 우려가 있습니다.

......

동학당이 재류 외국인을 몰아내겠다는 것은 자신들의 목적을 관철하기 위한 수단에 불과하며 이를 실제로 결행할 용기는 아마 갖고 있지 않을 것입니다.

그러나 만에 하나라도 사건이 발생하여 서류민을 보호하지 못해 후회히는 일이 없도록 조치할 필요가 있다고 생각합니다.'

보은과 원평에서 열린 두 집회가 다행히 무력으로 번지지 않고 해산된 까닭에 이 계획은 보류되었다.

왜국은 갑오년 초, 봉준이 봉기하자 이치지 고스케 소좌를 첩자로 조선에 파견했다. 동학농민혁명 일차 봉기가 고부와 무장을 중심으로 전개되자 이치지 고스케가 지휘하는 왜국 정보원들은 남도에 침투해 실제 상황을 민첩하게 취재했다.

부산에는 왜국 흑룡회 두목 우치다 료헤이와 현양사 두목 도야마 미쓰루의 휘하 낭인 조직 천우협이 결성되어 이치지 고스케를 배후에서 도왔다.

봉준의 봉기를 계기로 청국과 왜국은 다시 개와 원숭이처럼 대립했다.

청국이 조선 왕의 요청으로 군대를 파견하면서 '속방을 보호한다'고 표현했는데 왜국은 이 문구를 물고 늘어졌다. 조선은 청국의 속방이 아니라 엄연한 독립국이라고 떼를 썼다. 청국은 왜국이 제기한 문제를 애써 무시했다.

왜국 외무대신 무츠 무네미쓰는 이제는 청국과 무력으로 싸울 때가 되었다고 판단했다.

그는 이토 히로부미를 설득했다.

"조선에서 일어난 민중 봉기는 일단 청국과 힘을 합해 진압하고 그 후 주도권을 잡아 조선의 내정을 우리에 유리한 쪽으로 개혁하면 어떻습니까?"

이토 히로부미는 수락했다.

무츠 무네미쓰는 전쟁 준비를 서둘렀다.

조선 대리공사 스기무라 후카시가 청군이 조선에 출병한다는 전보를 본국에 보냈다.

총리대신 이토 히로부미는 비밀리에 육군 참모차장과 장성 세 사람을 부산과 전라도에 파견해 정보 수집을 하게 했다. 특히 동학도인의 봉기가 얼마나 심각하게 진행되고 있는지를 보고하라 했다.

마침 조선 정부의 청군 파병 요청이 정식으로 청국 정부에 접수되었다는 소식을 접하자 왜국은 이를 중대 사안으로 보았다.

이토 히로부미는 당시 국회와 불화해 각의에서 국회 해산을 결의할 예정이었다.

그러나 청군이 출병한다는 보고를 받자 부랴부랴 혼성여단 규모의 병력을 출동시킬 전략을 짰다. 그는 여단 규모로도 청국을 이길 수 있다고 판단했다.

왜국은 이미 청군의 파병 규모에 대해 빌밋하게 알고 있었고 그들보다 월등한 군대와 장비를 파견하면 얼마든지 이길 수 있다는 계산이 있었다.

이홍장은 조선에서 봉기가 진정되고 있으므로 청·왜 양국의 공동 진압은 불필요하고, 조선 왕의 청병 요청이 청국으로 왔으므로 왜국은 조선의 내정에 간섭할 수 없다고 우겼다.

이에 이토 히로부미는 왜국의 자위를 위해 조선의 안녕이 필요하다는 매우 졸렬한 명분을 내세워 청군과 왜군이 공동으로 봉기를 진압하는 데 협조하기를 촉구했다.

이 요구를 청국이 거부하면 왜국은 청국과 전쟁을 불사하겠다고 다시 으름장을 놓았다.

만약 조선에서 백성들의 봉기로 왕조가 무너지기라도 하면 이는 모두 청국 책임이라고 어거지를 썼다.

조선의 명운은 안타깝게도 당사자가 아닌 주변 나라의 손안에서 좌지우지되고 있었다.

이홍장은 이토 히로부미의 생떼에 대한 대책을 논의했다.

서투른 풍수 집안만 망친다더니 대신들은 왜국과 한판 붙자고 송곳으로 매운재를 끌어냈다. 그러나 전면 전쟁이 불리하다고 판단한 이홍장은 화의를 주장했다.

이들은 좀처럼 결정을 보지 못하고 뱀 본 새 짖어대듯 말로만 우왕좌왕했다.

무츠 무네미쓰는 조선에 파병할 병력을 여러 군진으로 나누어 보내기로 했다. 일단 광도에 주둔하던 제오 사단에 동원령을 하달했고 휴가로 일본에 체류 중이던 왜국 공사 오토리 게이스케에게 즉각 조선으로 귀임하라고 긴급 훈령을 내렸다.

훈령

'지금 조선 내의 정정은 매우 유동적이다.

차제에 청국이 조선의 요청을 들어 파병할 것이다.

그렇게 되면 천진조약에 따라 우리에게도 즉각 통지하게 될 것이다.

이때를 대비해 우리는 만반의 준비를 해 놓았다.

우리가 해야 할 우선 사업은 두 가지이다. 하나는 파병과 동시에 청국 군대와의 대결을 각오하고 전쟁에 임하는 결사적 자세이다.

하나는 청과의 전쟁이 유발되면 주요 무대인 조선 정부는 우리가 먼저 장악하고 조선의 내정을 우리 식으로 과감하고도 철저히 개편 혁신하는 것이다.

조선에서 동학도의 분란은 청국과의 결전을 속히 해결하기 위한 시련이며 우리의 국력을 시험할 절호의 기회이니 절대로 실기하지 않게 용의주도함을 보이라.'

사월 이십육 일.

왜국의 후쿠자와 유키치는 지지신보에 청국과의 전쟁의 필요성과 조선의 동학군 진압에 일본 정부가 앞장설 것을 주장했다.

사월 이십구 일.

내각에서 공식 조선 출병을 결정했다.

총리대신 이토 히로부미와 외무대신 무쓰 무네미스는 육군 참모총장 아리스 가와노미야와 참모차장 가아카미 소로쿠를 호출해 출동 준비를 지시했다.

아리스 가와노미야는 히로시마 참모본부 내에 최고 통수 기관으로 대본영을 설치했다.

대본영에서는 왜국 해군과 육군이 취할 전략 전술을 세밀하게 짰다.

이 보고를 정밀하게 검토한 이후에 이토 히로부미는 청국 조정에 왜군 출병을 통고했다.

오월 일 일.

왜국 공사 오토리 게이스케가 조선으로 귀임했다. 그는 외무독판 조병직에게 충청도 각지에서 활동하는 왜국 상인들이 도피하려는데 그들을 도울 어학생과 순경 세 명을 파견하는 것을 허락해 달라고 했다. 조병직은 이 빠진 사발 얼굴을 한 채 준허했다.

그날.

이홍장은 북양 수사제독 정여창에게 조선 출병을 명했다. 정여창이 이끄는 청병 선발대가 제원과 양위 함정 두 척을 이끌고 인천으로 향했고 제독 섭지초와 총병 섭사성이 기선으로 육군 천오백 명을 인솔해 뒤를 따라갔다.

오월 이 일.

정여창은 인천에 도착했다.

이날 조선은 친청파의 주선으로 공조참판 이중하를 영접관으로 임명해 인천으로 출발하게 하는 등 세심한 배려를 아끼지 않았다.

오월 삼 일.

주왜 청국 공사 왕봉조는 왜국 외무대신 무쓰 무네미스에게 천진조약에 '조선에 사변이 있어 청국 군대를 파병할 때는 반드시 먼저 왜국에 통보해야 한다.'는 것을 들어 조선 정부에서 원병을 요청하므로 청국이 조선에 파병함을 뒤늦게 통보했다.

왜국은 통보를 받은 즉시 외아문 주사 이학규에게 천진조약에 의거 왜군을 조선에 출병시킨다고 형식적인 절차를 밟아 통고했다. 병력의 수나 주둔 지역 등에는 전혀 언급이 없는 일방적인 통고였다.

조선과 청국은 여기에 대해 즉시 항의했으나 왜국은 사날스럽게 이를 묵살했다. 오히려 아산으로 오오시마 여단장이 이끄는 혼성여단을 급파하고 왜국이 청국을 공격할 때 필요한 전쟁 물자를 모두 조선이 공급하라 요구했다.

외무독판 조병직은 대책이 없어 고자리 먹고 자란 호박 꼴을 하고 답변을 미루었다.

왜군은 아산만으로 들어가 조선 백성을 싸다듬이해 징발했다. 곳곳에서 장정과 소달구지를 징발해 탄약과 군량을 수송시켰다.

수원에 이르렀을 때 징발된 조선 백성이 우마차 사백 대를 끌고 도주했다. 수원 일대에 거주하던 백성들도 사방허통으로 우마를 끌고 모두 다른 지방으로 이주했다.

왜군은 도움을 주지 않는 진위 군수를 무풍루 기둥에 묶고 구타했다.

원산에 들어간 마츠야마가 이끄는 제이십이 연대도 마찬가지였다.

뙤약볕에 소 삼백 마리가 쓰러져 죽었다. 징발된 조선 백성들은 앞으로 나가지 않았다. 왜군은 사복개천이 되어 백성들을 끌어내 목을 쳤다.

어두워지면 조선 백성들은 무리를 지어 도망갔다.

이날.

왜국 쓰보이 코오소오 해군 소장이 이끄는 군함 팔중산 호가 횡수하 군항을 출발 인천으로 향했고 뒤이어 왜국 함대사령관 이토 스케유키가 군함 두 척을 몰고 인천으로 출발했다.

청군의 동태와 조정의 기밀을 정탐하던 첩자 삼촌 대리공사의 제보를 토대로 왜군 참모본부는 극비리에 선수를 썼다. 파병을 서둘러 오월 칠 일에는 뿔둑가지로 사백이십 명의 육전대를 한양에 입성시켰다.

오오시마 소장의 지휘 아래 육천 명의 혼성여단이 인천과 한양 지역에 진주했다. 이로써 왜국은 청군을 능가하는 병력을 순식간에 조선으로 파견해 기선을 제압했다.

일이 이렇게 되고 보니 조선 조정은 백성들의 정당한 호소도 아랑곳하지 않고 아닌 보살 흉내를 내다가 왜국과 청국이 침을 흘리며 체결한 조약문조차 제대로 뺨어보지 못한 채 자청해 대궐 안 깊숙이 외적을 불러들인 꼴이 되고 말았다.

오월 사 일.

왜국은 육·해군성령을 공포하여 보도관제를 선포하고 청국에 왜군의 조선 출병을 통지했다.

왜군 출동을 조선에도 통보했다. 조선 조정은 파병 중지를 다시 요청했으나 왜국은 무시했다.

오월 육 일.

해군 중장이 인솔해 군함 야에야마 호에 육전대 사백이십 명을 태워 인천에 상륙했다.

이토 히로부미는 이러한 상황을 극비로 해 왜국 국민은 그때까지도 이런 상황을 알아채지 못하고 있었다. 언론은 오히려 왜국의 대조선 정책이 빈곤하고 추진력이 미비하다고 힐책하는 기사를 냈다.

오월 칠 일.

왜국은 시찰원을 조선에 파견해 동학군 봉기 사태의 실상을 조사했다.

조선은 외무독판 조병직을 왜국 공사관으로 보내 재차 왜군 철수를 요구했다. 오토리 게이스케는 먼산을 바라보며 콧방귀만 뀌었다.

오월 구 일.

육군 혼성여단 본진이 대본영이 있던 히로시마 우지나 항에 대기하던 운송선을 타고 조선으로 출발했다.

침략은 빠르게 진행되었다.

왜국은 개항 이후 두 번째로 조선을 정벌할 기회를 잡았다. 왜국 위정자와 군벌은 온통 환희와 흥분의 도가니에 빠졌다.

뒤늦게 눈치를 챈 왜국 언론도 여론을 빙자해 전쟁을 독려했다. 오사카 아사히신문은 기사를 내었다.

'조선의 사변은 내란일 뿐이다.

폭민이 함부로 날뛰는 것에만 초점을 두어 웅빙정예의 병사로 응한다면 마른 초목이 부러지는 것과 같이 될 것이다.

……

청국 조정이 많은 병력을 보내어 국경에 들어온 그 뜻이 어찌 동학당의 진압을 하는 데서 그치겠는가?

오합지졸의 폭도를 정벌하는 데는 한두 개의 대대로 충분할 것이다. 대군으로 진압하는 것은 오히려 소를 잡는 칼로 닭을 베는 것과 같지 않은가?

이홍장의 지혜가 졸렬하지 않아 청국 조정의 뜻은 이번 기회에 편승해 크게 원하는 것을 얻는 데 있다.

그러니 조선의 큰 근심은 동학당에 있는 것이 아니라 다른 곳에 있나니 그 독립이 실로 위험에 처해 있다.

이른바 존망의 갈림길이 오늘날에 있다.'

27.

고종 31년, 갑오년, 1894년, 사월.

전주를 함락한 봉준은 십이 개조의 계명을 발표했다. 이 계명은 이전에 내렸던 '군사를 경계하는 호령 십이 조'와 같았다.

하나, 항복한 자는 받아들여 대기시키고
하나, 빈곤한 자는 구제하고
하나, 탐자는 쫓아내고
하나, 순한 자는 경복하며
하나, 도망하는 자는 쫓지 말며
하나, 주린 자는 먹여주고
하나, 간활한 자는 죽여 버리고
하나, 빈자는 구제해주고
하나, 불충은 제거하고
하나, 어기는 자는 효유하고
하나, 병자는 약을 주고
하나, 불효자는 죽여라.

동학군의 자세와 품위가 이같이 당당했다.

봉준은 관군의 비리를 폭로하는 방문을 전주성 남문 밖에 붙였다.

동학군 방문
'지금 사세는 앉아서 죽음을 기다릴 수는 없는 형편이라. 웅병맹장은 각 재신지하고 각 고을 재사는 글발을 천 리 밖에까지 닐리어 임금에게 충성을 다하고 있다.

그러나 대저 이 나라의 형세로 말하자면 집권 대신은 모두 외척으로서 밤이 새도록 계획한다는 것이 다만 자기 몸 살찌우는 것만 알고 저희 당파를 각읍에 포진하여 백성을 해롭게 하는 일만 하니 백성이 어찌 더 참을 수 있겠는가.

이번에 온 초토사 홍계훈은 본래 무식인이라, 동학의 위력을 겁내면서도 부득이하여 출병해서는 망령되이 현량 유공한 김시풍을 죽이고 그것으로 공을 삼으려 하니 이는 반드시 형을 내려 죽여야 할 것이다.

그러나 가장 애석한 일은 삼 년 내에 조선이 왜국에 귀속되지 않을 수 없게 되리라 예상되므로 우리 동학도인은 대거 기병해 백성들을 편안케 하고자 함이라.'

봉준은 동학군이 드물게라도 양민의 재산을 탐내고 부녀자를 겁탈하는 일이 생기면 즉시 엄하게 처리했다. 동학군 병사들이 보는 앞에서 당사자가 죄를 인정하면 군율에 의거 바로 처형했다.

대오는 항상 질서정연했고 모든 장수와 병사는 봉준의 지시에 한몸처럼 움직였다.

백성들은 관군을 보면 뱀을 보듯이 몸서리쳤지만, 동학군을 보면 가까운 친척을 만난 듯이 웃으며 다가왔다.

관군이 군령이라며 민가에 양곡을 징수하러 오면 피하기 일쑤였으나 동학군은 거두려 하지 않아도 얻었고 구하려 하지 않아도 들어왔다.

마침 계절이 봄이어서 잠은 관아 건물과 인근 부잣집을 빌려 잤다. 식사는 비빔밥을 만들어 해결했다.

채소 반찬을 밥과 버무려 먹었다. 계란이나 참기름을 섞으면 더 맛이 있었다. 전주비빔밥이 여기에서 유래하게 되었다.

사월 이십팔 일 오후.

홍계훈은 전주성 밖에 도착했다. 그는 군사를 몰아 완산 남쪽에 진을 쳤다. 이어 도착한 병력 이천여 명에게 전주성을 단단히 포위하라 일렀다.

총제영 대관 박희성을 성 주변 완산 칠봉과 황학산으로 보내어 진지를 구축하게 했다. 박희성은 산채 부하 몇 명과 함께 다시 대관으로 복직되어 홍계훈을 보좌하고 있었다.

김용권도 평안도 병영 대관으로 복직되어 평양에서 복무하고 있었다. 필제가 조선 팔도 화적 행수로 칠선봉에 자리 잡으면서 조령 산채는 김정태를 보좌하던 메기가 두령이 되었다.

하마는 계속 김정태를 도와 물도가 일을 보았다.

완산 남쪽 마루에서 바라보면 왼쪽의 용머리고개와 전주성 안이 훤히 보였다.

홍계훈은 박희성을 봉준에게 보냈다.

박희성은 이미 육십 고개도 허리를 지나고 있었다.

"초토사는 동학군을 초무하러 왔소이다. 그러니 초토사는 자신이 먼저 당신들을 공격하지 않겠다고 전하라 했습니다."

이것은 홍계훈의 속임수였다. 봉준은 박희성의 얼굴을 보고 빙긋 웃기만 했다.

이후 삼 일은 서로 전열을 정비해 다가올 전투에 대비하며 보냈다.

오월 초하루.

홍계훈은 산따다기를 먹은 놈처럼 불시에 공격을 개시했다.

어디서 왜놈들이 항시 써먹은 수법을 배웠는지 염치와 담을 쌓은 짓을 했다. 그는 제 말이 법이라 상대에 대한 신의나 배려 따위는 아예 없는 자였다.

미시에 완산 마루에 설치한 대포를 쏘아 전주 성내로 포탄이 우박처럼 떨어지기 시작했다.

기다리던 봉준은 바로 응전했다.

김개남이 풍남문을 열고 나왔고 손화중은 서문에서 칼춤을 추며 나왔다. 두 사람은 홍계훈이 포진한 완산과 황학산 정상을 향해 성난 호랑이처럼 돌진했다.

김개남은 수십 개의 장태를 밀면서 산비탈을 올라갔다. 그러나 장태는 내리막이나 평지에서는 유용했지만, 오르막에서는 몸을 숨기기 어렵고 밀고 올라가는 데 힘이 많이 들었다.

김개남은 장태를 버리고 화승총과 죽창으로 산등성이로 올라갔다. 의외의 반격에 놀란 홍계훈은 어쩔 줄 몰라 노망칠 궁리만 했다.

손화중도 황학산 기슭을 돌파했다. 박희성이 목이 터지라고 고함을 질렀으나 경군은 겁이 나 고개를 파묻고 총구만 아래를 향하게 하고 쏘았다.

그러나 영감 상투 같은 머리를 땅에 박으니 총구가 하늘을 향해 버려 아무리 쏘아대도 탄환은 구름을 맞추러 만춘의 하늘로 날아갔다.

홍계훈은 다급한 나머지 성을 향해 무작위로 대포를 쏘아댔다. 눈먼 포탄이 터지면서 성내에 들어갔던 백성이 죽고 부근 민가에 불이 붙었다.

경군이 거의 패주하기 직전이었다. 그러나 배후에 주둔했던 강화병이 급히 구원에 나서 간신히 진지는 보전할 수 있었다.

봉준은 깃발을 휘둘러 두 장수를 성안으로 불러들였다.

죽을 고비를 겨우 넘긴 홍계훈은 목을 쓰다듬으며 한숨을 쉬었다. 그는 박희성을 불렀다.

"대관이 선전문을 써 성안에 한 번 뿌려보시오."

박희성은 회유하는 글을 써 성안으로 방문을 돌렸다.

'비적 괴수 전봉준을 잡아 오는 자에게는 조정에 상주해 큰 상을 내리겠다.

항복하고 나오는 동학군은 주모자는 제외하고 모두 용서해 죄를 묻지 않겠다.

감영에서 일하던 관노나 사령은 직함을 몸에 써 붙이고 투항하면 무조건 방면하겠다.'

동학군의 내부 분열을 꾀한 것이었지만 사기가 한껏 오른 동학군에게는 별로 효과가 없었다. 관노나 사령은커녕 황구 한 마리도 나가지 않았다.

홍계훈은 혀를 쯧쯧 찼다. 갑인 날에 콩 볶아 먹듯이 써먹던 옛날 방법은 이제 통하지 않았나.

밤이 되었다.

홍계훈은 이번에는 민가에 불을 놓았다.

서문 바깥에 불길이 높이 치솟아 대낮처럼 밝았다. 놀란 백성들이 길가로 뛰어나왔다. 서문 밖에 빼곡하게 운집한 기와집과 초가집 수천 채가 밤사이 재로 변했다.

다음 날.

아침 일찍 봉준은 북문을 나와 황화대로 이동해 공격을 퍼부었다. 관군은 회선포를 발사하며 응수했다. 용두현 전투는 서로 밀고 밀렸다.

박희성이 쏜 화승총에 동학군 선봉장 김순명과 소년 장사 이복용이 맞았다. 이복용은 열여섯 소년으로 개전 이래 계속해 선봉장을 맡아 왔었다. 봉준은 다친 이들을 후방으로 보내 상처를 치료하게 했다.

홍계훈은 완산에서 성안으로 계속 대포를 쏘았다. 염통이 곪는 줄은 모르고 손톱 고름을 뽑겠다고 오기로 쥐를 잡는 시늉을 했다.

관군이 사용하는 대포는 사정거리가 길고 성능이 좋았다. 포탄은 성안으로 날아가 경기전 처마에 맞기도 하고 조경단 건물을 부수기도 했다.

박희성이 쓴 선전문이 아주 효과가 없었던 것은 아니었다. 몰락한 양반 출신 하급 두령 몇몇이 박쥐가 되어 봉준을 홍계훈에게 넘기려는 모의를 꾸몄다.

이 모의는 곧바로 최경선에게 발각되었다. 최경선은 바로 봉준에게 보고했다.

"내부에 균열이 생기면 좋지 않다. 장수들을 한 자리에 불러 모아라. 내가 잘 위무하겠다."

장수들이 모두 모이자 봉준은 그들이 보는 앞에서 손가락을 구부려 점을 쳤다.

"사흘 뒤 점심나절이 지나면 좋은 소식이 있을 것이오. 여러분은 내 말을 믿고 목숨을 걸고 이곳에 들어왔으니 내 말을 한 번만 더 들어 잠시 어려움을 참아 주시오."

이에 박쥐들은 제풀에 풀어지고 말았다.

오월 삼 일.

봉준은 홍계훈에게 봉서를 보냈다.

'예전 감사가 수많은 양민을 죽인 일은 생각하지 않고 도리어 우리에게 죄를 물으려 하는가?

선화하고 목민해야 할 사람이 많은 양민을 죽였으니 이것이 죄가 아니면 무엇이 죄인가?

국태공을 받들어 감국케 하는 것은 사리가 정당하거늘 어찌 반역이라 하는가?

선유사와 종사관을 살해한 것은 윤음을 보지 못하고 다만 잡아들이라거나 병사를 모으라는 문자만 보았는데 이것이 사실이라면 어찌 이런 이치가 있을 수 있는가?

군사를 동원한 일로 죄를 묻는다며 죄 없는 백성을 죽이는 것이 옳은가?

눈 한 번 흘기는 것도 꼭 갚는데 남의 무덤을 파고 재물을 갈취하는 일은 우리가 가장 미워하고 서러워하는 바이다.

탐관이 모질게 굴어도 조정에서 생민을 돌보았다는 말은 듣지 못했다.

탐관은 마땅히 낱낱이 죽여 제거하는 것이 무슨 죄인가?

각하가 잘 생각해 왕에게 알리는 것이 해결의 실마리이다.'

오월 사 일.

봉준은 이어 홍계훈에게 소지문을 보냈다.

소지문

'우리도 이 나라 선왕의 유민이라. 어찌 옳지 못하게 위를 범할 마음으로 편안히 하늘과 땅 사이에서 숨을 쉬며 용납할 수 있겠는가?

우리의 이번 거사는 비록 놀랄 만한 일이겠으나, 출병해 백성을 마구 잡아 죽이는 것은 누가 먼저 한 일인가?

전 도백이 허다한 양민을 죽이고 도리어 백성들 죄라고 이르니 덕화를 펴고 백성을 다스리는 사람이 무고한 백성을 많이 죽인 것은 죄가 아니고 무엇이며, 가짜 인부로 방목을 붙이는 짓을 하니 손가락으로 쓴 종이도 인부가 될 수 있겠는가?

대원군을 받들어 국정을 맡기자는 것은 이치에 합낭하거늘 어찌하여 반역이라 하며 잡아 죽이고, 임금님의 말씀을 받들어 백성을 선유하는 종사관이 임금님의 말씀을 기록한 것은 보여주지 아니하고 다만 토벌한다, 잡아 가둔다, 병정을 부른다고 하는 문자만 보이니 만일 참인 것을 알면 어찌 이럴 리가 있겠는가?

전주 감영에 대포 장치한 일을 우리 죄라고 하지마는 초토사가 산 위에서 대포를 놓아 경기전을 무너뜨린 짓은 과연 옳은 일인가? 군대를 동원해 문죄한다면서 무죄한 백성을 살해하는 짓은 과연 옳은 일인가?

성에 들어가고 무기를 수집한 것은 신명을 방어하는 데 불과한 일이다.

눈 한 번 흘긴 것도 반드시 앙갚음하는 세상인데 조상 무덤을 파고 백성의 재물을 토색하는 짓은 우리가 가장 미워하고 엄격히 경계하는 일이다.

탐관오리가 아무리 토색질을 해도 조정에서는 못 들은 척 내버려 두어 백성들만 생명과 재산을 보전하기 어려워진 이 마당에 탐관오리를 낱낱이 없애 버리자는 데 이 일이 무슨 죄가 된다는 말인가?

전주는 나라에서도 중하게 여기는 곳이므로 봉산에 진을 친다거나 우물을 파는 것도 국법으로 금한 바 있거늘 초토사는 고의로 이것을 범했으니 이것은 또한 무슨 해괴한 짓인가?

느끼고 깨달아서 속죄하는 방법은 초토사가 조정에 보고해서 선처하는 것뿐이다. 이것이야말로 모든 백성이 한 가지로 바라고 치하할 일이 아니겠는가?

말을 이만 그칠 뿐.'

목도서제중생등의소

오월 오 일.

홍계훈은 소지문에 대한 회답으로 제사를 보냈다.

제사

'무릇 백성이 원통한 일이 있으면 호소하는 것이요, 호소하면 반드시 신원하는 것이 법이다.

설사 신원을 하지 못한 것이 있다 할지라도 슬픈 사연과 괴로운 어조로 부르짖기를 마지아니하면 거의 사연과 정상을 참작할 것이요, 신원하는 도에 어그러짐이 없거늘, 군기를 탈취하고 관사를 쳐부수고 인가에 불을 지르고 백성들의 재산을 약탈하여 가는 곳마다 잔인한 일을 하지 않는 데가 없으니 이 어찌 죄가 아니라고 말하겠느냐.

또한 그사이 효유한 것이 여러 차례임에도 불구하고 종시 귀화하지 아니하고 도리어 임금님이 윤음을 가지고 선유하려는 관원을 제 마음대로 살해하였으니 이것은 무슨 죄로 다스려야 하겠느냐.

그러나 괴수 전명숙이 이미 죽었으니 쫓아다니던 너희는 특별히 다스리기를 그만두고 너희의 목숨을 살려 주기로 한다.

여러 고을에서 민폐가 있다고 하나 그냥 둘 만한 것은 두고 개혁할 만한 것은 개혁하겠거늘 지금 너희들이 적어들인 여러 가지 조목은 너무 복잡하여 태반이나 이치에 맞지 아니하니 이것은 도리어 어리석은 백성들을 무혹하여 화단을 더 연장하려는 계책이다.

어찌 개과천선하는 뜻이 있다고 하겠느냐.

너희가 지금 가지고 있는 군기를 지금 곧 가져다 바치고 뒤이어 성문을 열고 관군을 맞아들여 정부에 살려 준 은덕에 감복하는 것이 당연한 일이다.

방목을 붙여 전후 효유한 것이 한두 번이 아닌데 너희가 종시 미혹한 데서 돌아오지 아니하고 의심이 없는 데 의심을 두어 머뭇거리고 좇지 아니하니 무엇을 그리 꾸물거리며 어찌 그리 어리석으냐.

너희가 편안히 목숨을 도모하려거든 빨리 성문을 열어 놓고 헤어지면 결단코 뒤따라 체포하지 않을 것이요, 또한 응당히 각읍에 칙령을 내려 길을 막지 않게 하리라.

지금 이미 임금님의 명령을 봉승하였으니 내 어찌 너희에게 거짓말을 하겠느냐.

이같이 다시 효유해도 머뭇거리며 미혹한 데서 돌아오지 아니하고 종내 마음을 고치지 아니하면 나도 마땅히 다시는 돌보지 못하겠으니 즉시 나와서 낱낱이 죽임을 받아야 옳을 것이요 만약 그렇지 아니하면 성을 깨치고 들어가서 모조리 죽여 버릴 것이니 다 그렇게 알라.'

홍계훈의 진지에는 전봉준이 이미 전사했다는 낭설이 퍼져 있었다.

홍계훈은 여느 벼슬아치와 마찬가지로 개혁할 것이 있으면 개혁하겠다고 거짓으로 약속했다.

제가 저지른 방화도 동학군 소행으로 덮어씌웠다.

이어 홍계훈은 효유문도 보냈다.

효유문

'어제 날짜로 너희가 아뢴 것은 전부 거짓말로 꾸미지 아니한 것이었으니 여러 말 할 것도 없거니와 너희가 만약 군기를 가져다 바치고 성문을 열고 관군을 맞아들이면 마땅히 어제 내붙인 방목대로 시행하여 너희가 각각 그 업을 편안케 할 것이요, 많은 인명을 반드시 살해해야 할 이유는 없는 것이니 다 그렇게 알라.

한결같이 충청도 양민같이 귀화하면 백성과 나라가 크게 다행한 일이겠으나 너희들이 다시 이전같이 한 모양으로 강경하게 나아가면 오늘 내일로 일대 접전으로 결단하여 오래도록 분격하는 폐단이 나지 않게 해야 마땅한 일일 것이다.'

홍계훈은 작년 충청도 동학교도들처럼 전라도에서 일어난 동학군도 자진 해산해 귀화해 줄 것을 속으로 간곡히 바랐다.

그는 전투로는 도저히 봉준을 이길 자신이 없어 송도 오이 장수처럼 협상을 서둘렀다. 하루에도 두세 번씩 봉준에게 귀화령을 보내 화의를 청했다.

이어 귀화를 권유하는 글을 보냈다.

'금번. 여러 백성은 본래 양민이었으나 전명숙에 무혹되어 불측한 짓을 저질렀으나 이제 바로 귀화하면 마땅히 관대한 조치를 하고 또 각읍 각면 각리에까지 명령하여 침해하지 못하게 할 것이니 모두 해산하여 각각 집으로 돌아가 생업에 안심하고 다 함께 유신에 힘쓰도록 하라.'

양호초토록 초엿새

청군과 왜군 출병했다는 사실을 봉준과 동학군 지도부는 첩보를 통해 알고 있었다.

이미 사월 칠 일에 초토사 군대를 따라 청국 정탐원 서방걸이 전주에 도착했었고 사월 십 일을 전후한 무렵부터 오뉴월 똥파리 끓듯 청국 수병이 군산에 상륙해 동학군을 덮치려 한다는 풍문이 전주 일대에 나돌았다.

사월 십칠 일에는 청군 열두세 명이 대한포 네 좌를 가지고 홍계훈의 경군을 따라 전황을 살피기 위해 전주성에 도착했었다.

사월 십팔 일에는 청군 천여 명이 부안포에 도착했다는 소문이 돌았다.

동학군이 전주에 입성한 지 불과 며칠 만인 오월 오 일에 왜군 사백 명이 서울에 무혈입성했다.

오동 씨만 보아도 춤을 춘다고 계속해서 청·왜 양군이 앞을 다투어 속속 인천항과 아산만을 통해 들어와 오미잣국에 달걀 풀듯이 곳곳에 숨어 오 입쟁이처럼 제 욕심 채울 시기만 재고 있었다.

왕과 벼슬아치들은 스스로 오려논에 물을 터놓고 마치 불의의 천재나 만난 듯이 광대처럼 아연실색한 표정을 지었다.

봉준은 관군은 제쳐 놓더라도 청군과 왜군과의 한판 접전도 피할 수 없다고 생각했다. 판이 점점 커지고 있었다.

'과연 우리의 전력으로 되놈과 왜놈을 상대할 수 있을까?'

봉준의 고민이 깊어졌다.

봉준은 몇 차례 전투를 치르면서 머리와 다리에 상처를 입었다. 총알 하나가 이마를 스쳤고 하나는 장딴지를 관통했다. 이 일은 철저하게 동학군들에게 비밀로 했다.

동학군은 봉준이 어떤 총칼에도 다치지 않는다고 믿고 있었다. 봉준이 부상한 사실을 부하들이 알게 되면 사기에 영향을 미치게 된다.

여기에다 며칠이 지나도 남쪽에서 올라올 시원군이 도착하지 않고 있었다.

더욱이나 청국은 비록 조선 왕의 청병이라는 명분을 내세웠으나 사실은 동학군의 봉기를 빌미 삼아 조선의 종주국 자리를 유지하는 데 더 관심이 있고, 왜국 역시 동학군의 봉기를 기회로 천진조약을 명분으로 군대를 들여와 조선 침탈의 야욕을 채우려는 데만 관심이 있을 터였다.

허약한 조정은 제쳐 놓더라도 외병들에게 빌미를 주지 않으려면 동학군의 진퇴를 이쯤 해서 조정할 필요가 있었다.

봉준은 긴급회의를 열었다.

김덕명이 급히 전주로 올라왔다. 형제들이 논의를 시작했다.

봉준이 먼저 말했다.

"우리 힘으로 남도는 개혁이 이루어지는 바탕을 마련했다고 봅니다. 조정도 지금으로서는 우리에게 자치를 맡기는 이외의 별다른 대책을 내놓지는 못할 것입니다.

그러나 조정이 언제까지나 우리를 방치할 리는 없습니다. 온 나라 안 백성들이 우리를 본받아 개혁과 자치를 부르짖으리라는 것은 불을 보듯 뻔합니다. 조정이 앉아서 권력을 나눌 리는 만무합니다.

조정은 잠시 우리를 무마해 안심시키다가 때를 보아 뒤를 칠 것입니다.

그래서 남도를 석권했다고 무작정 안심할 수는 없습니다.

그리고 우리 봉기를 빌미로 외국 군대가 들어오고 있습니다. 여기서 우리가 더 나아가면 조정이 철군을 위해 하는 노력은 물거품이 되고 말 것입니다.

나는 조정의 노력은 믿지 않습니다. 그리고 한번 들어온 외병은 절대로 물러나지 않을 것입니다. 그들은 그들의 이익을 위해 저희끼리 서슴지 않고 싸울 것입니다. 청군과 왜군이 싸워 누가 승패가 어떻게 나든 이긴 놈이 그들에게 눈에 박힌 가시인 우리를 칠 것입니다.

여기에 우리의 문제가 있습니다. 우리가 여기에서 머물러 남도만이라도 개혁을 실천해야 하는가? 아니면 군세를 몰아 한양으로 계속 나아가야 하는가?

이 문제에 대해 형제들의 의견을 묻습니다."

손화중이 말했다.

"남도만이라도 자치를 하는 것도 좋겠지요. 그러나 가만히 앉아 있다 적들이 닥치면 아무 대책도 없이 우리는 무너질 것입니다. 그렇다고 이 군세로 마냥 한양으로 올라가기도 어렵습니다. 보은에 계신 도주의 협력을 받을 방도는 없겠습니까?"

김개남이 말했다.

"정식 아우, 자네는 왜 그리 약해빠진 말을 하는가? 전라도에 가만히 앉아 있다가는 조만간 모두 죽고 마네. 우리만 죽겠나? 우리와 같이 싸운 애꿎은 도인과 백성이 모두 어육이 되고 말 것이네.

또 보은의 도주에게 연락을 해 보았자 아무 소용도 없을 게야. 도주는 무거운 자리라 결정을 미루고 신중하게 정세를 살필 것이네. 그러나 우리는 그럴 시간이 없어.

내가 보기에 되놈과 왜놈은 틀림없이 서로 싸울 것이네. 둘이 싸우면 아마도 왜놈이 이길 것이야. 지금은 왜놈들이 되놈을 신경 쓰느라 우리를 뒤에 놓고 있으나 나중에 되놈을 이기고 우리를 향해 싸움을 벌인다면 우리가 과연 그들과 맞서 싸울 수 있을까?

우리는 훈련을 받은 정식 군대도 아니지. 다만 의기에 뭉친 선량한 백성이고 스승을 신원하려는 의로운 도인들일 뿐이 아닌가.

썩어빠진 관군들이야 어찌어찌 물리친다고 해도 신식 무기로 무장한 왜국의 정규군과 싸우기에는 너무나 약세라는 것은 모두가 다 아는 일이야.

그러니 한편으로는 남도에 자치를 실현하고 또 한편으로는 보은의 도주에게 협력을 구하고, 본대는 지금 당장 한양으로 밀고 올라가는 게 최선이지.

형님, 조정과 되놈과 왜놈이 가장 힘이 어리무사한 이때가 바로 우리에게는 기회입니다.

형님, 제 말이 틀렸습니까?"

김개남은 김덕명과 봉준을 번갈아 쳐다보며 전략을 내놓았다.

김덕명이 봉준을 보며 말했다.

"지금 우리가 하는 결정은 앞으로 헤쳐 나갈 우리의 진로에 매우 중요한 영향을 미칠 것이다.

아우들의 의견은 모두 옳으나 역시 부딪치는 곳이 있으니 자네 생각을 말해보게."

봉준은 한숨을 내쉬었다.

"아우들이 보는 정세가 지금 저의 근심입니다. 앞으로 나가려니 세가 약하고 여기서 물러앉으려니 후사가 두렵습니다. 형님 생각은 어떻습니까?"

김덕명이 조용히 말했다.

"결정은 자네가 하시게. 어차피 처음부터 나는 자네를 믿고 묵묵히 자네 뒤만 돕겠다고 시작한 사람일세.

자네가 어떤 결정을 하건 나는 무조건 자네를 따르겠네."

봉준이 김개남과 손화중을 보고 말했다.

"나는 이 문제를 두고 계속 심고해 왔네. 어려운 상황인 것은 사실일세. 그러나 내가 지금 어떤 결정이든 내린다면 자네들이 진정으로 따라 주겠는가?"

김개남이 툴툴거렸다.

"형님, 지금 심고할 시간도 없습니다. 지금 때를 놓치면 나중에 후회할 일이 생깁니다.

바로 한양으로 치고 올라갑시다."

봉준이 김개남의 어깨를 안았다.

"알겠네. 자네 마음을 내가 잘 알겠네. 나는 일단 감사와 협의해 남도만이라도 자치를 실천하려고 결심했네.

그것이 지금 상황에서 우리가 취할 수 있는 최선의 결정이라 확신하네. 그러니 나를 믿고 조금만 기다려주게."

손화중이 봉준을 거들었다.

"형님이 고민을 많이 했으리라 짐작합니다. 저는 형님을 믿겠습니다."

봉준이 부연했다.

"일단 남도에서 자치를 실천하면 이 소식은 순식간에 온 나라로 퍼질 것입니다. 그러면 전국의 도인들이 사는 지역에서 자치를 실현하려 움직일 것입니다.

보은에 계신 도주께서도 이미 우리의 움직임을 세세히 살피고 계실 것입니다. 도주라는 자리는 매우 무거운 자리입니다.

도주의 결정 하나는 모든 도인의 운명을 좌우합니다.

그런 만큼 도주도 지금 이 땅에서 돌아가는 정세를 손바닥 보듯이 세세하게 꿰뚫고 있을 것입니다. 도주를 설득하는 일은 앞으로 우리가 힘을 쓰기로 하고 지금은 남도만이라도 개혁을 실천해 봅시다.

그러면서 상황이 허락하는 대로 신속하게 같이 의논해서 움직이기로 하지요."

좌중을 보고 말하고 나서, 다시 김개남을 돌아보며 말했다.

"여보게 아우, 아니 개남장, 나를 믿어 주겠는가?"

김개남이 비로소 얼굴을 펴고 조금 웃었다.

"내가 언제 형님 보고 뭐라고 했소?"

28.

고종 31년, 갑오년, 1894년, 오월.

오월 육 일.

오후에 봉준의 대장소에 김학진이 몰래 찾아왔다.

김학진은 조정에서 파견한 신임 전라감사였다.

당시 조정에서 높은 자리를 차지하고 있던 자들은 혹시라도 이럴 때 자신이 재수 없이 전라감사로 임명될까 전전긍긍했다.

가자미눈을 하고 서로 숨을 죽이고 쇠똥에 미끄러져 개똥에 코 박힐까 보아 눈치만 살피고 있었다. 그 좋다는 전라감사 자리가 이제는 엄동 찬밥 신세가 되어 버렸다.

여기에 김학진이 걸려들었다.

민영준이 민비에게 김학진을 추천했다.

김학진은 안동 김씨 후손이었으니 여흥 민씨와는 일정한 거리를 두고 있었다. 민영준은 그의 그런 태도가 미웠다.

왕이 김학진을 궁궐로 불러 전라감사로 임명하자 그는 왕 앞에 엎드린 채 일어날 생각을 하지 않았다. 왕이 일어나라고 계속 분부해도 계속 엎어져 있었다.

왕이 짜증을 냈다.

"나는 너에게 폐정을 바로 잡고 탐관오리를 엄하게 다스려 고통 받는 농민들을 도우라고 명했다. 또 죽은 동학군도 내 백성이니 일일이 찾아내 묻어주라 했다.

그런데 너는 내 명을 받고도 엎드려 일어날 줄 모르니 나에게 다른 할 말이 있느냐?"

김학진이 상반신을 조금 들고 입을 열었다

"소신에게 편의종사*를 내려주시옵소서. "

그러더니 김학진은 다시 엎드려 꼼짝도 하지 않았다.

왕은 처음에는 허락하지 않았으나 그가 계속 엎드려 있자 어쩔 수 없이 편의종사를 허락했다.

김학진은 부들부들 떨면서 전라감사를 제수 받고 집으로 돌아와 임지로 떠날 채비를 하면서 아내 앞에서 울었다.

"내가 이번에 전주로 내려가면 다시 당신을 못 볼지도 모르겠소. "

아내도 울먹거렸다.

"차라리 자식들을 데리고 북관으로 도망가면 안 되겠습니까?"

"내가 그 생각도 하지 않은 것은 아니나, 만약 그렇게 한다면 우리 안동 김씨 일가에서 나를 내쳐 자식들의 앞날이 영영 막히고 말게요.

그러니 어찌 이 자리를 물리칠 수 있겠소?"

김학진은 억지로 몸을 일으켜 수구문 차례나 된 듯 집을 나섰다.

김학진은 봉준이 점령한 전주 성내로 바로 들어갈 배짱은 없었다. 그는

---

* 수령이나 장수가 현지 사정에 따라 왕의 결재를 받지 않고 먼저 일을 처리할 수 있는 권한.

먼저 민씨 일가 민영운이 현감으로 있는 고산의 위봉산성으로 들어갔다. 여기서 모가지만 높이 들고 돌아가는 사정을 살폈다.

상황이 조금 안정되는 기미가 보이자 들판에 있는 삼례로 나갔다.

여기서 그는 봉준에게 회유하는 글을 보냈다.

'너희는 내 말을 듣고 서로 의심하지 말고 서로 겁을 먹지도 말고 모두 고향 마을로 돌아가 너희 밭을 잘 갈고 너희 집을 잘 지어 다시 평민이 된다면 모두 목숨을 보전하고 편안하게 생업에 종사하는 즐거움이 있을 것이며, 형벌에 빠지고 국법을 거스르게 되는 근심을 면할 수 있을 것이니 어찌 큰 다행이 아니겠는가?

너희는 또한 열성조 오백 년 동안 이치에 따라 잘 다스려지고 교화되었다.

이미 떳떳한 품성을 갖추었으니 어찌 끝내 미혹하고 어둡고 완악하여 다스려지지 않을 이치가 있겠는가?

이에 뒤에 기록한 몇 가지 조목을 너희와 약속하니 어찌 너희를 속이겠는가?

만일 너희를 속인다면 단지 백성들을 사지에 두는 것만 아니라 진실로 외롭게 되고 우리 임금께서 맡기신 중요한 일을 저버리는 것이니 너희는 조금이라도 잘 알고 혹시라도 의심하지 말라.

하나. 백성에게 해가 되는 폐정은 이미 바로잡은 바 있다. 앞으로 작은 것은 감영에서 바로잡고 큰 것은 임금에게 아뢰어 바로잡기를 요청할 것이다.

하나. 모두 귀화를 허락했으니 앞으로 벼슬아치들이 침학하는 일을 막을 것이다. 고을의 면리에는 이미 집강이 있으니 억울한 일이 있으면 집강에게 알리고 집강이 사유를 적어 감영에 올리면 공정하게 결정해 줄 것이다.

하나. 지녔던 병기는 상세히 기록하여 거주하는 군현에 바치도록 하라.

하나. 거둔 재물과 곡식은 앞으로도 따지지 않겠다는 뜻을 각 고을에 지시하겠다.

하나. 농사철을 놓치고 재물을 써 버렸으니 금년의 호역과 공납은 면제해 줄 것이다.

하나. 너희를 편안하게 생업에 종사하고 즐겁게 살게 해 줄 것이다.

지금 모두 다 기록할 수는 없다.'

봉준은 김학진이 보낸 글을 전령 앞에서 찢어 바닥에 던졌다.

"이놈들이 또 백비탕 수본이냐? 말이나 못 하면 밉지나 않지. 혀에 발린 말을 아무리 지껄인들 우리가 속을 줄 아느냐?"

전령은 혼비백산해서 달아났다.

그리고 나서 고민에 고민을 거듭하던 김학진이 이번에는 용기를 내 봉준을 직접 찾아온 것이다.

그가 보아도 이번 봉기는 이전의 농민 봉기와는 확연히 달랐다. 전라도 온 고을이 그리고 왕조의 근원지인 전주까지 백성에게 넘어간 적은 조선이 생기고 한 번도 없었던 사태였다.

봉준은 김개남과 손화중을 배석시키고 김학진을 만났다.

김개남이 눈을 부라리고 김학진을 노려보았다.

김학진이 혼이 나가 그 눈길을 비스듬히 흘리며 겨우 말했다.

"나는 조정에 장계를 올려 당신들의 청원을 해결해 줄 수 있소. 초토사는 당신들을 무찌르러 왔으나 나는 그들과 다른 입장이오.

나는 왕에게서 편의종사를 제수 받아 온 사람이오. 내가 이미 당신에게 글을 보내 나의 의중을 밝혔으니 이제는 당신들이 나에게 진정으로 원하는 바를 제시해 주시오."

봉준은 자리에서 일어났다.

"잠시 기다리시오."

봉준은 두 아우를 데리고 김덕명에게 가 김학진의 제의에 관해 물었다. 김덕명은 고개를 저었다.

"한갓 관찰사 나부랭이가 무슨 힘이 있다고 그런 제의를 한단 말인가? 우리가 알량한 벼슬아치에게 속은 게 한두 번이 아니지 않은가?"

김개남도 목소리를 높였다.

"삶은 닭이 울 리가 있나? 저놈들이 사세가 불리하니 그런 제의를 하겠지요. 내일은 우리가 먼저 공격해 홍계훈을 죽여 버립시다."

손화중은 신중했다.

"물론 감사가 하는 말을 전적으로 믿어서는 안 됩니다. 그러나 일단 우리의 구체적인 개혁안을 김학진을 통해 조정에 알릴 기회로 삼는 것은 어떻습니까?"

손화중의 의견에 김덕명과 김개남은 잠시 생각에 잠기더니 고개를 끄덕였다.

"그것도 괜찮은 방법이다."

이에 봉준은 김학진을 불러 백송고리 생치 차듯 다짐을 받았다.

"폐정을 백성이 면리의 집강에게 알리면 집강이 감영에 보고한다는 말은 바로 동학군 조직을 통한 농민 자치를 인정한다는 뜻이오?"

"그렇소."

"호역과 공납을 일 년 동안 면제한다는 약속은 국가 수취 일부를 탕감한다는 것으로 받아들여도 되겠소?"

김학진은 오장까지 뒤집어 보였다.

"그렇소. 이 두 조항은 내가 감사로 발령받을 때 왕에게 편의종사의 약속을 받은 사항에 포함되어 있소."

봉준은 김학진과는 다소 이야기가 통하겠다는 생각이 들었다.

"초토사가 와 효유하는 글 하나 없이 모든 일을 죽이고 치는 것으로 일삼아 대포를 어지러이 쏘아대며 난리를 쳤소.

감영의 경기전과 조경단이 포탄에 맞아 부서졌고 경군이 불을 질러 성 안팎의 인가 수천 채가 불에 탔소. 무고한 백성들은 셀 수도 없이 죽었소.

오리가 알에 제 똥 묻은 줄 모른다고, 먼저 공격하지 않겠다고 찰떡처럼 약조해 놓고 먼저 어긴 초토사의 행위는 용서할 수 없소.

왕의 지시를 받들어 위무하는 임무를 맡고 온 자가 처음부터 효유하려는 뜻은 없이 감영 건물에 대포를 쏘았으니 도대체 무슨 생각을 하는 자인지 알 수가 없소.

그러나 모처럼 감사를 제수 받아 내려온 당신의 뜻이 정 그렇다면 우리가 한번 받아보겠소. 왕의 덕을 널리 펴고 백성을 즐겁게 하는 일을 어찌 조금이라도 지체하겠소?

감사는 하루빨리 전주성으로 들어와 백성을 맞아주시오."

봉준은 지도부와 의논해 십삼 개조 개혁안을 작성해 김학진에게 보여주었다. 다산의 『경세유표』에 있던 내용을 대거 수용했다.

하나, 전운사를 혁파하고 옛날대로 읍으로부터 상납하게 할 것.

하나, 균전 어사를 혁파할 것.

하나, 탐관오리를 징치하고 축출할 것.

하나, 각읍에서 포흠한 관리가 천금을 범포했을 때는 사형에 처하고 일족에 물리지 말 것.

하나, 봄가을 두 차례의 호포전은 옛날 예에 따라 호마다 한 냥씩 배정할 것.

하나, 각항 결전 수렴전은 평균 분배하고 남봉하지 말 것.

하나, 각 포구 사무미는 엄금할 것.

하나, 각읍 수령이 그 지방의 산을 사용하고 전장을 사는 것을 엄금할 것.

하나, 외국인 상고는 각 항구에서 매매하되 도장에 들어와 저자를 설치하지 말며 각처로 나와 임의로 상행을 못 하게 할 것.

하나, 행·보상은 폐가 많으니 혁파할 것.

하나, 각읍 아전을 분방할 때 청전을 받지 말 것.

하나. 간신이 권리를 농간해 국사가 날로 어그러지니 매관하는 것을 징치할 것.

하나, 국태공이 국정에 관여하면 민심이 얼마간 바라던 바가 있을 것.

김학진은 이 제의를 자기 선에서 일단 수락했다. 그리고 조정에 보고해 확답을 받겠다며 다시 삼례로 돌아갔다.

김학진의 장계를 본 조정은 안도의 한숨을 내쉬었다.

조정은 김학진을 전주로 보내고 산매 들린 것처럼 화해를 재촉했었다.

나중에는 없던 일로 칠지라도 일단 저항을 무마하려는 의두이니 김하진에게 비적들이 무슨 요구를 제시하더라도 모두 수용하라고 지시했다.

김학진은 염찰사 엄세영에게 지시해 먼저 각 고을에 공문을 보냈다.

'밤낮으로 백성을 위하는 한 가지 일에 근심하고 힘썼으나 백성들이 더욱 빈곤하고 야위어 있으며 곳곳마다 잘못 전해서 소요를 일으킨다는 소문이 돌고 있으니 이는 어떠한 까닭인가?

대개 폐해가 되는 단서는 나 또한 종종 들은 것이 있다.

오로지 탐관오리들이 보살피지 않아 백성들이 생업에 편안히 종사할 수 없어서 근래에 이런 일을 불러왔으며 토호의 무단이 맹수보다 더 두려운 것이 되었다.

저 불쌍하고 무고한 자들은 의지하여 살길이 없는데 국가가 토지에 부과하는 것이 원래의 총액보다 몇 배나 되게 하여 항아리에 남는 것이 없어 흩어져 떠났으며, 무명잡세 등을 토색하여 허다한 화폐의 근원이 다하고 말아서 물자를 유통하는 길이 막혔다.

이것이 어찌 수령들이 직분을 받드는 도리이겠는가?'

바야흐로 남도에 협상의 기운이 감돌기 시작했다.

29.

고종 31년, 갑오년, 1894년, 오월.

오월 칠 일.
막후에서 진행되는 교섭을 알지 못하는 홍계훈은 다시 봉준에게 권유문을 보냈다.

'너희들이 귀화할 뜻이 있으나 돌아가는 길에 어떻게 저해가 있을까 염려한다면 곧 물침표*를 만들어 줄 터이니 지금 해산하려 하는 자는 무기를 거꾸로 하여 관군 쪽으로 오면 될 것이다.'

김학준과 협상하는 한편 봉준은 홍계훈의 화해 요청에도 응했다. 제폭구민의 대의로 다시 폐정개혁안 십칠 개조를 작성해 보냈다.

하나, 전운소를 혁파할 것.
하나, 국결을 가하지 말 것.
하나, 보부상 작폐를 금할 것.
하나, 도내 환전은 구 감사가 이미 거두어 갔으므로 민간에 다시 징수하

---

* 아무도 침해하지 말라는 표식.

지 말 것.

하나, 대동미를 상납하기 전 각 포구의 미곡 무역을 금할 것.

하나, 동포전은 매호 춘추 두 냥씩 정전할 것.

하나, 탐관오리는 아울러 파출할 것.

하나, 위로 임금을 옹폐하고 매관매직하며 국권을 농간하는 자를 아울러 축출할 것.

하나, 관장이 된 자는 그 경내에 입장할 수 없으며 또 수전을 만들지 말 것.

하나, 전세는 전례에 따를 것.

하나, 연호 잡역을 감생할 것.

하나, 포구의 어염세를 혁파할 것.

하나, 보세 및 궁답은 시행하지 말 것.

하나, 각 고을 원이 내려와 민간산지에 늑표하고 투장하지 말 것.

홍계훈은 기다렸다는 듯이 폐정개혁안을 수용하고 귀화령을 보냈다.

'이번 관계된 백성들은 본시 양민으로 전명숙 등에게 속아 아무리 어떠한 불측한 짓을 하였다 할지라도 이제 곧 귀화하면 마땅히 협동한 줄을 알고라도 그 잘못을 다스리지 않을 것이다.

또한 마땅히 각군 각면 각리에 영칙을 내려 너희를 침해하지 못하게 할 것이다.

그러니 다들 즉시 해산해 각각 집에 돌아가 그 업을 편안히 하며 사는 것

을 즐겁게 하고 다 같이 유신하는 사업을 돕는 것이 마땅한 일이 되리라.'

이리하여 봉준과 홍계훈도 타협에 이르렀다. 봉준은 전주성에서 동학군을 동문과 서문을 통해 철수하고 이어 해산하기로 홍계훈에게 약조했다.

그러나 홍계훈은 이 화약을 지킬 의도가 전혀 없었다.

봉준도 홍계훈의 간악한 의중을 훤하게 들여다보고 있었다.

약삭빠른 김학진은 재빨리 감영으로 들어가 봉준을 만났다.

두 사람은 화약 이후의 수순에 대해 넓게 논의하기 시작했다.

화약의 주도권은 다시 봉준과 김학진에게 넘어갔다.

홍계훈은 이미 여러 차례에 걸쳐 원군을 청하고 또 외병 차용까지 주청한 처지에다 이렇다 할 공도 세우지 못했으므로 내심으로는 불만이 많았으나 일단 일이 되어 가는 귀추를 주목하며 뒤로 물러설 수밖에 없었다. 그러나 속에서 불이나 그냥 가만히 있을 수는 없었다.

오월 팔 일.

홍계훈은 첫새벽에 김학진을 찾아갔다.

"동학군을 그냥 내보내 준다는 말이 사실이오?"

새벽에 잠이 덜 깬 김학진이 무식한 군인이 무슨 말을 하는지 싶어 멀끔하게 쳐다보았다.

"서로 약속한 일이오."

"아니 역적 놈을 때려죽이지는 못할망정 약속은 또 무슨 약속이란 말이오?"

어제까지만 해도 제가 화약을 하지 못해 바닷물이라도 다 들이킬 듯하더니 갑자기 하룻밤 사이에 태도가 돌변했다.

그간의 사정을 익히 알고 있던 김학진은 참으로 후안무치한 사람이라 생각했다. 말이 곱게 나오지 않았다.

"화약은 내가 결정한 일이오. 당신은 당신 일이나 하시오."

홍계훈이 발끈했다.

"나도 명색이 임금의 명을 받은 초토사요. 비적들이 전주성에 들어가 버틸 때 내가 대포를 쏘아 오백여 명을 사살하고 대장기를 뽑아 괴수의 기를 꺾었소. 이때 거두어들인 총검이 모두 오백여 자루였소.

괴수의 폐정개혁안을 수용하고 귀화령을 보내 타협을 이루어 낸 것도 모두 내 공이오. 그러므로 이번 화약은 모두 내 공이지 감사가 한 일은 없지 않소?

감사가 아무 공도 없으면서 감사 생각대로 한다면 나는 내 생각대로 알아서 할 터이니 방해나 하지 마시오."

김학진이 정색을 했다.

"나는 임금으로부터 편의종사를 받아 온 몸이오. 내가 하는 일을 거역한다면 왕의 명을 거역하는 것과도 같소. 이 말을 명심하시오."

홍계훈은 뒤도 돌아보지 않고 두 팔을 휘저으며 나가 버렸다.

이날 새벽, 봉준은 최경선을 불렀다.

"이보게, 우리는 서문과 남문 두 곳으로 나갈 것이네. 서문에는 성내의 여인들을 불러 남복을 입혀 우리가 가는 앞에 세우게. 남문에는 고을 백성들이 앞장서게 하게. 우리는 부대를 나누어 그들 뒤를 따라 나가세.

무기는 무거운 것만 관에 반납하고 손에 들 수 있는 것은 각자 소지하도록 지시하게. 만약 약속을 어기고 관군이 공격한다면 바로 대응할 수 있도록 준비하게."

"잘 알겠습니다."

최경선이 절을 하고 나갔다.

오시가 되자 동학군은 서문과 남문에서 동시에 철군을 시작했다.

서문 앞에는 남복을 입은 여인들이 깔깔거리며 모여들었다. 구경하러 왔던 백성들은 무슨 영문인지 몰라 어리둥절했고 서문 입구를 지키던 경군 병사들도 괜히 미소를 지었다.

남문으로는 고을 백성들이 앞장서 나왔다.

그 뒤를 동학군이 대오를 바르게 하고 천천히 따라 성을 나갔다.

아니나 다를까 홍계훈의 명을 받고 박희성이 지휘하는 경군은 서문과 남문 앞에 대기하고 있다가 고을 백성들이 우르르 나오자 회선포를 쏘았다.

백성들이 아우성을 치고 쓰러졌다.

봉준은 바로 군사를 몰아 서문과 남문 앞을 막던 경군을 궤멸시켰다. 박희성은 겨우 빠져나가 홀몸으로 성안에 들어갔다.

봉준은 아무 일도 없었다는 듯이 여유 있게 전주를 떠나갔다.

성문 위에서 이를 지켜보던 김학진과 홍계훈은 얼굴이 붉어져 아무 말도 하지 못했다.

"이 사단은 당신이 책임지시오."

김학진이 야단을 치자 홍계훈은 오히려 적반하장으로 코웃음 쳤다.

"걱정하지 마시오. 내가 아니었으면 당신은 이미 역적들에게 잡혀 저세상 사람이 되었을 것이오. 내 일은 내가 알아서 하리다."

홍계훈은 역시 철면피였다. 그는 조정에 동학군 철수 과정을 사실과 다르게 보고했다.

'그날 오전 열 시 관군이 삼백여 개의 사다리를 만들어 성벽에 걸고 넘어들어가 남문을 열어 전주성을 수복했습니다.

빼앗겼던 대포 등 무기와 화약을 다시 거두어들였습니다.'

동학군이 물러가 형세가 바뀌자 홍계훈은 김학진을 수수팥떡처럼 우습게 대했다.

"전주성을 무사히 회복한 일은 내가 아니면 못했을 것이오. 저들 역적의 무리가 이미 도망가 흩어졌으니 이제부터 관아의 모든 일은 나와 함께 상의합시다."

마치 자기가 모든 일을 이룬 듯 행세했다. 김학진은 기가 차 아무 말도 못 하고 홍계훈의 얼굴만 멀겋게 쳐다보았다.

오월 십구 일.

제풀에 펄펄 뛰던 홍계훈은 조정의 철수하라는 명을 받자 남몰래 안도의 한숨을 내쉬었다.

장위영 포대 한 대, 대포 이 좌, 회선포 일 좌, 총제영 대관 박희성 등 병정 사 대대 삼백여 명과 청주 병영 병사 일 대대를 전주에 머물게 하고 나머지 군대를 이끌고 바람같이 철군했다.

삼례에서 대기하던 평양 수비병 서영 군사는 순변사 이원회가 거느리고 올라갔고 강화도 수비병 심영 군사도 물러갔으며 전주 근처를 맴돌던 청군도 철수했다.

다만 왜놈 첩자들은 아직도 눈치를 살피면서 전주 부근에서 맴돌고 있었다.

전주성은 겉으로는 일단 평온을 찾았다.

30.

고종 31년, 갑오년, 1894년, 오월에서 유월.

갑오년 오월부터 왜국 대본영은 조선 경복궁을 점령할 계획을 세웠다.

그들은 청국을 도발하는 전쟁 음모를 진행하는 한편 열강과의 관계에도 공을 들였다. 한양에 주재하는 영길리국과 미리견국 그리고 아라사 공사에게 국물을 먹여 이번 전쟁에서 중립을 지키겠다는 약속을 받았다.

왜국은 거류민을 보호한다는 명분으로 육군 팔백 명이 한양에 들어왔다.

십삼 일에는 혼성여단 본진 삼천삼백 명이 인천에 상륙하더니 이십이 일에는 한양으로 들어와 만리창과 아현리 일대에 주둔했다. 그들은 기마대 삼백 명을 소총에 착검까지 시켜 한양 거리를 행군하게 했다.

기함 미츠시마는 연해에서 여섯 척의 군함을 거느리고 왜가리 새 여울목 넘어다보듯 배회했다.

외무독판 조병직이 병중에도 외국 공사들을 만나 여론을 조성했다. 외국 공사들이 들썩이기 시작했다.

그는 직접 왜국 공사관으로 가 오토리 게이스케와 서기관 스기무라에게 오자기 안에서 소를 잡듯이 항의했다.

외국 공사들이 중립을 지키겠다는 약속을 잊어 먹고 합세해 왜국을 규탄했다. 오토리 게이스케는 올가미 없는 개장사를 그만두고 할 수 없이 형식적으로나마 왜국 정부에 철병을 상신했다.

이때 왜국 외무대신 무쓰 무네미스는 먼저 평양 부근에서 청군과 교전한다는 전략을 보고 받고 있었다. 무쓰는 오토리 게이스케의 사출이 난 전문을 받고 화를 냈다.

'조선에서 우리 군대를 헛되이 귀국시킬 수는 없다.

공사는 우리 군대의 출병 초지를 관철시켜라.

우리의 내정은 결코 중도에서 포기할 수 없다는 사실을 명심하라.'

오월 십구 일.

왜국은 서기관 사토 마쓰오를 재차 파견해 오토리 게이스케에게 훈령을 보냈다.

'만약 청군이 철수하더라도 우리 군은 철수하지 않는다. 개전은 피할 수 없다.'

왜군 혼성여단 외 후속 부대가 속속 인천으로 들어왔다.

오월 이십 일.

왕은 자국 땅에서 청·왜 양국 군대가 대치하고 있는 비참한 현실을 영돈 김병시에게 상의했다.

김병시는 이무기 방천 내듯 왕의 우는 가슴에 말뚝을 박았다.

"호남 사건은 어찌하다 이렇게 되었습니까?

신이 보기에는 그들은 모두가 본래 양민이었습니다. 처음에 그들은 수령들의 착취에 견디지 못하고 그 억울함을 호소하려 모였습니다. 그런데 관에서는 이들을 효유하여 설득하려 하지 않고 역적으로 간주하여 무력으로 위협했습니다

그러므로 저들은 겁이 나 생명을 보존하려 무리를 모아 창궐하게 되었던 것입니다.

이 나라가 언제부터 외갓집 콩죽에 잔뼈가 굵었단 말입니까?

지금 다른 나라의 군대를 청해 우리 백성을 죽이게 되었으니 어찌 이럴 수가 있느냐고 사관이 기록하면 후세에 이를 보고 무어라 하겠습니까."

제 나라 백성이 죽는 것보다 사관이 기록해 후세에 평판이 나빠지는 걸 염려하고 있으니 그 역시 조선의 대신이 분명했다. 성리학이 이 땅에 들어와 일구어 놓은 폐단이 이때쯤이면 극에 달했다.

언제나 본류에서 파생된 학문은 그 본질을 꿰뚫어보아야 본색이 드러나는 법이다. 말이 유학이지 성리학은 유학의 옷을 입은 불교였다. 도시 경세에 대한 대책이 전무했다.

이러나저러나 우마가 기린 되겠나? 까마귀가 학이 되겠나? 닭의 새끼가 봉이 되겠나?

왕은 입이 있어도 할 말이 없어 우황 든 소처럼 얼굴만 벌게졌다.

"우렁이도 두렁 넘는 꾀가 있다는데 그래 당신은 영돈 벼슬에 있으면서 아무 대책도 없단 말이오?"

김병시는 고개를 숙인 채 가자미눈을 하고 허만 쯧쯧 찼다.

'병신이 달밤에 체조한다더니 무식한 놈이 육갑을 떠는구나.'

오월 이십사 일.

왜국 대본영 참모총장 아리스가와노미야 다루히토는 부산에서 한양까지 전선을 가설하라는 명령을 내렸다. 긴 거리여서 어려운 작업이었지만 전쟁을 수행하는 데 꼭 필요한 설비였다.

전선 가설부대 제일 대는 부산에서 청주까지, 제이 대는 한양에서 청주까지 원숭이 이 잡아먹듯 신속하게 전선을 가설했다.

허한 울타리에 남의 집 개가 드나들 듯 왜놈이 남의 땅에 제집처럼 드나들며 자기네 전쟁에 필요한 설비를 멋대로 해도 조선 조정에서는 말도 한마디 못 했다.

왜군 공병은 현지에서 조선 백성을 인부로 강제 동원하고 전신주로 쓸나무는 인근 야산에서 마구잡이로 베어 썼다. 백성의 사유지인 논이나 밭에 제멋대로 전신주를 쿡쿡 박았다.

심심하면 좌수 볼기나 치던 현지 수령들은 손을 놓고 멀거니 바라만 보았고 백성들은 겁을 먹고 뒤로 돌아 오줌을 누었다.

이어 오월 이십육 일.

히로시마 대본영에서 아리스가와노미야 다루히토의 이름으로 혼성여단장 오사마 요시마사 육군 소장에게 훈령을 내렸다.

'군을 지휘하는 데 필요한 물자가 충분하지 않다고 하더라도 그것에 따르는 수반을 줄이는 것이 가장 중요하다.

수반은 적을 죽이는 힘을 갖지 못한 비전투원을 이르는 것으로 그들을 줄이지 않으면 조직적인 군대 행동을 마음대로 할 수 없을 뿐 아니라 또한 그들을 보호하지 않으면 안 된다.

군수품을 운반하는 인부와 같은 비전투원은 애써 그 지방 인민을 고용해 수송 병력을 줄여야 한다.

......

진군 또는 주둔 지방의 인민을 징발 또는 고용해 우리의 임시 잡무에 이바지하도록 해야 할 것이다.

원래 적지 또는 외국의 임금은 처음부터 국내보다 비쌀 것이다.

그렇기는 하지만 수반이 줄어든다는 측면에서 생각하면 그 이익은 일일이 말할 수 없다.'

아리스가와노미야 다루히토는 전쟁 준비에 필요한 인력을 현지에서 구하라고 지시했고 혼성여단 팔천여 명에게 공급할 양식이나 군부 군마 등도 현지에서 마련하라고 지시했다. 생도둑놈이 따로 없었다.

뒷배가 든든한 오사마 요시마사는 왜군이 움직이는 데 필요한 부수적인 인력과 물자를 대놓고 아무 곳에서나 강제로 압수 징발했다.

오월 말.

왜국 혼성여단 일부는 부산에서 출발해 한양을 향해 거침없이 행군했다.

전주화약을 맺은 뒤 조선 조정은 왜군의 철수를 연달아 요구했지만 이미 첫 수를 둔 왜국 조정이 이를 받아들일 리가 없었다. 친청 민씨 정권 대신 친왜 개화 정권을 수립할 음모를 꾸미던 왜국은 청·왜 공동 철병을 주장하면서 맞섰다.

왜국은 조선 조정은 난민도 평정하지 못하면서 이웃 나라만 번거롭게 했으니 왜국은 청국 조정과 협의해 조선 조정에 내정 개혁을 권고하기 위해 출병할 수밖에 없었다고 억지를 부렸다.

왜국 혼성여단은 대본영의 방침에 따라 용산 막영지에 머물면서 작전계획을 세웠다. 막영지 창공에서 왜장기와 욱일기가 더운 여름 바람을 맞아 기세 좋게 펄럭였다.

그들은 왜국 공사 오토리 게이스케의 지휘 아래 점령군처럼 한양 외곽을 통제하고 대본영의 명령을 기다렸다.

오토리 게이스케는 일개 외교관이면서 군사령관 노릇을 겸했다.

왜국 군인들의 사기는 매우 높았다. 육군과 해군의 사관학교 출신 장교들은 철저히 훈련받은 자들이었다.

그들은 신무기를 능숙하게 다루고 운용할 뿐만 아니라 사람을 죽이는 전술 전략에도 밝았다. 게다가 왜국 군수공장에서 육칠월 장마에 물 퍼내듯 생산된 서양식 대포와 무라타 소총도 충분히 보유하고 있었다.

김홍집과 조병직이 다시 나서서 외국의 중재를 요청했다.

그러나 영길리국은 왜국이 영길리 상품에 관세를 인하하고 상해에 진출하지 않겠다는 비밀 보장을 받고 한 걸음 물러섰다.

거우 주왜 아라사 공사 히트로보가 한 번 더 왜국에 철병을 요청했다.

'청군의 파병은 조선 조정의 요청에 의한 것이다. 그러나 왜군의 조선 출병은 조선 측의 내락을 받은 일이 없다. 조선의 내란은 이미 진정 추세에 있다. 왜국이 청군과 함께 조선에 진주한 병력을 동시에 철수하지 않는다면 중대한 책임을 저야 할 것이다.'

아라사의 개입으로 왜국은 일단 개전을 보류했다.

그러나 아라사도 당시 내정이 그리 편안하지는 않았다.

서백리아 철도가 완공되지 않아 만일의 사태에 병력을 이동시키기도 어려운 처지였다.

청국도 복잡했다.

이홍장의 정적들이 서태후를 이용해 이홍장을 제거하려 했다. 서태후는 남편 함풍제가 죽자 아들 동치제를 즉위시켜 섭정의 자리에 있었다. 동치제가 죽자 다시 조카 광서제를 즉위시켰다.

그런 서태후가 갑오년 시월 십 일이 회갑이었다.

회갑 날이 몇 달 앞으로 다가오자 회갑연 비용으로 천만 원이 필요했다.

이홍장이 그 비용을 마련해야 했다. 발등에 불이 떨어진 이홍장은 왜국과 싸우느라 신경을 쓰는 일이 귀찮았다.

사실 그가 동원할 수 있는 군대는 직계인 회군 소속 북양군이 고작이었다. 만약 왜국에 패한다면 그는 재기 불능의 상태에 빠질 수도 있었다.

그래서 겉으로는 위세를 부리는 척하면서도 속으로는 가능하면 왜군과 충돌하지 말라고 정여창에게 지시했었다.

이 지시로 후일 정여창은 왜놈의 선제공격에 당해 바다에서 낭패를 보게 된다.

현양사 낭인들이 보내는 첩보를 통해 왜국 조정은 청국의 이러한 내부 사정까지 상세하게 파악하고 있었다. 이치지 고스케 소좌가 지휘하는 첩자들도 부단히 정보를 보고했다.

여러 정세를 정리한 왜국은 아라사에 철병 불가를 통보했다.

이 무렵 청국은 영길리국의 조정을 거부했다. 이를 빌미로 왜국은 청국에 절교서를 보냈다.

대충 주변을 정리한 오토리 게이스케는 조선 조정에 내정개혁안 오 개조를 밀어붙였다.

하나. 중앙정부와 지방의 제도를 개정하고 인재를 등용할 것.

하나. 재정을 정리하고 자원을 개발할 것.

하나. 법률을 정비하고 재판법을 개정할 것.

하나. 군내의 민란을 진정하고 안녕을 유지하는 데 필요한 병력과 경찰을 신설할 것.

하나. 교육제도를 확립할 것.

그는 왜국과 조선의 관계가 어느 나라보다 밀접하다고 밀어붙였다.

여러 열강이 조선을 침탈하려 눈에 불을 켜고 노리고 있다고 위협하고, 조선이 자주 독립하지 않으면 체제를 유지하기 어려우므로 왜국이 권하는 개혁을 단행해 부국강병을 꾀해야 한다고 입에 거품을 물고 강조했다.

조정은 이러한 내용을 청국 조정에 전보로 보내 의사를 물었다. 당장 터무니없는 답전이 왔다.

"만약 오토리 게이스케의 말대로 시행한다면 조선은 내정에 시시콜콤 저들의 간섭을 받게 될 것이며 급히 화를 불러들이게 되니 남만과 같은 전철을 밟게 될 것이다.

군게 고집하여 저절로 의지가 끊어지게 하면 왜국도 계책이 궁하여 스스로 철회할 것이다."

오토리 게이스케는 유월 칠 일까지 회답을 원했다.

조선 조정에서 군게 고집해 응답이 없자 의지가 끊어지기는커녕 다시 팔 일 정오까지 회답하라 요구했다.

유월 구 일.

조정은 중추부 판사 김홍집을 총리섭통상사무겸찰에 임명해 교섭을 지휘하게 했다.

내무독판 신정희와 내무협판 조인승·김종한이 왜국 공사관에 가 오토리 게이스케와 담판했다.

신정희가 김홍집이 보낸 통지문을 읽었다.

'무단으로 대군을 앞세워 인국의 왕성을 포위하여 위협하는 행위는 국제적 신의와 화친에 상처를 주는 일이다.

회담하는 대신들에게는 의결권이 없으니 조정 대신 모두의 의견을 물어 결정하겠다.'

오토리 게이스케는 화를 내며 더 시간을 끌면 무력을 사용하겠다고 위협했다.

여기서 왜국 측은 다시 모두 이십칠 개 항의 내정 개혁안을 제시했다.

그러나 어떤 항목은 열흘 내에 시행하라는 강제 사항이 있어 신정희는 일단 협의를 보류했다.

조정은 왜국의 요구에 시간을 끌자니 무력 공격이 두려웠고 왜국의 요구를 받아들이자니 청국에 눈치가 보여 어쩔 줄을 몰랐다.

오토리 게이스케가 다시 통지문을 보냈다.

'하나. 경부 간 군용 전선 가설을 일본 정부가 직접 시행한다.

하나. 조선은 제물포 조약에 의거 즉시 일본군을 위한 병영을 건축하라.

하나. 아산의 청군은 옳지 못한 명분으로 파병되었으므로 즉시 철수시켜라.

하나. 청한수륙무역장정 등 조선의 독립에 저촉되는 청국과 조선의 조약을 모두 폐기하라.'

어느 조항 하나 무능한 조선 조정이 자주적으로 시원하게 결정하기가 어려웠다.

오토리 게이스케가 계속 회답을 독촉하자 조정은 부득이 신정희에게 김종한과 조인승을 데리고 위원을 선임해 매일 외국 공사관에서 이 문제를 협의하도록 했다.

오토리 게이스케는 외무대신 무쓰 무네미스에게 진행되는 상황을 상신했다. 무쓰 무네미스는 역시 강경한 회답을 보냈다.

하나. 청일의 충돌을 재촉하는 어떠한 수단이라도 취하라.

하나. 시기가 왔으니 공사는 스스로 모든 수단을 동원해 단호하게 조치하라.

하나. 일체 책임은 내가 질 터이니 공사는 추호도 염려하지 말라.

하나. 외국의 비난을 초래하지 않을 만한 구실을 택해 실제로 행동하라.

하나. 공사가 요구한 군대를 동원해 조선 왕궁을 점령하는 것은 득이 아니라고 판단되니 결행하지 말라.

유월 십삼 일.

남산 노인정에서 양국 실무진이 만나 개혁을 결정하고 밤이 되자 파했다.

이미 청과 왜국의 전쟁은 시작되고 있었다.

왜군의 경복궁 공격이 임박하자 혼성여단은 남산 봉화대 밑에 포대를 설치했다. 성을 허물어 군사 도로를 만들고 부대를 주둔시켰다. 북악산 중턱에도 포대를 설치해 경복궁을 사정거리 안에 두었다.

곧, 나라가 망할 판이었다.

왕은 원세개를 불러 대책을 논의했으나 원세개는 오히려 조선이 개혁의 시기를 놓치고 갑신정변 이후 십 년 동안 탁상공론만 했다고 왕을 힐책했다.

원세개는 북경 정부에 급히 타진해 의견을 물었다. 바로 회답이 왔다.

"왜국이 멋대로 개혁을 강권해 청과 조선 양국을 모멸하므로 황제가 몹시 노하여 삼군에 명해 왜국을 물리치고 조선을 보호하라 했다."

말로는 무슨 일을 못 할까?

예나 지금이나 정치를 하는 자들은 무슨 일이든 자신이 말만 뱉어내면 모두 이루어진다는 착각 속에서 사는 듯하다.

청국 조정의 말은 호기로우나 조선 조정은 이미 왜국의 강요로 개혁을 결정해 버린 후였다.

왕은 대신 심순택·김홍집·김병시·조병세·정범조를 총재관으로 임명하고 김영수·박정양·민영규·신정희·이유승·김만식·윤용구·조종필·심상훈·박용대를 위원으로 삼았다.

나라의 존립이 돌풍 앞의 촛불처럼 위태로웠다.

31.

고종 31년, 갑오년, 1894년, 유월.

유월 십사 일.
왜국은 진행 중이던 영길리국과 개정 조약이 성공하자 본격적으로 조선 문제에 개입했다.

유월 십오 일.
왜군은 다시 총검을 세우고 한양 거리를 행군했다.

유월 십칠 일.
왜국 정부는 오토리 게이스케에게 청국을 상대로 한 개전에 대한 전권을 부여했다. 왜군은 용산에 병영을 설치하고 포병 중대를 배치했다.
이 배치는 왕궁을 점령해 한양을 제압할 때 아산에서 올지도 모르는 청군과 조선군의 공격에 대비한 방어 조치였다.
그들은 이미 한양과 인천의 군사적 요충지를 점령하고 공격 명령만 기다리고 있었다. 한강 수로를 장악하고 한양 동·서로를 차단해 맥을 끊어 놓고 청군이 공격하기를 기다렸다.
아산에서 청군이 올라오면 단숨에 물리친 다음 바로 의주 가도에 주둔한 청군을 칠 계획이었다.

이날부터 한양 사대문을 왜군이 지켰다. 십팔 일에는 왕궁 앞에서 총을 쏘고 훈련을 계속하며 시위했다.

속이 탄 원세개는 끈이 떨어질까 서태후 눈치를 보며 탁상행정만 하는 이홍장을 만나러 천진으로 건너갔다.

초토사 홍계훈은 왜군이 왕궁을 습격한다는 첩보를 받고 유월 이십 일 밤 장위영과 총위영 군사를 소집했다. 박희성은 홍계훈과 다시 합류했다.

그날 왜국 공사관에는 이경에 오토리 게이스케와 서기관 스기무라, 오오시마 소장, 후쿠시마 중좌, 와타나베 소좌가 모여 왕궁 공격 준비를 모의했다.

오토리 게이스케는 자신에 넘쳐 지시했다.

"조선 국왕을 사실상의 포로로 잡고 왕비 일족과 대립하는 대원군을 받들어 정권을 잡게 함으로써 조선 정부를 아국에 종속시키고 청군을 조선 밖으로 쫓아내야 한다.

즉 개전 명분을 손에 넣고 나아가 한양에 있는 조선 군대를 무장 해제시 킴으로써 아군이 남쪽에서 청군과 싸우는 동안 한양의 안전을 확보하고 동시에 군수품 수송과 징발 등을 모두 조선 정부의 명령으로 시행하는 편리함을 얻어야 한다.

이를 위해 먼저 여단 사령부를 한양 공사관으로 옮긴다.

본부는 용산에 남겨 그곳에 주둔한 여러 부대의 지휘를 맡긴다.

제일 대대는 아민 거류지 수비를 위해 왜성대에 집합해 종로까지 시가 쪽을 경계한다.

남대문과 서대문은 외부로부터 경성에 들어오는 모든 군대를 위해 문을 열 것. 또는 파괴해도 괜찮다.

동대문과 동소문은 병력을 파견해 점령한다.

한 부대는 흥선대원군의 저택에 도착해 대원군의 호위를 맡으며 한 중대는 서소문과 남대문을 점령한다.

보병과 공병은 왕궁으로 들어가 왕궁 수비를 맡고 광화문 앞 교통을 차단한다.

외인 보호를 위한 보병도 배치하고 왕궁의 동북 고지를 점령한다.

모두 심각하게 숙지하기 바란다."

각 대대에는 조선어 통역을 배치해 의사소통을 원활하게 했다. 삼 개 대대 병력을 중심으로 포병과 공병까지 동원해 개미 한 마리도 빠져나가지 못할 만큼 치밀하게 짠 작전이었다.

'조선 병사가 발포할 때는 정당방위를 위해 응사하고 외국인은 가능하면 아현산으로 피하게 할 것.

되도록 총격전을 피하며 각국 공사관 방향으로 탄환이 날아가지 않도록 주의할 것.' 따위를 병사들에게 추가로 지시했다.

왕의 신체가 상하지 않도록 주의하고 왕이 미리 알고 몰래 빠져나가지 못하게 막아 볼모로 잡는 일은 오토리 게이스케 공사가 맡기로 했다.

대원군의 신병을 확보하는 일은 스기무라가 맡았다.

오오시마 소장은 공병을 일부 동원해 경복궁 문과 담을 파괴할 폭약 설치를 맡겼다.

왜군은 남산 중턱 왜성대에 포 여섯 문을 설치했다. 왜성대에서 북쪽을 바라보면 경복궁이 한눈에 보여 대포를 쏘면 명중시키기에 좋았다.

왜군은 이어 한양 주변과 종로에도 대포를 설치했다. 남의 땅에서 벌이는 군사작전을 아무도 제지하지 않아 누워서 떡먹기였다.

왜군은 한강 나루터를 장악하고 남대문 등 한양으로 들어오는 모든 길에 병력을 배치해 백성들의 출입을 통제했다. 또 남쪽, 아산으로 통하는 길과 북쪽, 의주 방면으로 이어지는 길로 진격할 준비를 서둘렀다.

그리고는 날마다 완전무장하고 한양 시가를 행진해 백성들에게 위압감을 주었고 궁성문인 광화문 앞에서도 버젓이 군사 훈련을 했다.

그동안 한양 경비를 맡았던 장위영, 평양에 있던 기영, 남한산성 방어를 맡았던 경리청 군사들은 전주 일대로 내려가 동학군과 대치했었다. 그 뒤 전주화약이 체결되자 이들은 한양으로 올라가 수비를 맡았다.

장위영 군사들은 주로 광화문 수비를 맡았고 경리청과 기영 군사들은 궁궐 주변을 경비했다. 모두 합해야 천오백여 명 정도였다. 말만 군사였을 뿐 사기는 바닥으로 떨어져 있었으며 군율도 없었다.

그들은 왜군이 한양 시내에서 무단으로 활동하는데도 대응할 생각조차 하지 못하고 관망할 뿐이었다. 이를 지켜보는 도성 안 백성들은 불안에 떨었다.

종로 상가는 문을 닫아걸어 철시하는 가게가 늘어났다. 북촌의 세도가들은 바쁘게 피란 짐을 꾸렸다. 더욱이 왕이 도피한다는 소문도 저자에 파다하게 퍼졌다.

유월 이십 일.

왜군 작전 개시 전날 밤.

한양 거리는 비가 내렸다.

왜인들도 바쁘게 움직였다. 비를 맞으며 스기무라 서기관은 왜국 공사관 직원들을 데리고 대원군의 신변을 확보하려 운현궁 저택으로 잠행했다.

조정에 등을 돌린 일부 관료들은 밀서를 가지고 왜국 공사관으로 들어갔다.

왜국 군인들은 공격에 총알받이로 앞세울 조선 장정을 모았다.

만리창*에서 급박하게 첩자들이 오갔다. 천우협 낭인 패는 우의를 입고 숨을 죽이고 상황을 점검했다. 하급 병사들은 등불을 들고 오가는 사람을 수행했다.

드디어 정한론의 때가 왔다고 왜인들은 한양 거리 곳곳에서 늪에 들어간 고슴도치마냥 활개 치며 달구비 속을 쏘다녔다.

---

* 용산의 일본군 주둔지.

32.

고종 31년, 갑오년, 1894년, 유월.

유월 이십일 일.

축시에 오토리 게이스케는 보병 연대장 타케다 히데노부 중좌에게 경복궁을 공격하도록 명령했다.

타케다 히데노부의 연락을 받은 혼성여단장 오시마 요시마사는 최종으로 본진에 출동 명령을 내렸다. 그는 먼저 공병을 시켜 한양과 의주, 한양과 인천 사이에 연결된 전신을 끊어 청군의 통신망을 차단했다.

타케다 히데노부는 인시에 경복궁을 향해 두 방향으로 진격했다.

보병 십일 연대장 니시지마 중좌는 서대문으로 진입해 곧장 경복궁 외곽을 포위했다. 이 대대는 용산 만리창 막사를 인시에 출발해 광화문으로 향했다. 일 대대는 하시모토 소좌가 지휘하여 창화문으로 나아갔다. 어제부터 내리던 달구비가 더 세차게 쏟아졌다. 묘시가 되어도 사방은 어두웠다.

창화문에서 매복했던 서영 병사가 왜군을 향해 일제히 사격하기 시작했다.

그들은 조선 최정예 병사들이었다. 평양에서 훈련받은 오백 명이 긴급 소집되어 배치되었다. 이들은 청군이 쓰던 독일제 모젤 연발총으로 무장하고 있었다.

왜군이 수도 없이 총에 맞아 쓰러졌다.

하시모토가 말 위에서 군도를 뽑더니 형조 패두처럼 악을 썼다.

"대포를 발사하라!"

창화문 일대에 무수히 포탄이 작렬했다.

살아남은 서영병들이 뒤로 물러섰다.

장위영 군사들은 경복궁 정문인 광화문을 지키고 있다가 배후에서 쏘는 총에 맞아 몇 명이 쓰러지자 바로 후퇴했다.

보병 이십일 연대는 서소문으로 진입해 일대는 삼각산에 매복시키고 일대는 경복궁 동쪽 고지에 포진했다.

보병 이십일 연대 일 대대장 모리 소좌는 영추문에 도착했다.

영추문은 굳게 닫혀 있었다.

그들은 계획대로 문을 부수기 위해 폭약을 터뜨렸으나 실패했다.

할 수 없이 도끼로 문을 찍어댔지만, 박달나무로 만든 문은 도끼날을 튕겨냈다. 왜병은 어쩔 수 없이 장대를 성벽에 걸고 담을 넘었다. 이번에는 문 안팎에서 톱으로 빗장을 자르고 도끼로 정첩을 부수어 겨우 문을 연 시각이 인시 말이었다.

첫새벽에 궁내로 진입한 왜군은 함성을 지르며 광화문으로 달려갔다. 광화문을 지키던 조선군 수비 병력을 어렵사리 몰아내고 안에서 문을 열었다.

나머지 연대 병력이 영추문에 도착하자 모리 소좌는 삼 중대를 경복궁 서쪽에, 육 중대를 동쪽에 배치했다.

장위영 군사들이 사격을 가했다. 타케다 히데노부는 한 개 중대를 더 투입해 마주 사격했다.

이어 왜병은 동문인 건춘문으로 달려가 다시 안에서 문을 열었다.

신남영에 있던 기영병이 건춘문으로 들어가 싸움을 벌였다. 이들은 경무대를 지키며 소나무 뒤에 숨어 총을 발사해 왜병 오십여 명을 죽였다.

그러나 세에 밀려 곧 물러설 수밖에 없었다.

궁을 장악한 왜군은 궁궐의 모든 문을 열어젖혔다.

건천궁에는 왕의 침전인 곤령합이 있었다.

곤령합을 지키던 시위대 병사 오십여 명은 왜군과 전투를 벌이다 밀려 모두 흩어졌다. 병사들이 흩어지자 궁녀와 환관들만 한곳에 모여 겁에 질려 떨고 있었다.

왜군은 이들을 심문해 왕과 왕비가 옹화문 안쪽 함화당에 이 빠진 개 한뎃뒷간 만나듯 숨어 있다는 것을 알아냈다.

제이 대대장 야마구치 게이조는 조심스레 옹화문 앞으로 갔다. 문 앞에 우포도장 김가진이 지키고 있었다.

조선이 망하기 직전이었다.

김가진이 큰 소리로 말했다.

"지금 전하는 오토리 게이스케 공사와 담판하려 한다. 공사가 올 때까지 병사를 옹화문 안으로 들여보내지 말라."

야마구치 게이조는 술수를 썼다.

"호위병들이 무기를 나에게 준다면 그 말에 응하겠다."

다급한 김가진은 그 말을 믿고 호위 군사들의 무기를 그에게 넘겨주고 말았다.

야마구치 게이조는 이 앓는 놈 뺨치듯이 김가진을 밀어내고 옹화문을 열었다. 평소 다방골잠을 즐기던 왕은 그 와중에도 아직 잠이 덜 깨어 있었다.

그는 정신이 부스스한 왕 앞에 서서 칼을 겨누며 익은 밥 먹은 놈이 선소리하듯 위협했다.

"지금 뜻하지 않게 양국의 병사들이 교전해 전하의 마음을 괴롭게 한 것은 외신이 매우 유감으로 여기는 바입니다. 그렇지만 귀국 병력이 이미 우리에게 무기를 내주었으므로 그들은 더는 전하를 호위하지 못합니다.

우리 병사가 옥체를 보호하여 결코 위해가 미치지 않게 하겠으니 이제부터는 제 말을 따라 주셔야 합니다."

왕은 어쩔 도리가 없었다. 그러나 투정을 부렸다.

"한 나라의 군주인 내가 왜 외국 군사의 보호를 받아야 하는가?"

야마구치 게이조는 왕의 말을 못 들은 척 무시했다. 그는 함화당을 수색해 무기를 거두고 왜군 초병을 배치했다.

왕이 포로가 되고 만 것이다.

여기서 사실상 조선은 망했다.

학자들이 쉬쉬하며 잘 거론하지 않는 갑오왜란, 조선은 이날 새벽 묘시 중에 왕이 왜적의 포로가 됨으로써 왕조의 간판만 떼지 않았지 사실상 종말을 고하고 말았다.

아침이 밝아 왔다. 그러나 어느 때와는 다른 태양이 아침을 밝혔다.

야마구치 게이조가 칼을 겨누며 왕을 위협했다.

"궁궐 내 조선 병사들에게 전투를 중지하라는 명을 내리시오."

목숨의 위협을 느낀 왕이 다급하게 소리쳤다.

"그리하라."

이때가 사시 초였다.

환관 안형수가 궁내를 돌아다니며 싸움을 중지하라는 왕명을 전했다.

기영과 경리청 군사들이 왕궁을 지키며 끝까지 전투를 벌이다가 안형수의 말을 듣고 땅을 치며 통곡했다.

"왕이 왜놈에게 잡혔구나!"

그들은 총통을 부수고 군복을 찢어 벗어 버리고 경복궁을 탈출했다.

그들이 백악 방면으로 후퇴하며 산발적인 전투가 계속되었다.

궁궐 밖에서도 두어 곳에서 총격전이 있었다. 약 세 시간쯤 전투가 벌어졌으나 조선 군사들이 모두 패해 북악산으로 물러났다.

전투가 끝났다.

왜인들은 궁내에 소장된 역대 고기·보물·서적을 약탈했고 후원의 진귀한 새와 사슴을 잡아갔다.

비가 밤새 내렸으나 이들은 개의치 않고 도둑질을 계속했다. 훔친 무기와 보물은 수송병 이백사십 명이 동원되었으나 부족해 병참부 병사 오십여 명과 야전병원 의사까지 동원해 인경 꼭지가 말랑말랑해지도록 이틀에 걸쳐 왜국으로 실어 갔다.

종로로부터 남산과 북악산, 인왕산에 이르기까지 왜국 병정이 늘어서고 칼과 총이 길가에 도열해 백성들은 당황해 어쩔 줄을 몰랐다.

유월 이십일 일.

228

왜군은 진시에 경복궁을 완전히 점령했다.

미시에 왜군 십일 연대가 통위영을 접수하러 갔으나 조선군은 맹렬하게 저항했다. 신시에 창경궁 홍화문 앞 총위영에서도 시위대는 굴복하지 않고 싸웠다. 왜군은 포격으로 이들을 제압했다.

이에 왜병이 대궐 문을 지키고 궁궐은 폐쇄되었다. 왜군은 어소인 즙경당에 고종을 연금한 후 모든 조신의 출입을 막았다.

경복궁을 점령한 뒤 왜국 공사관은 왕과 왕비가 궁을 탈출하는 것을 막으려 철통같이 궁을 에워쌌다. 경회루에 궁내 본부를 설치하고 왕명을 빙자해 궁내 수비병뿐 아니라 도성의 방위를 맡은 한양과 수원의 조선군을 모조리 무장 해제시켰다.

누구라도 왜국 공사관이 발급하는 문표가 있어야 궁중을 출입할 수 있었다. 왕과 민비는 밥을 먹으면서도 독약이 들었는지 의심했고 잠을 잘 때에도 자객이 무서워 이 방 저 방을 옮겨 다녔다.

33.

고종 31년, 갑오년, 1894년, 유월.

왜군의 경복궁 침탈에 대한 저항은 이처럼 어이없고 치욕스러운 패배로
마무리되었다. 왕궁 북쪽 북악산 언저리에서 한때 기영과 경리청 군사들
이 쏘는 총성이 들렸으나 오후 들자 그마저 잠잠해졌다.

오토리 게이스케는 각본대로 운현궁으로 달려가 흥선에게 경복궁으로
가자고 강권했다.

운현궁 주변에는 이미 어젯밤부터 왜국 낭인 패가 우글거렸다. 그들은
혹여 흥선이 밤새 다른 곳으로 피신할까 눈에 불을 켰다.

오토리 게이스케는 이전부터 왕을 폐하고 흥선을 추대하겠다고 제의했
다.

유월 이십 일부터 낭인 오카모토 류우노스케와 하기하라 히데지로오 경
부가 오토리 게이스케의 사주를 받고 흥선을 만나 민씨 일족을 제거하고
대정을 맡기겠다고 계속 꾀었다.

흥선은 넘어가지 않았다. 날이 새자 왜국 공사관 서기관 스기무라가 흥
선을 찾아왔다. 그는 흥선 앞에 무릎을 꿇고 말했다.

"오토리 게이스케 공사의 전갈을 가지고 왔습니다. 공사는 왕을 폐하고
대원위 대감을 추대하겠다고 했습니다."

흥선은 냉정했다. 그는 왜국의 속내를 훤히 읽고 있었다.

홍선을 고개도 들지 않고 말했다.

"당신들이 남의 나라 궁궐을 무단으로 침입해 왕을 포로로 삼고 나를 이용하려 하나 나는 왕이 될 생각은 꿈에도 해본 적이 없는 사람이외다."

스기무라가 계속 말했다.

"이번 우리 정부의 거사는 의거에서 나왔으므로 결코 한 치의 조선 땅도 아국을 위해 분할하지 않겠습니다. 이러한 저희의 충정을 믿어 주십시오."

홍선이 고개를 조금 들었다.

"그렇다면 그렇게 하겠다는 문서를 작성해 나에게 주시오."

스기무라는 미리 오토리 게이스케가 써 준 문서를 홍선에게 전달했다.

홍선은 문서를 받아 주의 깊게 읽었다. 그리고 다시 말했다.

"공사의 생각은 내가 알겠소. 그러나 내가 어찌 함부로 움직일 수가 있겠소? 내가 움직일 명분이 서는 왕의 윤지를 받아오시오."

스기무라는 곁에 있던 호즈미를 조희연의 집으로 보내 조희연으로 하여금 왕의 윤지를 받아 오게 했다.

왕은 오시가 되어서야 윤지를 내렸다.

'종사의 안위가 위급 지경에 이르렀으니 국태공은 서둘러 입조해 호국지책을 세우라.'

호즈미는 왕의 윤지를 받아들고 운현궁을 찾아갔다.

스기무라는 거듭 약속했다.

"우리 정부의 이번 거사는 실로 의거에서 나온 것입니다. 일이 성사된

다음 귀국의 땅은 한 치도 뺏을 생각이 없습니다.

다만 개혁을 앞당기자는 의로운 뜻에서 나섰을 뿐입니다. 그러니 이 난국을 대원위 대감께서 풀어주서야 합니다.”

홍선은 그래도 꼼짝도 하지 않았다. 이미 죽지가 꺾인 나라에 그가 나가 무슨 힘을 쓸 수 있단 말인가? 결국은 왜놈의 앞잡이 노릇이나 하다 쓸모가 없어지면 팽개쳐지고 말 신세였다.

그러나 그렇다고 이 사태를 모른 척 뒷짐만 지고 있을 수도 없었다.

아들과 며느리가 왜적의 손에 잡혀 목숨이 위태로운 지경에 이르고 말았다. 홍선은 오토리 게이스케가 썼다는 문서를 손에 움켜잡았다.

손이 부들부들 떨렸다.

허울만 좋은 종이 쪼가리일 뿐이었다. 그들이 약속을 지킬 이유는 없다. 도대체 주상은 일이 이렇게 될 때까지 무엇을 하고 있었단 말인가? 일단은 궁에 들어가 보고 판단해야 하겠다는 생각이 굳어졌다.

홍선은 짐짓 거부하는 척하다 문득 위의를 갖추고 말에 올랐다. 홍선과 스기무라는 오시에 왜군의 삼엄한 호위를 받으며 경복궁 안으로 들어갔다.

홍선은 입궐하자 근정전으로 가 왕을 만났다. 얼굴에 핏기가 없는 왕은 몸을 떨면서 더듬거리며 말했다.

“이제부터 정무는 모두 대원군에게 품하여 처결하라.”

홍선은 인사부터 재빨리 처리했다.

통위사 신정희, 총어사 판윤 이봉의 장위사 좌윤 조희연을 임명했다. 또

병판에 김학진, 전라감사 박제순, 내무협판에 김가진, 부승지에 이원긍, 내무참의에 유길준·김하영·김학우를 임명했다.

친청파인 좌찬성 민영준은 암자도에, 전 통제사 민형식은 녹도에, 전 총제사 민응식은 고금도로 유배 보냈다.

혼성여단장 오시마 요시마사는 유시쯤 경복궁으로 들어가 왕을 알현했다.

그는 정복자 같은 어조로 거만하게 말했다.

"놀라신 것 같아 문후를 드리러 들어왔습니다. 지금부터라도 개화에 힘을 쓴다면 두 나라의 교린은 예전보다도 더욱 돈독해질 것입니다."

백성이 가렴주구에 지쳐 살려달라고 호소해도 들은 척도 하지 않던 왕이었다. 백성이 죽음의 길목에 몰려 급기야 저항이라도 하면 백성의 도리가 아니라고 성을 내던 왕이었다.

왕이 왕 노릇도 못 하면서 그 자리에 앉아 있는 것이야말로 왕의 도리가 아니었다.

힘없는 백성 앞에서는 태산이라도 무너뜨릴 만큼 기세가 당당하게 고함을 남발하던 왕은 기가 죽어 고개를 들지 못하고 고양이 소리를 냈다.

"나는 다행히 손상을 입지 않았소. 두 나라가 한 나라처럼 여겨 함께 교린의 의를 닦는다면 실로 서로 돕고 의지하는 길이 될 것이오."

실로 간이 쪼개지고 창자가 끊어질 일이었다. 이미 나라가 망한 지금 이런 굴욕은 이제 겨우 시작에 불과했다.

경복궁 침입에 대해 왜국은 조선 병사들이 왜군을 향해 먼저 발포하기에 방위하기 위한 처사였다고 강변했다. 도발은 자기들이 한 것이 아니고 조선에서 먼저 시비를 걸었다는 것이다.

경복궁 점령과 왕을 유폐한 일을 부정한 민씨 세력을 조정에서 몰아내고 개혁에 앞장서려는 동학군이 받드는 홍선에게 섭정을 맡겨 조선의 부국강병을 보장하기 위한 부득이한 조치였다고 억지를 부렸다.

어리석고 유약한 왕은 그렇다 치더라도 매양 척왜척양을 부르짖던 홍선도 권력을 탐내는 일개 정치인에 불과한지라 왜국이 내민 미끼를 덥석 물더니 검둥개 먹 감은 듯 평소 대문짝 앞에 내걸었던 자신의 소신을 헌 신짝처럼 팽개치고 말았다.

자신과 원수 사이인 민비의 다부진 코를 꺾고 아들을 다시 턱으로 부리려는 욕심이 그의 눈을 멀게 했을까?

어쨌든 홍선은 속을 감춘 채 왜놈의 앞잡이 노릇을 하기 시작했다.

이십이 일.

러시아 공사 웨베르가 왜국 공사관에 서기를 보내 항의했다. 왜국 병사가 왕성을 지키는 것과 궐문에 포격한 것과 조정 대신을 몰아낸 것을 힐책했다.

오토리 게이스케는 검은 고양이 눈감은 흉내를 내며 변명했다.

"조선이 내정개혁을 하기 위해 우리에게 병력을 요구해 우리 군사는 만일의 사태에 대비한 것인데 수비병을 만나 부득이 응전한 것이다."

영길리국과 미리견국 공사들은 이런 사태의 전모를 거의 파악하면서도 일단 추이를 지켜보고 있었다. 그들은 오토리 게이스케의 초대로 궁궐에 들어와서도 아무런 불평이나 반론을 제기하지 않았다.

그들은 방관자라기보다는 또 다른 침략을 일삼는 나라의 하수인들이었다. 다만 자기 나라의 이해를 따져서 표정을 관리하며 주판알을 퉁기고 있었다.

특히 영길리국은 이번 사태를 용인하는 비밀 협정을 왜국과 이미 맺은 상태였다.

그동안 입만 살아 말로만 척양척왜를 외치던 재야 유생들은 골방에 숨어 민씨 세력과 동학군 때문에 나라가 망했다고 방바닥을 치며 울고 불었다.

34.

고종 31년, 갑오년, 1894년, 유월.

청국의 출병 명분은 겉으로는 인천과 한양에 있는 청국 상인을 보호한다는 것이었지만 내부적으로는 조선 왕의 출병 요청을 중시해 번속국을 보호한다며 가당치도 않은 종주국의 의무를 내세웠다.

정여창은 섭지초와 섭사성에게 애인호·비경호·고승호 세 척과 보조선을 이끌고 위해를 출발하도록 지시했다. 그들은 인천 앞바다를 거쳐 아산만에 정박했다.

애인호와 고승호는 전함이었으나 비경호는 무기나 말·인부·보급품을 싣는 수송선이었다. 수송선에 탄 병력은 인부를 포함해 모두 이천삼백여 명이었다. 이는 왜군 선발대보다 훨씬 적은 수였다.

청군은 아산만에서 가까운 성환에 상륙했다.

해안 가까이 함선을 대고 작은 배를 이용해 뭍으로 병력을 이동시켰다. 작은 배가 뭍 가까이 오면 동원되었던 조선 사내들이 허리 깊이의 바다로 나가 청국 병정들을 업어서 육지로 날랐다.

종주국 군인의 대접을 받아 입이 벌어진 청군은 당시는 고자 힘줄 같은 소리를 지르며 기세가 좋아 보였으나 그것은 차차 두고 볼 일이었다.

그들은 자기네 거류민을 보호하러 왔다는 명분을 내세웠으나 청국 상인들이 많이 거주하는 곳으로 가지는 않았다.

당시 청국 상인들은 남별궁 부근과 북청동 일대에 집단으로 거주했다. 인천에는 청국 상인과 노동자들이 많이 살았다.

당시 인천항 월미도 앞에 정박한 군함 수는 청국 군함 세 척, 왜국 군함 여덟 척 외에 불량국·아라사·미리건국·영길리국 군함 각 한 척씩 모두 열다섯 척이었다. 왜국 군함 수가 압도적으로 많았다.

왜군과는 모든 면에서 열세인 청군은 이홍장의 지시도 있어 일단 정면 충돌은 피하려는 자세를 보였다.

당시 열강들은 왜국을 견제하고자 발해만 입구에 자리 잡은 군항 즈푸와 왜국 나가사키 항에 정박하던 자국 군함을 인천 연안으로 이동시켰다.

특히 아라사는 부동항인 블라디보스토크의 군함을 동해로 파견해 원산 앞바다를 순회하면서 상륙작전을 펼 듯이 위협했다.

이들 군함 출동의 구실은 모두 표면적으로는 거류민 보호였다.

청국은 영국 윤선 세 척을 빌려 아산에 먼저 가 주둔하고 있던 부대로 증원군을 보냈다. 증원군은 정여창이 지휘했다. 정여창이 지휘하는 북양함대는 모두 일곱 척이었다. 이 함대 중 일부 병력은 무기와 장비·마필·군량을 먼저 아산만에 옮겨 놓고 대기하고 있었다.

조선 조정은 관례에 따라 이중하를 청군 접반사 겸 운량관으로 삼아 그들을 접대하게 하고 그 경비 책임도 지게 했다. 이때 땔감과 양곡 고기류와 마소 등 운송 수단과 잡비까지 조선 측에서 부담했다.

청군은 때때로 대접이 소홀하다거나 물품이 부족하다고 호통이나 치기 일쑤였고 마을로 몰려가 노략질을 일삼기도 했다.

그들은 언제 죽을지도 모르면서 빼앗은 금붙이를 주머니에 쑤셔 넣고 뒤뚱거리며 걸어 다녔다.

천진을 출발한 윤선은 순양함 제원호와 포함 광을호가 호송했다. 함대에는 삼백여 명의 병력이 타고 있었다.

유월 십오 일.

청국은 이어 해군 사천 명, 철갑병함 여섯 척, 수회선 네 척, 상선 다섯 척을 압록강 어귀 대동구로 보냈다.

아세보 항을 떠난 왜국 연합 함대 열두 척은 아산만 앞바다의 풍도 근해에서 윤선을 호송하던 청국 군함을 발견하고 두 패로 나뉘어 멀리서 따라갔다. 연합 함대의 병력은 천여 명이었다.

아산만에 상륙하려면 꼭 이 섬을 거쳐야 했다. 이 섬의 북쪽은 수심이 깊어 군함이 정박할 수 있었다.

이때까지 양국은 서로 선전포고를 하지 않은 상태였고 청국 군함은 증원병을 싣고 가는 수송선을 호위하기 위해 나왔으므로 전투 명령을 받지는 않았다.

유월 십육 일.

멀리서 청국 군함을 주시하던 왜국 함정에서 위협하려는 듯 간간이 대포 소리를 냈다. 오시 초에 왜국 함정 길야·낭속·추진주가 청국 함대를 포위하더니 갑자기 어뢰정을 발사해 기습 공격했다.

기습 공격은 왜군이 상투적으로 쓰는 수법이었다.

당황한 청국 함대에서 굼벵이 기듯 대포와 어뢰를 쏘았다. 왜국 군함의 속력과 대포 사정거리는 청국 군함보다 우수했다.

돋우고 뛰어야 복사뼈였다. 왜국 함대는 복날에 개 잡듯 청국 함대를 두들겨 팼다.

제원호는 겨우 침몰을 면했다. 그러나 서른 명의 병사가 죽고 스물일곱 명이 부상했다. 견디지 못한 정여창은 백기를 달고 도망갔다.

왜국 함정이 계속 따라가자 백기 밑에 왜국 해군기를 더 달고 여순 기지로 달아났다.

광을호도 항해하기 어려울 정도로 부서진 채 본토로 물러갔다.

공교롭게도 이때 수송선인 조강호와 고승호가 뒤늦게 풍해 쪽으로 들어왔다.

왜국 군함이 조강호를 추격하자 조강호는 청국 해군기인 용기를 내려 전투 의사가 없음을 밝혔다.

그런데도 왜국 군함이 계속 추격하자 조강호는 백기 밑에 왜국기까지 내걸면서 투항하겠다는 뜻을 나타냈다. 마침내 조강호는 항복해 승선원 여든세 명이 포로로 잡혀 왜국으로 끌려갔다.

배 안에 실려 있던 이십만 냥의 은괴와 대포 이십 문, 보병이 쓰는 보창 삼천 개, 대량의 화약이 모조리 왜군의 전리품이 되었다.

윤선 고승호는 영길리국에서 빌린 배였다. 병사 천백여 명이 타고 있었다. 선장은 영길리국 사람이었고 독일인 퇴역 군과 필리핀인 선원이 보좌했다.

고승호는 병력 외에도 대포 열네 문 등 많은 무기와 탄약을 싣고 있었다.

영길리국 선장은 앞서가던 제원호가 백기와 왜국 해군기를 달고 북으로 달아나는 모습을 보고 깜짝 놀랐다.

왜국 낭속함이 다가와 그 자리에 정지하라는 신호를 보내왔다. 선장은 고승호가 영길리 국적을 가지고 있는 배라고 알렸다.

왜국 군함에서 작은 보트를 띄워 접근해 항복하라고 거듭 외쳤다. 청군 지휘자 등세청은 거절했다.

"우리는 항복하지 않겠다. 싸우다 죽겠다."

옆에서 영길리국 선장이 걱정했다.

"우리 배는 함정이 아닙니다. 아무리 저항해도 소용이 없습니다. 적들의 포탄 한 방만 맞아도 배가 침몰합니다."

또 다른 지휘자 임태증이 소리쳤다.

"죽음을 무릅쓰고 한 번 싸워보겠소."

왜군이 다시 항복을 권유했으나 청군은 듣지 않았다. 교섭을 벌인 뒤 한 식경이 지났다. 왜군은 최후통첩을 보냈다.

"유럽 사람들은 곧바로 배를 떠나라."

배에서 선장을 비롯한 선원들이 보트를 타고 내렸다.

외국인들이 배에서 내린 것을 확인한 후 낭속함이 어뢰를 발사했다. 어뢰는 고승호에 명중해 배가 침몰하기 시작했다.

배가 완전히 침몰하자 왜군은 보트를 동원해 영길리국 선장과 선원들을 구출했다. 멀리 떨어져서 구경만 하고 있던 불랑국·독일·영길리국 군함이 다가와 구출을 도왔다.

청국군 팔백칠십여 명은 고스란히 바다에 수장되었다. 바닷길로 계속

들어오던 청국 해군 병함과 증원군은 왜국 함대의 공격으로 차례차례 바닷속으로 들어갔다.

이렇게 하여 인천 앞바다를 항행하던 청국 함대는 차가운 황해 깊은 바닥에 새로운 진지를 차리게 되었다.

35.

고종 31년, 갑오년, 1894년, 유월.

왜군 혼성여단장 오시마 요시마사는 경복궁을 점령하던 날 왜군 대본영으로부터 아산만에 상륙한 청군을 공격하라는 명령을 받았다.

이틀 뒤, 그는 혼성여단 주력 병력과 포병 연대 그리고 공병·치중병·위생병 등 사천여 명을 이끌고 용산을 출발했다. 그는 조선 왕의 허락을 받았다는 거짓말로 백성들을 위협해 식량과 마소를 강제로 빼앗았다.

오시마 요시마사는 조선군 이십여 명과 경찰 이십여 명을 징발했다. 병사와 경찰은 한양 근교 길목인 용산·노량진·동작진과 동대문에서 꼬시래기 제 살 뜯어 먹듯 백성의 마소를 강제로 빼앗았다.

졸지에 재산을 빼앗기게 된 백성들은 거칠게 저항했다.

출동 당일은 수원과 과천에서 유숙했다.

왜군 급양대는 이날 점심밥에 충당할 쌀이 모자라 밥을 짓지 못했다. 할 수 없이 포병대대와 보병 제일 연대 그리고 제이 대대가 휴대했던 쌀 절반을 급양대와 나누어 간신히 점심을 먹었다.

장마철이라 계속 비가 쏟아졌다.

징발했던 말과 마부가 틈만 나면 도망가려 했다. 결국 보병 제 이십일 연대 제삼 대대에 억류되었던 말과 마부가 모두 빠져나갔다.

고시 마사츠나가 이를 다시 채우기 위해 조선 병사와 경찰을 다그치며 광분했으나 도저히 방법이 없었다. 사람을 죽이는 데는 도사였으나 도둑질이나 강도질은 서툴렀던 것일까? 입맛 나자 노수 떨어진 격이었다.

유월 이십육 일.

병력 춘반에 지장을 초래한 책임을 지고 제삼 대대장 육군 소좌 고시 마사츠나가 할복자살했다. 이런 짓은 왜국 무사들의 전통을 이은 군인들의 작태였다.

무사와 군인은 출신이 달랐다. 무사는 자신이 직접 무장하고 주군을 섬기는 자였다. 그러나 군인은 국가가 무장시켜 전쟁터에 내보낸 자들이었다.

왜군 고위층은 예전의 무사들이 지키던 이런 섬뜩한 전통이 자랑스러운 짓이라고 군인들에게 세뇌시켰다. 군인들은 책임질 일이 생기면 자신이 무사인 줄 착각하고 배를 갈랐다. 이런 미친 전통이 왜국 군국주의 침략의 바닥에 고여 있었다.

입에 문 혀도 깨무는 세상이라 무식한 고시 마사츠나는 이를 악물고 칼로 배를 쑤셨다. 미쳐도 보통 미친놈들이 아니었다.

강제로 동원된 조선 장정들은 기회만 생기면 탈출했다. 그들은 무능한 왕이 대책 없이 뺐었다는 왜국 장교의 거짓말 한마디로 왜국이 벌이는 전쟁에 동원되어 개죽음을 당하기 싫었다.

왜군은 소사 장터에 도착했다.

청군은 성환역 앞에 주둔해 있어 왜군은 이십오 리 정도 가까운 거리를 두고 대치했다. 왜군은 사천여 명, 청군은 이천여 명으로 병력으로도 왜군이 거의 배가 되었고 무기와 장비도 청군보다 월등하게 앞섰다.

유월 이십칠 일.

삼경에 왜군은 안성 나루를 건너 주특기인 기습 공격을 시도했다. 그러나 여름 장마에 물이 불어나 목까지 찼고 바닥 진흙이 발목까지 묻혔다. 물을 건너면서 수십 명이 빠져 죽었다.

섭사성은 왜군의 기습을 예상하고 나루 건너편에 매복을 두었다. 예상대로 한밤중에 왜군이 내를 건너오자 기다렸다가 내 가운데쯤 왔을 때쯤 일제히 사격을 퍼부었다. 내를 건너던 왜군은 몰살했다.

청군 주력은 성환역 부근 월봉산 동쪽에 보루를 여러 군데 쌓았다. 기습 공격이 실패하자 왜군은 새벽 인시 중에 총공격에 나섰다. 월봉산 보루를 향해 대포를 쉴 새 없이 쏘았다. 보루가 부서지고 청병의 몸이 포탄에 맞아 찢어졌다. 왜군은 보루를 하나씩 점령해 나갔다.

이윽고 날이 밝았다. 어슴푸레한 하늘에 포연이 자욱했다. 포성과 함성이 우레처럼 울리고 핏물이 내를 이루어 콸콸 흘렀다.

원래 심사가 나약하던 왜군 나팔수 기꾸치 고헤이는 처음 겪는 지옥 같은 전투 상황에 정신이 나가 버렸다. 그는 미쳐 버린 채로 계속 나팔을 불면서 전선을 헤맸다. 그가 미쳤다는 사실을 모르는 왜군 병사들은 군가를 부르며 악착같이 그 뒤를 쫓아다녔다.

일본 언론은 기꾸치 고헤이가 미쳐서 들판을 헤맸던 사실을 왜곡해 그를 전쟁터의 영웅으로 만들어 보도했다. 급한 대로 그를 위한 노래도 보급했다.

건너기 쉬운 안성이라는

명성은 헛된 말이었던가.

적군이 쏟아대는 탄환이

성난 파도가 물보라를 일으키듯 하다.

용솟음치다가 되돌아오는 넓은

피바다 외에는 달리 길이 없고

선봉에 선 우리 군이

고전하는 소식이 들려온다.

이때 한 명의 나팔수는

큰 칼 휘날리는 사이에서도

전진하라 전진하라고

나팔을 분다.

한 연약한 병사의 비극적인 죽음을 추도하기는커녕 저희 입맛에 맞도록 써먹고도 창피한 줄 몰랐다. 참으로 후안무치한 나라였다.

이 전투에서 왜군은 서른일곱 명이 죽고 오십 명이 부상했다. 청군은 백여 명이 죽었다.

섭사성이 거느린 청군은 패해 대포와 식량을 버리고 남쪽 천안으로 도주했다. 천안에는 섭지초가 주둔하고 있었다. 섭사성은 섭지초와 합류해 다시 전열을 가다듬었다.

승리한 왜군은 아산에 들어가 청군이 비축해 둔 군수품을 접수했다. 그리고 바로 용산 기지로 돌아갔다.

오토리 게이스케는 오시마 요시마사가 용산으로 들어올 때 교외에 개선문을 만들어 영접했다. 용산 군영 앞에 청 해군을 상징하는 용기를 비롯한 전리품을 전시해 승전을 자랑했다.

조선 군사들이 옆에서 주악을 울렸다. 제 땅을 뺏어 먹으려는 개들이 다른 개를 이겼다고 조선 군사가 나서서 풍악을 울려주었으니 참으로 기가 막히는 광경이었다.

청군은 자다가 벼락 맞듯이 육지와 바다 전투에서 모두 지자 사기와 기강이 사복개천이 되고 말았다.

이전에 열강과의 전투에서 그들의 막강한 신무기 앞에 패배한 굴욕을 만회하고자 이홍장은 해군력을 키우려 국민 모금을 벌였었다. 막대한 군비가 들어왔다.

그러나 서태후가 이 돈을 빼돌려 자신의 회갑 기념으로 화려한 이화원을 지었다. 그쪽도 꼭대기는 나라나 백성들의 안위는 아랑곳하지 않고 제 사욕만 챙기는 땅이었다. 청국 백성들은 어이가 없어 입이 개차반이 되도록 서태후를 욕했다.

그러나 칼이 제 자루를 벨 수야 있나? 자발없는 귀신은 무랍도 못 얻어먹는다.

이홍장은 여론을 수습하기 위해 불알에 종소리가 나듯 이리 뛰고 저리 뛰어 거우 북양함대를 편성했었다.

그러나 함대를 급조하다 보니 장교는 부패할뿐더러 무능했고 병사는 훈련이 제대로 되지 않았다. 해군은 풍도 앞바다에서 수장되었고 육군은 성환에서 박살이 나 뿔뿔이 흩어졌다.

이홍장은 조선에 군사를 보내면서도 내심으로는 어떻게든 왜국과 외교로 조율해 전쟁을 피하고 싶었다. 그래서 영길리국 등 열강에 이를 주선해 달라고 요청했다. 그러나 열강들은 왜국 편에 붙어 이홍장의 요청을 외면했다.

풍도 해전과 성환 전투에 패한 뒤 이홍장은 서태후에게 거짓 보고를 올렸다.

"바다와 육지의 두 전투에서 청군이 왜군 이천여 명을 죽여 승리했습니다. 청군도 이백여 명 정도 희생이 있었습니다. 이로 인해 왜군은 겨우 조선 왕궁을 지키는 병사만 남았습니다."

이화원에서 아편에 취해 있던 서태후는 몽롱한 얼굴로 이홍장을 치하했다. 약에 중독되어 시커멓게 변색된 이빨이 보기에도 스산했다.

이홍장은 이래저래 맥이 빠져 집에 들어가더니 먹부리 암탉이 되어 두문불출했다.

공주로 쫓겨 간 청군은 충청감영의 도움을 요청했으나 이미 개화 정권의 지시를 받은 관리들은 눈을 감고 모른척했다.

섭사성과 섭지초는 차라리 평양으로 올라가 반격의 기회를 엿보기로 했다. 그들은 패잔병을 수습해 한강을 넘어 북쪽으로 올라갔다.

도중에 일부 지방 관아로부터 마소와 숙소 그리고 음식물을 얻어 겨우 행군할 수 있었다.

일부 지방 수령들이 왜군이 궁궐을 점령한 사실에 분노해 그나마 청군에게 호의를 베풀었다. 그러나 청군 역시 미친개이기는 마찬가지였다. 길가에 마을이 보이면 무조건 들어가 약탈하고 부녀자를 강간했다.

청군 주력 부대가 북쪽으로 떠난 뒤 미처 따라가지 못하고 남은 패잔병들은 자가사리 끓듯 했다. 수십 명, 수백 명씩 떼를 지어 다녔다. 때로는 군복을 벗어 치우고 평복을 입고 상인 행세를 하거나 때로는 도둑이나 거지로 전락했다.

그들은 부여 태안 등지를 유랑하다 일부는 동학군에 편입되어 가지고 있던 무기를 동학군에게 넘겨주고 함께 전투에 나서기도 했다.

36.

고종 31년, 갑오년, 1894년, 유월.

청과의 전투에서 바다와 육지에서 모두 승리한 왜국은 그들의 이익을 보장해 줄 허수아비가 필요했다.

경복궁을 점령한 다음 날 오토리 게이스케는 각본대로 친왜 정권을 수립했다. 왜국 정부의 구상과 오토리 게이스케의 의견을 바탕으로 일본 공사관 서기관 스기무라 후카시가 구체적인 제안을 내놓았다.

흥선을 앞에 내세운 괴뢰 정권은 신속하게 수립되었다. 속을 알 수 없는 흥선은 그들을 거역하지 않았다.

본디 왜국은 동학군이 전주에서 물러난 뒤 청국 조정에 조선 내정 개혁안을 제시하고 사태가 진정되면 함께 물러가자는 제안을 했다. 그러나 청국은 이를 거절했다.

'이미 동학군이 해산해 굳이 두 나라 군대가 진정시킬 필요가 없고, 조선의 개혁은 조선 조정이 알아서 할 것이며, 청국은 일찍부터 조선의 내정에 간섭하지 않았다.

일본도 조선이 자주국임을 인정하고 있으니 내정을 간섭할 권리가 없고, 내란이 이미 진정되어 외국 군사는 천진조약에 따라 철수해야 한다.'

청국의 속셈은 접어두고라도 일단 이 회담은 나름대로 명분이 있었다.

그러나 왜국은 재빨리 청국과 전쟁을 벌였고 경복궁을 점령해 조선 조정을 저희 입맛에 맞는 새 인물로 바꾸어 버렸다. 새 조정은 군국기무처라는 자인 장 바소쿠리 같은 이름으로 출범했다.

광화문 앞에 자리한 의정부에서 처음 회의를 열면서 흥선이 이 기구를 설치할 것과 그 이름을 제시했고 내각을 구성하는 책임을 맡았던 김홍집이 이를 받아들였다.

이처럼 급조된 허수아비 기구가 제대로 돌아갈 리 만무했다.

아무튼 군국기무처는 조선 조정의 공식 기구가 아닌데도 입법과 정책을 만들고 시행하는 역할을 받았다. 책임자로는 총재와 부총재 각 한 명씩, 의원은 열여섯에서 스무 명 정도를 두었다.

초대 총재는 영의정인 김홍집이 겸임했고 의원은 일기에 박정양·민영달·김종한·김가진·김윤식·조희연·이윤용·유길준·어윤중·신기선 등이 임명되었다.

흥선의 손자 이준용도 이름이 들어갔지만, 대다수 의원은 대체로 온건개화파였고 왜국 정책에 동조하는 인물들이었다. 오토리 게이스케는 스스로 고문이 되었다.

군국기무처는 왕권을 제한하는 정책을 폈다. 흥선도 아들과 며느리의 힘을 빼려 이런 분위기에 동조했다.

왕은 발언권을 갖지 못하고 신하들의 눈치를 살피며 최종 결재만 했다.

군국기무처 내에서 의원은 흥선 파와 김홍집 파로 나뉘었고 그 밖에 갑신 파·친미 파·궁정 파라 스스로 일컫는 소수파도 있었다.

김홍집 파는 김옥균 계열에서 벗어난 온건 개화파로서 현실을 모르는 게으른 샌님들이었던 탓에 기백이라고는 개 코만큼도 없었다.

급진 개화파로 왜국에 망명했던 박영효가 뒤늦게 여기에 참여했다.

어쨌든 군국기무처는 개혁이라는 것을 단행했다.

모든 행정 기구를 궁내부와 의정부 그리고 팔 아문 체제로 개편했다. 종전의 경연청·규장각·종친부 등 열여섯 개 기구를 궁내부로 통합했다.

예산의 배정과 집행이 하나의 기구에서 이루어져 능률을 도모했다.

산하에는 내수가·태복시와 같은 노비와 농민을 수탈하던 기구도 포함되었다.

의정부는 총리대신을 두어 모든 벼슬아치를 거느리고 정사를 돌보게 했다. 그 아래 내무아문·외무아문·탁지아문·법무아문·학무아문·공부아문·군무아문·농상아문은 이전에 육조가 맡았던 일을 나누어 보았다.

책임자인 판서를 대신으로 불렀다.

이 체제는 왜국의 내각을 그대로 베낀 것이나 다름없었고 왕권을 제약하는 효과를 거두기에 알맞았다.

유월 이십오 일.
군국기무처는 조청 조약을 파기했다.

유월 이십육 일.
군국기무소장정을 만들었으며 이십팔 일에 관제 및 직장 편제를 마무리했다.

변법도 제정했다.

하나. 지금부터 나라 안팎의 공사 문서에는 개국기년을 쓸 것.

하나. 청국과 맺은 약조를 개정해 다시 특명전권공사를 여러 나라에 파송할 것.

하나. 문벌과 반상의 등급을 깨고 귀천을 가리지 않고 인재를 뽑아 쓸 것.

하나. 문무 벼슬아치의 존비 구별을 폐지하되 다만 품계에 따라 서로 인사를 나누는 절차가 위의 있어야 할 것.

하나. 죄인은 연좌의 율을 일체 시행하지 말 것.

하나. 본처와 첩에게 모두 아들이 없어야 비로소 양자를 들이는 것을 허용하여 옛 법전을 밝힐 것.

하나. 남녀의 조혼을 엄금하여 남자는 스무 살, 여자는 열여섯 살 이후 비로소 혼인을 허락할 것.

하나. 과부의 재가는 귀천을 막론하고 자유에 맡길 것.

하나. 공사 노비의 법전은 일체 혁파해 인신매매를 금지할 것.

하나. 비록 평민이라도 진실로 나라에 이롭고 백성을 편리하게 하는 자는 군국기무처에 글을 올려 회의에 부칠 것.

하나. 각 관아에서는 일꾼에 대해 필요한 숫자를 가감하여 설치할 것.

하나. 조관과 사서인과 장졸의 의제는 관복과 평상복으로 나누어 간편하게 고칠 것.

이로부터 조선은 독자적 개국기년을 써 청국의 연호를 문서에 쓰지 않아도 되었다. 또 양반과 상놈의 구별을 없앴고 공사 노비를 폐지하는 등 신분제도를 바꾸었다.

과부의 재가 허용은 여성의 인권을 보장하는 조항이었다.

따시고 보면 신분 차별 타파는 동학군이 이제까지 줄기차게 요구했지 않은가?

동학이 제시한 정책에서 베낀 것이 여러 가지였다.

군국기무처는 천여 년을 이어온 과거제를 폐지했다.

과거제는 오랫동안 부정이 판을 쳐 세도가나 부유한 자의 자식들만 합격시키는 폐단이 심했다. 군국기무처는 이를 천거제로 바꾸었다.

인재 등용의 길을 넓힌 획기적 개혁 조치라 이 역시 동학군의 요구를 대폭 수용했다고 볼 수 있다.

그러나 누가 어떤 사람을 천거한다는 세부 조항은 없었다. 겉으로는 개혁을 한답시고 떠들어도 항상 칼자루는 자기들이 잡고 있어야 했다.

나중 일이지만 후임 왜국 공사 이노우에 가오루는 초기에는 내정에 간섭하지 않다가 청·왜 전쟁 중 왜군이 평양 대회전에서 승리하고 승승장구하자 아예 군국기무처를 없애고 새로운 친일 내각을 구성한다.

그러나 이 내각은 이듬해 을미년에 김홍집이 백성에게 맞아 죽고, 민비가 일본 낭인에게 시해되고, 왕이 두려워 아라사 공사관으로 거취를 옮겨 친러 정권이 수립되자 저절로 무너지고 만다.

37.

고종 31년, 갑오년, 1894년, 유월.

전주성을 나온 봉준은 청군과 왜군에게 이 땅에 주둔할 명분을 주지 않기 위해 일부 동학군을 수십 명이나 수백 명 단위로 지역에 주둔시키고 그 외 도인은 모두 집으로 돌려보냈다.

그리고 각지에 통문을 띄웠다.

'청군과 왜군이 물러간 뒤에 다시 의기를 들고자 하니 각 군의 장졸들은 각별히 유념해 명령을 기다리라.'

봉준은 자신의 지시가 없는 한 일체 사적인 보복행위를 금지하고 관군과 무력으로 충돌하지 말라고 당부했다.

그러나 청군과 왜군은 물러나기는커녕 조선 땅에서 저희끼리 싸우기 시작했다.

이 땅에서 남의 나라 군대들이 싸우면서 백성들은 어육이 되고 있었다.

봉준은 십여 명의 측근만 데리고 남도 여러 지역을 순회했다.

봉준은 동학군이 주가 되어 고을 단위로 폐정을 처리해야 하겠다고 생각했다. 순회하면서 폐정을 처리할 도소 곧 집강소를 설치할 장소를 주의 깊게 살폈다. 이 일은 김학진과 긴밀하게 연계해야 했다.

어느덧 다쳤던 몸도 회복되었다. 워낙 건강했던 몸이라 그동안 무리하면서 여러 고을을 다녔으나 별다른 후유증 없이 다시 예전의 몸으로 돌아갔다.

전주성에서 해산한 김제 지역 동학군은 십일 일에 김제 관아를 점거했다. 그중 일부는 부안 고무포 향했고 일부는 금구 태인으로 갔다. 소지하고 있던 창검은 태인 현에 주기도 하고 혹은 지나는 역점에 두었다.

봉준은 마지막으로 금구 원평과 이웃 고을인 김제를 둘러본 뒤 다시 태인으로 돌아갔다.

유월 칠 일.

김학진이 봉준을 감영으로 초청했다. 관민 상화책을 같이 상의하자는 의도였다. 봉준은 기다리던 일이라 기꺼이 응했다.

봉준은 삼베옷을 입고 큰 갓을 썼다. 감영군은 총과 칼로 무장하고 성 밖에서부터 좌우에 정렬해 봉준을 맞았다. 봉준은 조금도 거리낌없이 당당하게 들어갔다.

봉준은 선화당에서 김학진과 마주앉아 여러 현안을 두고 의견을 나누었다. 마침내 군현 단위로 집강소를 설치하기로 합의했다.

이제 동학군은 면, 리를 넘어 읍 단위 고을의 행정력을 장악하게 되었다. 동학군이 휩쓴 지역은 관의 권위가 실추되어 동학군의 협조 없이는 치안조차 유지할 수 없었다.

봉준은 고을마다 집강소를 설치하기 시작했다.

집강소 내에 서기·성찰·집사·동몽의 직책을 두어 백성들이 스스로 나서서 서정을 펼 수 있게 했다.

집강이란 본래 동학 조직체인 육임의 하나로 시비에 밝은 도인이 도내 기강을 바로잡던 직책이다. 전주의 대도소에서 각 집강소를 지휘해 집강들은 비교적 공정하고 과감하게 구폐를 혁신해 나갔다. 집강소에서는 십사 개조 폐정개혁안에 근거해 착실하게 개혁을 실천했다.

남도에서 이 땅의 백성이 주인이 되는 가슴 뛰는 새 역사가 쓰이고 있었다.

김학진은 감영 선화당을 봉준에게 맡기고 자신은 감영 뒤편 정청각에 거처했다. 도내의 대소사가 봉준에 의해 처결되었다.

민소 사건은 군수나 현감을 제치고 집강소로 집중되었다.

물도 씻어 먹어야 속이 편해 곡식에 제비 같던 청렴한 집강들은 관리 대신 문서를 검열했고, 백성의 소장을 처리했고, 아울러 포덕에도 힘을 썼다. 관아와 민간에 남아 있는 무기와 마소를 거두어 집강소의 호위군을 조직해 만일의 사태에 대비했다.

이때 전라도에서는 청년과 아이들까지 동학에 입도하는 등 교세가 활발하게 신장했다. 여러 접이 봄비에 대순 돋듯 곳곳에서 생겼다.

김학진은 한양에서 내려올 때 데려온 김성규를 전라 감영 총서로 삼았다. 또 자신의 군관 이용인에게 무슨 일이든 동학군을 도우라고 명령했다.

"동학군이 지적한 폐정은 모두 뜯어고치되 작은 것은 감사가 직접 고치고 큰 것은 조정에 보고해 고치겠다. 백성들이 편안히 생업에 종사할 것을 보장하되 각 면 리마다 집강소가 설치되었으니 집강을 통해 억울한 일을 호소하면 감영에서 공식적으로 처리하겠다. 무기는 관아에 반납해야 하되 이전에 곡식을 가져간 일은 전혀 묻지 않겠다. 그리고 올해는 그동안 부과되던 각종 세금을 모두 면제하겠다. 자네는 이러한 나의 뜻이 모두 지켜지도록 동학군을 지원해 주게."

군관 이용인은 같은 군관 송경원과 힘께 김학진의 뜻을 각지로 다니면서 보증했다.

"백성과 함께 국난을 대처하기 위해 감사는 도인들과 힘을 합해 전주를 지키자고 약속했으니 이를 철저하게 지키겠다고 했다."

호남 오십삼 주 가운데 수령이 죽거나 도망쳐 관아가 비어 있던 고을이 많았다. 전라 감영만으로는 이런 지역의 치안을 유지하기 어려웠다. 수령 역할을 하는 동학 집강이 폐정 개혁뿐만 아니라 고을의 질서 유지와 치안도 맡았다.

봉준과 아우들은 집강소 활동을 관리하고 격려하기 위해 자주 순회에 나섰다.

김개남은 순창·옥과·담양·창평·동복·낙안·순천·홍양·곡성 등 전라좌도를, 최경선은 전라 서남부 지방을, 봉준은 이십여 명의 기마군을 데리고 장성·담양·순창·옥과·남원·창평·운봉·순천 등 전라좌도와 전라우도를 모두 돌았다.

조정은 경자년 가을보리 되듯 보잘 것도 없게 돌아갔으나 남도에서는 고목에 꽃을 피우며 곰 가재 잡듯 신중하게 개혁을 이루어 내고 있었다.

38.

고종 31년, 갑오년, 1894년, 유월.

왜국은 몇 갈래로 나뉘어 조선의 정보를 수집했다.

한 갈래는 왜군 육군 참모본부에서 부산에 파견한 이지치 고스케 소좌로 그는 조선 주재 왜국공사관 와타나베 데스타로 대위와 함께 정보를 수집했다.

이지치 고스케는 자주꼴뚜기를 진장 발라 구운 듯 피부가 검었다. 와타나베 데스타로도 오동 숟가락으로 가물칫국을 먹은 놈처럼 표정이 컴컴했다.

속까지 똑같이 시커먼 두 놈이 종래에 조선에 머무르며 밀정으로 활동했던 왜인 약장수와 관광객을 지휘해 전라도 일대뿐 아니라 팔도의 동정을 살폈다.

또 한 갈래는 해군성 지휘를 받은 해군이다. 이들이 측량선과 상선으로 가장한 배를 이용해 조선 해안 일대를 다니며 아무 곳이나 가리지 않고 상륙해 정보를 수집하거나 동학군의 동정을 살폈다.

이들과 별개로 낭인들로 구성된 왜국 극우단체인 현양사와 천우협 패거리는 부산 오사키 쇼키치 법률사무소를 거점으로 정보를 수집했다.

천우협 밀정 중 다케다 한시·우치다 료헤이·스즈키 텐간은 경상도 일대를 거쳐 전라도로 진입했다. 봉준이 재봉기하자 이들은 동학군을 포섭해

친왜 세력을 강화해 보겠다는 어이없는 계획을 세웠다.

명문 집어먹고 휴지 똥 눌 놈들이었다.

유월 초.

다케다 한시를 비롯한 낭인 십여 명은 십강소 입무로 순창에 머물고 있던 봉준을 찾아갔다. 봉준은 기꺼이 만나 주었다.

다탁을 마련하고 차를 준비했다.

대화는 통역을 두지 않고 필담으로 이루어졌다.

봉준이 먼저 말했다.

"먼 길을 오느라 수고가 많았소. 나에게 무슨 말을 들려주려는 것이오?"

다케다 한시가 찻잔에 손도 대지 못하고 입을 열었다.

"작금의 국제 정세는 서쪽에서 힘을 기른 세력이 동쪽으로 세를 확장하는 추세에 있습니다. 우리는 일찍부터 서쪽의 문물을 받아들여 부국과 강병의 꿈을 이루었습니다.

우리의 국세는 서쪽의 대국에 비해도 결코 조금도 꿀리지 않습니다.

조선은 초기부터 정통이 약한 왕조가 들어서 약한 명분을 무마하려 중국의 힘을 빌리다 보니 그들의 횡포를 받아 왕과 백성이 고통 속에서 살았습니다.

조선이 믿고 있는 청국은 이미 서양 대국의 힘에 밀려 종이호랑이가 된 지 오랩니다. 아직도 대세를 읽지 못하고 청국만 의지하다가는 하루아침에 나라가 망하고 말 것입니다.

우리는 지금 조선의 실정을 손바닥 보듯이 잘 알고 있습니다. 왕은 무식한데다 대까지 약하고 민씨 척족과 야합한 벼슬아치들은 백성들의 기름을 짜느라고 여념이 없습니다.

고금의 역사를 아무리 뒤져봐도 이런 나라가 망하지 않은 예를 찾아보기 어렵습니다. 그래서 도탄에 빠진 백성의 삶을 구하기 위해 동학이 일어난 것이 아니겠습니까?

장군께서는 지금까지 제가 한 말에 동의하십니까?"

봉준은 가볍게 고개를 끄덕여 주었다.

다케다 한시가 말을 이어갔다.

"우리나라는 예로부터 오야꼬라는 제도가 있습니다. 우리 식의 봉건제도라 할 수 있습니다. 주군을 오야붕이라 하고 주군을 보좌하는 자를 꼬붕이라 합니다.

오야붕은 꼬붕의 삶을 보장하고 꼬붕은 오야붕을 목숨을 바쳐 섬깁니다. 정치 조직이나 우리 같은 협객 조직도 오야꼬 관계를 존중합니다.

오야꼬는 그야말로 서로 존중하고 서로 더불어 살아갈 수 있는 제도입니다.

조선은 왕 한 사람과 그를 보좌하는 소수의 벼슬아치를 제외하면 모두 노예의 삶을 살아가고 있습니다. 이것은 너무도 야만적인 제도입니다.

저를 오지랖이 넓게 주절대는 놈이라고 욕하지는 말아 주십시오.

저는 다만 제가 믿고 살아가는 소신을 있는 그대로 장군 앞에서 이야기하고 있을 뿐입니다.

우리는 조선이 청국의 횡포에서 벗어나 명실상부한 자주국이 되기를 희망합니다. 그리고 그러한 자주국에서 장군이 조선의 오야붕이 되기를 희망합니다.

　장군 같은 분이 조선의 오야붕이 된다면 지금 같은 야만적인 적폐를 단번에 해소하고 백성들을 도탄에서 구해낼 수 있을 것입니다.

　우리가 그 일을 적극 도와드리겠습니다.

　오직 정의를 실현한다는 협객의 의리로 성심을 다해 도와드리겠습니다. 어떻습니까? 저희와 뜻을 같이하실 의향이 있습니까?"

　봉준은 그의 말을 끝까지 조용히 경청해 주었다.

　애초부터 봉준과 왜국 낭인들은 서로 지향하는 목표가 달랐다. 왜국 낭인 패거리는 단순히 칼이나 쓰는 깡패가 아니었다. 젓갈 가게에 들어간 중 같이 제사보다 떡밥에 눈이 먼 놈들이었다.

　구밀복검하는 다케다 한시의 심사를 봉준은 가엾게 생각했다. 그리고 왜국의 일개 낭인이 자신의 앞에서 주제넘게 주절댈 수 있는 조선의 현실에 가슴이 아렸다.

　봉준은 탁자에 놓인 찻잔을 들어 차를 한 모금 마셨다.

　"나는 조선의 오야붕이 되려고 일어선 사람은 아니오. 나는 다만 도탄에 빠진 우리 백성의 삶을 구하러 일어선 사람이오.

　내가 보기에 당신은 왜국 정부를 대표할 수 있는 신분도 아니고 그저 그런 저자의 일개 협객일 뿐이지 않소?

　당신 뒤에는 정체를 알 수 없는 낭인의 모임인 천우협이라는 단체가 있을 뿐인데 당신이 과연 무슨 명분으로 내 앞에서 나와 더불어 우리 조선의 대사를 논할 수가 있다는 말이오?"

　다케다 한시는 봉준의 이 말 한마디에 한풀이 꺾이면서 얼굴색이 파랑게 질렸다.

억지로 입가에 쓴 미소를 지었다.

"장군께서 하시는 말씀은 일리가 있습니다. 사실 우리는 동양 삼국의 내외 정세에 대한 정보를 수집하는 고도로 훈련된 사람들이라고 해도 과언이 아닙니다.

우리는 비록 낭인 신분이나 우리가 갈고닦은 실력으로 아국의 외교관이나 고위 관리 밑에서 참모로 활동하고 있습니다. 그러므로 우리가 보고하는 말 한마디는 아국 정부에서도 결코 무시하지 못합니다."

봉준이 웃으면서 물었다.

"그렇다면 당신은 밀정이란 말이오?"

다케다 한시는 봉준의 눈을 정면으로 마주 보았다.

"그렇습니다. 밀정이라 해도 틀린 말씀은 아닙니다. 그러나 우리는 의로운 밀정입니다. 아국에서도 우리는 약자의 편에 서서 약자의 이익을 위해 조정과 싸워 왔습니다.

제가 보기에 장군님은 조선의 의로운 약자입니다. 아국의 의로운 밀정인 제가 조선의 의로운 혁명가인 장군님을 돕겠다는 일념으로 여기까지 찾아뵌 것입니다."

봉준은 천천히 찻잔을 다탁에 놓았다.

"동양 삼국의 내외 정세에 대해서는 나도 상세히 알고 있소. 그 부분은 내가 구태여 당신의 도움을 받지 않아도 충분하오.

그 외 당신이 나에게 도움을 줄 수 있는 것이 있다면 무엇이오?"

다케다 한시가 조금 얼굴을 펴더니 씩 하고 웃었다.

"우리가 가지고 있는 힘의 아주 작은 부분을 보여드리겠습니다."

다케다 한시는 그때까지 잠자코 옆에 서 있던 우치다 료헤이에게 눈짓을 했다. 우치다 료헤이가 힘차게 한번 고개를 끄덕이더니 방의 한쪽 공간에서 가라데 자세를 취하더니 몸을 풀기 시작했다.

봉준이 물었다.

"당신 나라의 전통 무술 시범을 보여주겠다는 말이오?"

다케다 한시가 자신 있게 대답했다.

"그렇습니다. 장군께서 우리를 다시 보게 될 것입니다."

봉준이 너털웃음을 뱉었다.

"그렇다면 대장소 밖 넓은 공터에서 보여주시구려."

"좋습니다."

봉준이 앞장서자 일행이 우우 대장소 밖으로 나갔다. 어느새 동학군이 몰려와 공터를 빙 둘러섰다.

우치다 료헤이는 신이 나서 손과 발을 허공으로 휘저으며 가라데 시범을 보였다.

잠시 후 동작을 멈추더니 근처에 세워져 있던 죽창을 하나 집어 밑둥치 쪽을 두 손으로 잡았다.

"아악!"

그가 용을 쓰며 양손에 힘을 주자 굵은 대나무가 휘어지더니 우두둑 소리를 내며 반으로 쪼개지고 말았다.

다케다 한시를 비롯한 낭인들이 손뼉을 치며 웃었다.

봉준은 옆에 있던 김도삼에게 눈짓을 했다.

김도삼이 여유 있는 미소를 지으며 공터에 나가더니 태껸의 품세를 시작했다. 주먹과 발길로 허공을 지르며 잠시 몸을 풀더니 대장소 앞에 뒹굴던 가마솥 크기만 한 바위를 두 손으로 집어 올렸다.

"어라차!"

김도삼이 기합 소리와 함께 이마로 바위를 들이박자 검은 바위가 몇 조각으로 부서져 땅에 떨어져 굴렀다.

다케다 한시는 놀라서 부엉이 눈을 하고 손을 휘저었다. 그러나 알량한 자존심에 밀리고 있을 수만 없었다.

"서로 폼만 잡지 말고 직접 한판 붙어 봅시다. 어떠시오?"

봉준이 잠자코 고개를 끄덕였다.

공터에 김도삼과 우치다 료헤이가 마주 섰다.

다케다 한시가 윽박질렀다.

"사정을 보아주지 말고 공격하라."

우치다 료헤이가 짧은 기합 소리와 함께 선제공격을 시도했다. 손과 발을 매섭게 휘두르며 김도삼을 공격했다.

김도삼은 선 채로 여유 있게 이리저리 몸을 돌려 우치다 료헤이의 손과 발을 피했다.

어느 순간 짧은 빈틈을 발견한 김도삼이 어라차 하고 정권을 지르자 면상을 정통으로 맞은 우치다 료헤이는 그대로 고목처럼 넘어져 기절하고 말았다.

옷자락 사이로 때에 전 훈도시가 그대로 드러났다.

김도삼은 어이없는 표정을 짓더니 주먹을 풀어 가볍게 털었다.

주위를 둘러싼 동학군들이 와르르 웃었다.

다케다 한시가 다급하게 말했다.

"낭인들은 주먹보다는 검이 주 무기입니다. 검으로 저희와 대결해 볼 의사는 없습니까?"

봉준이 다시 고개를 끄덕였다. 정익서가 천천히 앞으로 나섰다.

정익서의 검술을 익히 알고 있던 동학군들이 환호를 질렀다.

저쪽에서는 스즈키 텐간이 나왔다.

칼집에서 칼을 빼더니 칼집을 홀렁 마당에 던져 버렸다. 두 손으로 손잡이를 잡고 머리보다 높이 올려 언제라도 내리칠 자세를 취했다.

정익서도 등에 메었던 칼을 조용히 빼어 들었다. 본국검의 기본자세를 잡고 그린 듯 서서 상대의 동정을 주시했다.

마음이 조급해진 스즈키 텐간은 호흡이 가빠지며 이마에 진땀이 흘렀다. 여기서 지면 이제까지 봉준 앞에서 기세를 올리던 낭인의 체면이 가랑잎처럼 땅에 떨어지고 만다. 어쩌면 할복을 해야 할지도 모른다.

이런 경우는 대등한 실력이면 대개 마음이 쫓기는 자가 지기 마련이다. 그러나 스즈키 텐간은 본래 정익서의 상대가 못 되었으니 오죽하겠는가?

다케다 한시는 이를 악물고 두 사람을 지켜보고 있었다.

잠시 사이 스즈키 텐간은 온몸이 땀에 흠뻑 젖고 말았다. 호흡이 거칠어져 어깨가 큰 폭으로 흔들렸다. 누가 보아도 승부는 이미 결정 나고 말았다.

더 견디지 못한 스즈키 텐간이 정익서의 머리를 향하고 칼을 내리쳤다. 정익서는 바람처럼 몸을 움직여 옆으로 돌며 스즈키 텐간의 허리를 칼등으로 때렸다.

스즈키 텐간은 칼을 손에 잡은 채로 앞으로 꺼꾸러졌다. 엎어진 채로 허리를 비틀며 한순간 숨을 쉬지 못했다.

봉준이 깊은 눈을 하고 다케다 한시를 향해 조용히 말했다.

"조선의 현실을 깊이 염려해 주어서 고맙기는 하지만 조선의 문제는 조선 백성이 스스로 풀어나가야 할 일이오. 결코 다른 나라의 도움을 바라지는 않소.

당신이 이해하는 것처럼 우리나라는 지금 심각한 상황에 처해 있는 것이 사실이오. 그래서 우리가 일어난 것도 맞는 말이오.

그러나 조선은 당신들이 두는 장기판의 장기알이 아니오.

지금 당신이 보다시피 우리는 스스로 당면한 문제를 풀 능력과 힘을 가지고 있소. 그러니 당신이 그렇게 염려하지 않아도 우리의 문제는 우리가 곧 올곧게 풀어낼 것이오.

당신이 먼 길을 걸어 나를 찾아 준 것은 고마운 일이나 나는 당신의 제의를 받을 생각은 없소.

다만 당신이 우리 민족을 염려하는 따뜻한 마음은 내가 소중히 기억하겠소."

다케다 한시는 멀쑥해서 물 밖에 난 고기 신세가 되어 허리를 연신 굽혔다. 그는 짧은 시간 봉준을 지켜보았으나 봉준의 위의와 덕성에 감복했다.

봉준을 존경하는 마음이 가슴 깊은 곳에서 절로 우러났다.

우치다 료헤이는 아직도 정신을 차리지 못했고 스즈키 텐간은 숨은 돌아왔으나 허리의 통증으로 땅바닥을 기어 다니며 선뜻 일어서지 못했다.

다케다 한시는 수하 낭인들을 시켜 이들을 수습했다.

대장소를 물러난 다케다 한시는 한숨을 길게 내 쉬었다.

"아, 조선에는 걸출한 인물이 도처에 깔려 있구나. 그런 인물들을 수하에 거느리는 전 장군은 진실로 조선의 영웅이로다.

내가 일본인만 아니었다면 전 장군 같은 영웅을 위해 이내 한목숨 아낌없이 바쳐 모시고 싶구나."

다른 놈들도 있었다. 왜군 대위 출신 우미우라 아쓰미와 의사와 약사로 구성된 공작단이다. 이들은 칠월 초 봉준을 만나기 위해 한양에서 출발해 잔나비 잔치하듯 봉준의 뒤를 물어물어 쫓아다녔다.

그들은 충청도 보은과 전라도 금구·원평을 거쳐 능주로 내려갔다.

봉준은 당시 집강소 활동을 독려하며 전주에서 원평을 거쳐 남쪽으로 내려가 능주에 머물고 있었다. 우미우라 아쓰미는 마침내 능주에서 봉준을 만났다.

봉준은 그들을 통해 거꾸로 왜국의 동정을 파악해 보려 했다.

그는 다케다 한시와 같은 어조로 봉준에게 자기들이 조선의 내정개혁에 힘을 보태고 조선 독립을 방해하는 청군을 물리치는 데 협조하겠다고 제의했다.

봉준은 그런 문제는 우리 힘으로 풀어나가겠다며 정중히 거절했다.

39.

고종 31년, 갑오년, 1894년, 유월에서 칠월.

유월 중순.
순천 집강소는 김인배가 지도했다.
김인배는 금구 출신으로 당시 스물다섯이었다. 키가 크고 인물이 수려한 호남자였다. 김개남이 영남과 호남을 모두 관할하는 영호대접주의 직책을 주어 보낸 도인이었다.
김인배는 순천과 진주를 중심으로 영호남의 아랫녘 동학군을 지휘했다.
그는 백산 봉기 때부터 참여했고 김개남이 남원을 중심으로 집강소 활동을 전개할 때 김개남포에 들어갔다.
김인배가 순천 관아에 집강소를 열었을 때 조정에서는 뒤늦게 야반도주한 순천부사 김갑규의 후임으로 이수홍을 임명해 보냈다. 그러나 김수홍은 김인배가 시키는 대로 따르는 허수아비 노릇만 했다.
김인배는 순천에 본부를 두고 현지의 동학군 지도자인 유하덕을 영호수접주, 정우형을 영호도집강, 권병택을 성찰로 삼아 집강소를 열었다.
유하덕은 순천 출신으로 초기부터 순천에서 집강소 활동을 전개했었다. 유하덕이 김개남에게 지원을 요청하자 김개남이 김인배를 영호남 총지휘관으로 보냈던 것이다.
김인배는 먼저 섬진강 부근을 살폈다.

갑오년 봄부터 지리산 아래 하동과 산청 지역을 중심으로 동학군이 활동했다.

사실은 이전부터 진주를 비롯해 곤양·사천·남해 지역에서도 동학군 활동이 활발했다. 진주에 주둔한 우병영에서는 이를 알고도 모른 체했다.

유월 들어 집강소 활농이 본격석으로 시작되자 히동외 농민들 그리고 지리산의 의적들과 그 일대 상인들이 일제히 관리의 부당한 수탈에 몸으로 맞서거나 이것이 여의치 않으면 문서로 고발했다.

그동안 백성들을 들볶으며 재미를 보던 지역 토호들이 저들의 기득권을 뺏기지 않으려 지리산 포수를 다수 매수해 민포군을 조직했다. 민포군은 지리산 의적들의 근거지인 화개골을 습격해 분탕질하고 닥치는 대로 살육했다.

지리산 의적들은 광양으로 물러나 김인배에게 지원을 요청했다. 김인배는 그들을 떠안고 민포군을 공격할 때 진주 우병영도 같이 공격할 계획을 세웠다.

칠월 초.

일부 지역 민포군이 도인들에게 과도한 행패를 부린다는 보고가 대장소에 올라갔다.

봉준은 남도 각 지역 집강에게 통문을 보냈다.

'지금 우리의 거사는 오로지 백성을 위하고 관리로 인한 폐해를 없애는 것이다.

그런데 저처럼 어리석은 무리가 관에 매수되어 떠돌아다니며 교묘하게 속여서 여기저기 함부로 날뛰고 있다는 보고를 받았다. 그들은 마음대로 일을 저질러 백성을 괴롭히고 포악하게 행동하여 마을에서 잔인하게 상처를 입히고 있다. 백성에게 자그마한 혐의나 잘못이 있으면 봉해두었다가 반드시 갑작스레 보복한다고 한다.

이들은 시대의 흐름을 되돌리려는 금수와 같은 무리이다.

덕에 반대되고 선을 해치는 무리라 할 것이다.

각 고을의 집강들이 이들을 자세히 살펴서 금단하게 하라.

그들이 소지한 모든 무기는 반납하게 하고, 역마와 상마는 본디 주인에게 돌려주게 하고, 돈과 곡식을 토색한 자는 처벌하고, 남의 무덤을 파거나 사체를 거두는 자는 모두 엄중히 처벌하라.

40.

고종 31년, 갑오년, 1894년, 칠월에서 팔월.

칠월 일 일.
이홍장은 광서제의 이름으로 뒤늦게 왜국에 선전포고했다.

'조선은 우리 대청의 번속국이 된 지 이백여 년이 되었다.
금년 사월 조선에 토비가 변란을 일으켜 군사를 보내달라고 하여 원병을 보내 아산에 이르자 비도들이 흩어졌다.
이에 왜병이 까닭 없이 군사를 보내 한성에 돌입하고 군사 일만여 명을 증파해 조선의 국정을 고치라고 압박했다.
우리 조정에서는 그 나라 내정은 스스로 다스리게 하라고 했다.
각국에서 왜병도 철수하라고 했지만 오히려 그들이 군사를 더 보내 조선 백성과 우리 상민이 두려워하여 우리도 군사를 보태 보호하게 했다.
갑자기 중도에서 우리의 틈을 엿보아 아산에서 우리 군사를 습격했다.
그 나라는 조약을 준수하지도 않고 공법을 지키지도 않아 천하에 포고해서 알린다.
우리 군사들은 그들을 공격해 제거하여 죄를 묻기를 바라노라.'

청군의 사기를 올리려는 의도가 문장에 깔려 있었다. 오보를 토대로 과

장과 억지를 섞어 뒤늦게 선전포고했다. 이홍장의 시국관의 수준이 엿보이는 조잡한 글이었다.

왜국도 뒤를 이어 명치의 이름으로 정식으로 선전포고했다. 그들은 국제 공법을 준수하면서 평화로운 다스림을 추구하고 조선의 독립과 내정개혁에 도움을 준다는 등의 입에 발린 거짓말을 늘어놓았다.

칠월 이십이 일.

군국기무처는 청·왜 전쟁의 평양 대회전을 앞두고 조·왜 양국 맹약을 맺었다. 왜국은 평양에서 결전을 벌이기에 앞서 조선 조정과 법적 효력이 있는 맹약을 맺는 것이 필요했다. 말로만   협조를 요구해서는 실효성이 없다는 것을 성환 전투에서 경험했기 때문이었다.

조선 외무대신 김윤식과 왜국 특명전권대사 오토리 게이스케의 이름으로 맹약을 맺어 발표했다. 두 사람은 나흘 동안 공고 기간을 둔 뒤 곧바로 실행하기로 합의했다.

왜군이 전쟁을 하는 데 필요한 군수물자 동원에 관한 맹약이었다.

'하나. 본 맹약은 청군을 조선 영토 밖으로 보내 조선의 자주독립을 공고히 하고 조선과 왜국의 우의를 돈독히 하는 것을 근본으로 한다.

하나. 왜국은 이미 청국과 전쟁을 선포했으므로 조선은 식량 우마 마초 인부 등 왜국이 조선을 위해 벌이는 전쟁에 협조하기 위해 제반 지원을 준비해 왜군의 편의를 제공한다.

하나. 본 맹약은 청국과 화의가 이루어지면 폐기한다.'

이 맹약은 조선이 이미 왜국에 망해 식민지 상태에 접어들었다는 것을 의미했다.

한마디로 청·왜 전쟁을 수행하는 왜군에게 조선 조정은 모든 인적·물적 지원을 아끼지 말아야 한다는 것이었다. 봉사가 제 닭 잡아먹는 이 맹약은 나중에 동학군과 전투를 벌일 때도 그대로 적용된다.

이에 따라 왜국이 평양에서 청국과의 대회전을 서두를 때 조선 조정은 조선 내의 토지·건물·전신 따위의 공용시설을 모조리 제공했고, 인부·우마·식량과 말꼴까지도 군말 없이 무상으로 내주었다.

게다가 왜군은 일꾼뿐만 아니라 모자라는 병력을 강제로 징용해 청군의 총알받이로 써먹었다.

당시 조선에 진출한 왜군과 군속은 약 이십만 명 정도였다. 이들에게 필요한 모든 물자를 조선이 대 준 것이다.

왜국은 저들의 더러운 야망을 위한 전쟁을 벌이면서도 조선에서 군비를 조달하게 했으니 경복궁 점령의 효과를 톡톡히 본 셈이었다.

결국 군군기무처는 왜국의 허수아비 노릇을 충실하게 수행하는 유명무실한 기구로 일관했다.

지금까지 청에 내주던 일부 물자를 이번에는 왜국에 몽땅 빼앗기게 되자 안 그래도 가난한 백성들은 더욱 굶주렸다.

칠월 이십일 일.

성환에서 패전한 섭사성과 섭지초의 패잔병이 평양에 이르렀다.

왜군과의 결전을 앞두고 청군은 시대 군을 모조리 평양에 집결시켰다. 본토의 천진·선양·지린·여순에 주둔해 있던 군사를 모두 데려왔다. 사대군은 의주와 구련성 등지를 통해 압록강을 건너 평양에 도착했다.

성환 전투를 치르고 올라온 군사를 여기에 합쳤다. 모두 만삼천오백여 명이 되었다.

지휘는 위여귀·마옥곤·섭지초가 맡았다. 섭사성은 이전에 입은 부상으로 지휘에서 제외되었다. 위여귀는 전군을 보대·마대·포대로 나누었다.

불쌍한 조선 백성들은 고래 싸움에 기는 새우 신세가 되었다. 조선의 전 영토가 외적들이 벌이는 전쟁으로 쑥대밭이 되고 말 판이었다.

한약방에서 약재가 날개를 달고 팔렸다. 특히 산골은 부르는 것이 값이었다.

평양감사 민병석은 관할 수령들에게 지시했다.

"왜놈들은 우리 왕궁을 점령한 원수이니 우리는 그들은 보이는 대로 인정사정 두지 말고 죽여야 한다."

민병석은 평안도 백성의 민심을 염두에 두고 개화 정권의 지시에 따르지 않겠다는 결의를 보였다.

병사는 대관 김용권을 보내 민병석을 돕게 했다.

김용권은 청군이 보루를 쌓는 일에 병사와 백성을 동원했다. 청군은 김용권의 도움을 받아 평양성 안팎에 보루 수백 개를 쌓을 수 있었다. 백성들은 자청해 마소를 몰고 왔다.

성환에서 한번 크게 혼이 난 섭지초는 작전회의에서 장마에 도깨비 여울 건너가는 소리를 했다.

"적들이 승리를 틈타 크게 밀려들고 있는데 예봉이 매우 정예하다. 아군은 탄약이 모자라고 지세에도 익숙지 않다. 그러니 대오를 정비해 잠시 후퇴해 힘을 비축해 후일을 도모해야 하지 않겠는가?"

위어귀와 마옥곤이 섭지초를 미친놈 취급을 했다.

장바닥 조약돌처럼 성미가 뺀질뺀질하고 바라진 위어귀가 전투를 회피하는 섭지초를 장승박이로 취급했다.

"당신은 이 전투에서 물러서 있는 게 좋겠다."

기세에 밀린 섭지초는 저녁 굶은 시어미 상을 한 채 병사를 이끌고 현무문 쪽으로 물러섰다.

사전작업을 모두 끝내자 왜군은 평양을 향해 북상했다. 왜군은 육로를 주로 이용하면서 바닷길로도 군함을 이용해 대동강 입구에 병력을 집결시켰다.

왜군 혼성여단은 제오 사단을 주축으로 편성했다. 왜군에 흡수된 경성 수비대 삼천오백여 명은 후방에 배치되었다.

평양 전투에 동원된 왜군 병사는 모두 만육천 명이었다. 그들은 임진강에 방어선을 치고 북진하면서 동해안의 원산에 상륙해 적의 허를 찌르는 작전을 계획했다.

제삼 사단 제오 여단 십팔 연대가 원산에 상륙했다. 홍계훈의 지시로 대관 박희성은 관군을 이끌고 십팔 연대에 합류했다.

이들은 평양성 북쪽을 지나 의주로 통하는 서북로를 점령해 청군의 보급로를 차단하고 평양에 주둔한 청군의 배후를 노렸다.

노츠 미치츠라 중장이 이끄는 제오 사단은 인천에 상륙해 한양을 거쳐 황주를 지나고 대동강을 건너, 강 서쪽 증산에 주둔했다. 제삼 사단 본진도 인천으로 들어왔다. 다른 부대는 부산에 상륙해 경부로를 타고 평양으로 이동했다.

팔월 십삼 일.

아침을 먹고 난 사시 초에 왜군 십팔 연대 선발대는 대동강 동쪽 언덕에 올라 청군 보루를 향해 대포를 쏘아 선방을 놓았다. 청군 보루에서도 크루프 포탄이 날아왔다.

오시가 되자 갑자기 장대 같은 비가 내리기 시작했다. 물 먹은 바람도 세차게 불었다.

비가 세차게 오는 가운데 포격전은 어렵다.

양편은 계속 싸우기가 마땅하지 않아 잠시 대치했다.

위여귀의 부관 이대창이 김용권을 불렀다.

"예로부터 비 오는 중에 전투를 피하는 것이 전술의 기본이오. 왜놈들도 마찬가지 생각을 하고 있을 것이오. 그러나 오늘은 허허실실로 적을 무찔러 봅시다.

당신이 병영 군사를 이끌고 왜군을 공격하시오. 청군은 뒤에서 돕겠소."

김용권이 반대했다.

"빗줄기가 굵고 바람이 세차 앞이 보이지 않습니다. 이런 날씨에는 총도 말을 잘 듣지 않습니다. 우리가 먼저 공격한다면 백병전을 치르는 수밖에 없습니다. 백병전으로는 피아 희생만 클 뿐 승패를 결정짓지는 못합니다.

차라리 비가 갠 뒤에 적의 움직임을 지켜보면서 공격하는 것이 옳습니다."

이대창이 화를 냈다.

"당신이 전투에 대해 무얼 안다고 나에게 대드는 거요? 나는 조선군을 군대로 보지 않는 사람이오.

당신들은 명색이 관군이라는 자들이 무지렁이 농민들이 낫과 죽창을 들고 난을 일으켜도 무찌르지 못하고 뒤로 빼는 자들이오. 허울만 군인이지 당신들은 소를 잡는 백정보다도 못한 겁쟁이들일 뿐이오.

내 말이 틀렸으면 지적해 보시오. 그런데 뭐가 그리 잘났다고 나를 거역하겠다는 거요?"

이대창은 미친개처럼 으르렁거렸다.

김용권은 화를 참고 다음 말을 기다렸다.

"더욱이나 상대는 당신네 궁궐을 침입해 왕을 허수아비로 만든 작자들이 아닌가? 내가 원수를 갚을 기회를 주면 비가 오든 바람이 불든 죽음을 무릅쓰고 나가 싸우는 것이 신하의 도리가 아닌가?"

종주국 장교라고 대놓고 조선군을 멸시하는 분위기라 김용권은 더 버티지 못했다.

휘하 관군을 불러 총 끝에 칼을 꽂아 백병전을 준비했다.

김용권은 병사들을 독려해 빗속을 나섰다.

허리를 숙이고 조금씩 전진하자 빗방울이 더욱 굵어지고 맞바람이 불어와 마치 폭포를 뚫고 나가는 기분이 들었다.

왜군 쪽도 마찬가지였다.

십팔 연대장 우찌무라 겐조는 박희성을 불렀다.

"당신이 지휘하는 병사를 데리고 당장 청군 진영을 공격하시오."

박희성이 거부했다.

"이런 날씨에 무슨 전투를 하란 말이오?"

우찌무라 겐조는 눈알을 부라렸다.

"내가 명령하면 당신은 복종하면 되오. 웬 말이 그렇게 많소?"

"그렇지만 총을 쏠 수 있어야 싸우든 말든 할 것 아니오? 한 치 앞이 보이지 않는 상황에서 무슨 전투를 하란 말이오?"

우찌무라 겐조는 입에 거품을 물었다.

"당장 공격하지 않으면 명령 불복종으로 군법으로 처리하겠소. 청군 머리 스무 개를 확보하지 못하면 돌아오지 마시오. 어쩌겠소?"

조선군이 왜군의 지휘를 받는 상황이라 박희성은 더 저항하기 어려웠다.

병사들에게 백병전을 할 준비를 시켰다.

"더럽지만 할 수 없다. 가는 척만 하다가 돌아오자."

그들은 물속을 지나가는 기분으로 천천히 앞으로 나아갔다.

신시께 앞이 보이지 않는 빗속에서 두 부대는 가운데 벌판에서 서로 조우했다. 남의 나라 싸움에 우리 병사들끼리 맞붙을 판이었다.

그러나 서로 상대가 같은 조선 관군이리라고는 꿈에도 생각하지 못했다. 서로가 상대를 청군 그리고 왜군이라고 판단했다.

비라도 세차지 않았으면 진즉 서로를 알아보았을 것이다. 비극적인 조우였다.

이윽고 빗속에서 백병전이 시작되었다.

앞장서 달려가던 김용권과 박희성이 가장 먼저 대적했다.

마포 양곡 창고를 불 지르던 때부터 조령 산채에서 어울려 화적질하던 세월, 그리고 홍선 덕에 복직되어 다시 군관으로 살아온 세월이 짧지 않은 두 사람이었다. 김용권을 이미 칠십이었고 박희성도 곧 칠십 고개를 넘보는 나이였다.

두 노인이 빗물에 가려 서로를 알아보지 못하고 총 끝을 서로 겨누고 숨만 씨근덕거렸다.

몇 번 드잡이에 박희성이 개머리판으로 김용권의 턱을 가격했다. 김용권이 쓰러지자 박희성은 곧바로 총 끝에 박은 비수로 김용권의 가슴을 내리찍었다.

처절한 비명에 박희성은 문득 정신이 돌아왔다.

"설마 형님이?"

박희성은 가슴에서 피를 분수처럼 뿜어내는 상대를 유심히 바라보았다.

"아이고 형님, 이게 무슨 일이랍니까?"

김용권은 가물거리는 정신을 다잡고 상대를 쳐다보았다.

"아니, 자네는 희성이가 아닌가?"

"아이고, 형님 제가 무슨 천벌을 받을 짓을 했단 말입니까? 어째서 형님이 여기에 계십니까? 나는 형님인지도 모르고 더러운 되국 놈인 줄만 알았습니다.

이 일을 어찌한단 말입니까? 아이고 형님."

박희성이 김용권의 가슴에 손을 대 피를 막았다. 그러나 아무 소용이 없었다.

"아우 잘못이 아닐세. 너무 자책하지 말게. 나라에 힘이 없는 게 죄인 것이지."

김용권의 얼굴이 창백해지더니 더 말을 내지 못했다.

들숨이 없이 날숨만 나왔다. 입술만 우물거리다 결국 고개를 떨어뜨리고 말았다.

"아아! 내가 형님을 죽이다니 세상에 어찌 이런 일이 있단 말인가?"

박희성은 피투성이가 된 손으로 가슴을 치며 울부짖었다.

그러나 울고만 있을 때가 아니었다. 주변에서 거친 백병전이 벌어지고 있었다.

"잠깐 모두 싸움을 멈추어라."

혼을 쥐어짜는 고함에 놀라 모두 싸움을 멈추었다.

"나는 초토영 대관 박희성이다. 너희는 평양 병영 소속 병사들인가?"

"그렇소이다. 정말 초토영 대관이십니까?"

"그렇다. 우리는 서로 한편이다. 더 싸우지 마라."

병사들은 모두 무기를 내리고 모였다.

"그러면 지금까지 우리 편끼리 싸웠단 말입니까?"

박희성의 얼굴에 빗물과 눈물이 함께 흘러내렸다.

"그렇다. 모두 되놈들과 왜놈들이 우리를 얕보고 치는 장난이다. 우리는 더 당하고만 있을 수는 없다. 어떻게 생각하느냐?"

병사들이 한 입으로 말했다.

"원통하게 죽은 병사들의 원수를 갚아야 합니다. 대관께서 지휘하십시오."

박희성이 결연하게 말했다.

"좋다. 오늘 우리 동료의 원수를 갚고 같이 죽지. 우리가 먼저 되놈 진영으로 들어가자. 그놈들은 몰살시키고 다시 왜놈 진영으로 들어가자. 나를 따르겠느냐?"

"예, 그렇게 하겠습니다."

박희성은 병사들과 힘을 모아 김용권과 몇 사람의 시신을 묻었다.

모두 눈물을 흘리며 흙을 덮었다. 빗물과 눈물이 흙을 뚫고 시신을 덮었다.

박희성이 두 부대의 남은 병력을 헤아려보았다. 이백 명이 조금 모자랐다.

이들을 이끌고 먼저 청군 진영으로 다가갔다.

"청군 진지 입구만 통과하면 아무 문제가 없습니다."

병영 병사가 박희성의 귀에 대고 속삭였다.

"알았다. 내가 먼저 치고 들어가면 너희들도 시작해라."

신시 말이었다.

종일 내리는 비로 청국군은 막사 속에서 휴식을 취하고 있었다.

입구를 지키던 보초병의 보고를 받은 이대창은 막사 입구에 서서 빗속을 뚫고 돌아오는 관군을 보며 속으로 비웃었다.

"이놈들이 모두 죽으라고 보냈더니 멀쩡하게 살아서 돌아오는구나."

병영 병사가 이대창을 가리키며 박희성에게 말했다.

"저놈이 위여귀의 부관 이대창입니다. 오늘 사달은 저놈이 일으켰습니다."

박희성이 품에서 비수를 뽑아들고 일직선으로 이대창에게 달려갔다.

"어, 어, 저놈 봐라."

영문을 모르고 멍청히 서 있던 이대창의 배때기에 박희성의 비수가 깊숙이 박혔다. 박희성이 비수를 틀자 뱃가죽이 찢어지며 허연 창자가 터져나왔다.

이대창은 찍 소리도 지르지 못하고 저승으로 갔다.

관군은 이대창의 막사 안에서 청군이 쓰던 독일제 모젤 연발총을 접수해 무장을 단단히 했다.

"내가 막사를 지정해 주겠다. 이놈들이 한창 꿈속을 헤매고 있을 터이니 각자가 실수 없이 임무를 수행하라."

서로 막사를 분담해 쉬고 있던 청군들을 조준 사격해 죽였다. 빗소리와 바람소리에 묻혀 총소리는 마치 북을 치는 듯 정결하고 신성했다.

이백 명이 나누어 막사마다 들어가 다투어 총을 쏘아대자 청군 일개 연대 병력이 순식간에 궤멸되었다.

박희성은 직접 이대창의 목을 잘랐다.

병사를 시켜 스무 개의 목을 더 잘라 자루에 담았다.

막사에서 노획한 모젤 연발총으로 이백 명이 모두 무장했다. 총알을 충분하게 확보해 각자 허리에 찼다.

관군들은 빗속을 뚫고 왜군 병영으로 향했다.

유시에 이들은 왜군 병영 입구에 도착했다.

십팔 연대장 우찌무라 겐조는 막사에서 하루 내내 술을 마셨다.

술에 취해 서나해진 기분으로 박희성을 맞았다.

"그래 청군 모가지 스무 개를 확보했는가?"

박희성은 이대창의 모가지를 그 앞에 내던졌다.

"이것이 되놈 두목의 목이다. 밖에 되놈 모가지 스물한 개가 있으니 직접 확인해 보아라."

우찌무라 겐조가 무언가 분위기가 요상해 코를 벌름거렸다.

"그건 그렇다 치고 그런데 너는 상관 앞에서 말하는 태도가 예의가 없구나. 어디서 반말을 하느냐?"

박희성이 싱긋 웃더니 바로 우찌무라 겐조에게 다가가 비수로 단숨에 목을 그어 버렸다.

목이 반쯤 잘려 나갔다. 피가 강물처럼 쏟아졌다.

졸지에 벌어진 일이라 우찌무라 겐조는 두 손으로 목을 잡고 눈만 둥그렇게 뜨고 상전 앞의 종처럼 비틀거렸다.

관군은 우찌무라 겐조의 막사 안에 소장하고 있던 스나이더 소총과 무라타 소총을 여분으로 어깨에 메었다.

이윽고 모든 준비를 마치자 역시 같은 방법으로 왜군 막사를 돌며 쉬고 있던 병사들을 사기 접시를 죽으로 엎칠 기세로 사살했다.

독일제 모젤 연발총의 위력은 대단했다. 한 번에 열일곱 발이 발사되었다. 관군 열 명이 한꺼번에 사격하면 막사에 들어 있던 일 개 소대 병력이 순식간에 궤멸했다.

모젤 연발총 실탄이 떨어지자 관군은 어깨에 메었던 스나이더 소총을 내려 장탄해 쏘았다.

왜군들은 손자 잃은 영감 흉내를 내며 시체가 되었다. 아비규환의 상황은 짧은 시간에 마무리되었다.

왜군 일 개 연대 병력이 모두 바람처럼 사라지고 만 것이다.

유시 말이 되자 비가 그쳤다. 바람도 숨을 죽였다.

박희성이 관군들을 모아 점검하니 죽은 이는 없고 다친 이가 세 명이었다. 그나마 경상이었다.

"이 정도면 반분은 풀지 않았는가?"

박희성이 주위를 둘러보며 물었다.

"반분이 다 뭡니까? 십 년 묵은 체증이 다 내려갔습니다. 그나저나 이제부터 우리는 어째야 합니까? 대관께서는 다른 계획이 있습니까?"

박희성이 한숨을 길게 내쉬었다.

"나는 관직을 버리겠다. 이전에 살던 곳으로 가련다. 너희들도 각자 알아서 움직이도록 해라."

"대관께서 그러시다면 저희도 고향으로 가렵니다."

그들은 어스름 속으로 천천히 흩어졌다.

박희성은 남쪽을 향해 말을 달렸다. 점차 남색으로 변해 가는 하늘에서 김용권이 너울너울 춤을 추고 있었다.

박희성은 말고삐를 잡은 채 통곡하기 시작했다.

"형님, 형님. 제가 죽일 놈입니다. 제가 죽일 놈입니다."

가슴을 쥐어뜯는 통곡은 말발굽 소리에 묻혔다.

밤눈이 밝은 말은 스스로 길을 찾아냈다.

새재 산채의 모습이 눈에 아롱거렸다.

"서시가 나의 극락이었어. 복희가 다 무슨 소용이 있었단 말인가? 결국 홍선에게 이용만 당하다가 이런 낭패를 보고 말았구나."

문득 필제의 얼굴이 떠올랐다.

박희성은 가슴이 답답해졌다.

"필제에게 이 일을 어떻게 전해야 하나. 형수님과 조카들에게는 또 무어라 말한단 말인가?"

다시 군복을 입겠다고 설치고 다닌 세월이 무상했다. 모두 허망한 짓이었다. 군대에는 자기 존재가 없었다. 위에서 내려오는 의롭지 못한 생뚱맞은 군령만 있었다.

그는 자신이 스스로 자신의 삶을 낭비한 벌을 받았다고 생각했다.

점점 짙어지는 어둠 속으로 빨려 들어가듯 그의 모습이 사라졌다.

조선이 생기고 난 이후 채 이백 명이 못 되는 관군이 청군 일개 연대와 왜군 일개 연대를 하룻밤에 몰살시킨 사건은 전무후무했다.

청국도 쉬쉬했고 왜국도 침묵했다.

조선 조정이 이 일을 어쩌나 하고 숨을 죽인 것은 더 말할 나위도 없다.

벼슬아치들은 공을 세운 관군을 오히려 원망했다.

"그놈들이 그냥 거기서 총알받이로 조용히 죽어 주면 좀 좋았겠나? 눈치도 없이 일을 저지르면 우리더러 어쩌란 말인가?"

조선 조정은 두꺼비처럼 엎드려 가자미눈을 하고 이따금 자반뒤집기나 했다.

다행스럽게 청·왜 양국은 서로 상대편이 자국 병사를 죽인 것으로 결론을 내렸다.

역사에는 청·왜 양국이 벌인 전쟁에 동원된 우리 병사가 서로 싸운 사실도 묻혔지만 두 나라 연대 병력을 소수의 관군이 몰살시킨 사건도 염병 치른 놈 대가리같이 하얗게 묻히고 말았다.

41.

고종 31년, 갑오년, 1894년, 팔월.

팔월 십오 일.

왜군 본대가 대동강에 도착했다. 아산에서 청군을 격파하고 온 오오시마 소장의 혼성여단은 개성을 거쳐 산달을 넘어 황주를 돌아 평양성 동남쪽에 진을 쳤다.

십팔 연대 전멸 소식을 듣고 오오시마는 긴장했다.

"청군이 그렇게 막강하단 말인가?"

모란봉과 현무문 일대를 먼저 점령한 왜군은 평양 성안에서 전투를 벌여 시가지를 점령했다.

비가 억수로 쏟아졌다.

오오시마는 마옥곤이 지휘하는 병력과 교전했다. 노츠 미치츠라는 위어귀와 교전했다. 위어귀는 믿었던 부관 이대창이 궤멸하자 왜군 전력이 짐짓 두려웠다.

서로가 치를 떨며 싸웠다.

다치미 나오부미 소장의 삭령지대는 보병 십 연대와 구 연대의 연합부대였다.

이들은 삭령에 주둔해 있다가 평양성 북쪽으로 들어왔다.

이로 인해 청군은 사실상 왜군에 포위되어 버렸다. 왜군이 일시에 공격하자 먼저 섭지초가 주둔한 평양성 현무문이 무너졌다.

청군은 일부가 독일제 모젤 연발총을 지급 받았으나 대다수는 화승총이나 창으로 무장했다. 왜군은 모두 자국산 무라타 소총으로 무장했다. 당시 왜국은 한 해에 삼만 정이 넘는 무라타 소총을 생산하고 있었다.

모젤 연발총이 무라타 소총보다 화력은 우세했으나 청군은 무기가 일정하지 않아 조직적인 전투가 불가했다. 더구나 이들은 군사 훈련이 제대로 되어 있지도 않은 오합지졸이 대부분이었다.

그러나 무라타 소총으로 무장한 왜군은 일원화된 무기로 인해 효율적인 작전을 벌일 수 있었다.

마옥곤과 위여귀는 필사적으로 저항했다.

다치미 나오부미가 이끄는 삭령지대가 현무문을 돌파하고 모란봉을 공격했다. 모란대에는 청군 좌보귀·풍승아·강자강이 조선군과 함께 주둔했다. 조선군은 왕명으로 왜군에게 무장을 해제 당했던 궁중 시위대였다.

양쪽 군대는 서로 마주 보고 포격해 무수한 사상자가 났다. 좌보귀는 포탄에 맞아 육신이 갈기갈기 찢어졌다.

왜군은 더욱 맹렬하게 포격을 퍼부었다. 궁지에 몰린 청군은 어둠 속에서 저희끼리 공격하더니 조선 병사의 길 안내를 받으며 겨우 퇴로를 얻어 달아났다. 뒤로 밀렸던 섭지초가 다시 군권을 잡아 총통이 되어 지휘했다.

왜군 제삼 사단 제오 여단이 청군의 도주로를 차단했다. 길가에 청군의 시체가 산처럼 쌓였다. 도로는 시신으로 가득 차고 개울물은 피로 물들었다. 사람과 말이 서로 베개를 베듯 죽어 엎어졌다.

청군은 천오백 명이 죽었고 거의 칠백 명이 포로가 되었다. 포로 중 중상

자가 이십여 명이 섞였다.

왜군은 크고 작은 포 서른다섯 문을 비롯해 양곡 사천칠백 석에 큰 수레 백오십여 채 말, 이백오십여 필, 금덩이 백 근, 은덩이 오백사십 근을 노획했다.

시방 관리들은 평인감사 민병석의 지시로 청군을 돕는 척했으나 전투가 벌어지자 모두 인장을 버리고 도망쳤다. 왜군은 개화 정권에 요구해 이들을 모조리 파면하고 법에 따라 처벌하게 했다.

백성들도 피란길에 올랐다. 미처 피란하지 못한 평양과 인근 지역 백성들은 지옥을 겪었다. 포탄에 맞아 집이 부서지고 부모와 자식이 갈가리 찢어져 죽었다.

흩어진 가족을 찾아다니며 부르짖는 소리가 귀신의 곡소리보다 처절했다.

아이들은 물에 빠져 죽었고 강간당한 부녀자는 자결했다. 자식과 아내를 잃은 사내는 분이 뻗쳐 돌이나 바위에 머리를 부딪쳐 죽거나 숲에 들어가 목을 매기도 했다.

평양 시가지는 두 외국 군대의 치열한 전투로 쑥대밭이 되어 거리는 인적이 없이 텅 비고 말았다.

평양 전투는 왜군의 일방적인 승리로 끝났다. 왜군은 북쪽으로 패주하는 청군을 쫓아갔다. 그들은 조선이 지원하는 양곡으로도 늘 굶주렸는데 이번에 청군에게 빼앗은 군량을 먹고 배를 두드리며 북진했다.

팔월 십칠 일.

패주해 북쪽으로 도망치던 청군은 길목을 지키던 사토 렌다로오 대좌가 지휘하는 연대의 공격을 받아 다시 이천여 명이 목숨을 잃었다.

　청군은 군대의 기강이 해이했고 작전을 세우는 데도 오만해 지리를 잘 아는 현지인의 건의를 무시했다.

　청군은 겨우 삼천여 명을 수습해 압록강 인근으로 물러났다. 왜군은 압록강 강가 만주 땅인 구연성과 호산까지 추적해 전투를 벌였다.

　이미 이곳은 청국 영토였다. 왜군은 내쳐 산해관을 넘어 선양까지 공격하려 했으나 대본영이 급전을 쳐 만류해 일단 보류했다.

42.

고종 31년, 갑오년, 1894년, 팔월.

왜국 육군이 평양 전투에서 승리하던 시기, 왜국 연합 함대는 압록강 하구인 발해만 대동구에 도착했다. 순양함 네 척, 콜베트함 두 척, 쾌속함 네 척 규모였다.

해군 중장 이토 스케유키가 제독이었고 지휘는 쓰보이 코오소오 소장이 맡았다.

섭지초가 평양에서 전투를 지휘할 때 이홍장에게 압록강 쪽 후방이 비어 있으니 그곳을 방위해야 한다는 전보를 보냈었다. 이홍장은 북양함대를 그쪽에 파견하라고 지시했다.

풍도 해전에서 패한 청 제독 정여창은 발해만 입구 대련항에서 북양함대의 출동 준비를 서둘렀다. 정여창이 거느린 함대는 정원호·평원호·제원호 등 열두 척이었다. 정여창은 이 함대를 이끌고 압록강 입구와 대동구 바깥쪽 바다를 순항했다.

평양성 전투를 돕기 위해 증원군을 상륙시키고 여순항으로 돌아갈 준비를 하던 전함 여덟 척과 보조함 두 척 그리고 수뢰정 네 척이 정여창에게 합류했다.

팔월 이십일.

왜군이 평양을 함락하고 나흘이 지났다.

오전 사시 중에 왜군 연합 함대는 기함인 송도함을 선두로 대동구 앞바다에 나타났다. 왜군 사령관은 이토 스케유키였다.

이를 본 정여창은 왜국 함대에 접근하라고 명령했다. 왜국 함대도 마주 보고 다가왔다.

청군 병력은 이천여 명, 왜군 병력은 삼천육백여 명이었다.

배의 크기는 청 군함이 삼만천삼백육십육 톤, 왜국 군함은 사만팔백사십구 톤이었다. 평균 항속은 청 군함이 시간당 십오 해리, 왜국 군함이 시간당 십육 해리였다.

배의 크기 병력 수 평균 항속 모두 왜군이 우세했다.

오시 말 다시 해전이 벌어졌다.

정여창은 함대를 일 열 횡대로 벌이는 진을 짜 왜국 함대에 접근하며 포를 쏘았다.

항속이 빠른 왜국 함대는 청국 함대의 앞을 왼쪽으로 돌아 두 갈래로 나뉘었다.

한 갈래는 다시 돌아 청국 함대 앞으로 가고 한 갈래는 청국 함대 뒤에서 진을 쳤다. 포위망이 형성된 것이다.

양쪽 함대에서 포격을 시작했다. 북양함대가 조금 밀리는 형국이었으나 일진일퇴가 이어졌다. 청 군함 애원호를 비롯해 다른 군함에도 불이 붙어 불을 끄느라 전투를 중지했다.

왜국 군함도 손상을 입었지만, 청군보다는 미미했다. 해가 질 무렵 왜국 군함이 먼저 전투를 중지하고 빠른 속도로 남쪽 바다로 내려갔다. 첫 충돌은 이 정도였다.

이 전투를 두고 청군 쪽은 왜군을 격퇴했다고 하고 왜군은 청군 수준을 재보았다고 했다.

그 뒤 양국 군대는 압록강 부근 요양과 봉황성, 그리고 다롄만과 여순 일대에서 잇달아 해선과 육진을 벌였다. 모두 왜군이 이겼다.

왜국 해군의 육전대는 육지에 상륙해 청국 백성을 보이는 대로 학살했다.

정여창의 함대는 연이어 파괴되거나 밀려난 뒤 위해와 류궁다오에서 최후의 전투를 준비했다.

산동 반도 동북부 끝에 자리한 위해는 청 해군에게는 최후의 보루였다. 게다가 더 북쪽의 옌타이와 여순으로 연결되는 요해 처였다. 이곳은 예부터 왜구를 막는 요충지였고 지금은 북양함대의 근거지였다.

삼 면이 산으로 둘러싸였고 바다에 함대가 정박했다. 북쪽 언덕과 남쪽 언덕 그리고 바다 쪽 류궁다오에 포대 백육십여 개를 세워 각종 대포를 설치해 놓았다.

43.

고종 31년, 갑오년, 1894년, 칠월.

칠월 초.

봉준이 전주 감영 선화당에서 집강소 활동을 지휘하자 무렴하던 권세를 잃은 아전들이 뒷전에서 구시렁거렸다.

"우리 감사가 도인이라서 동학 괴수가 후백제 견훤 흉내를 내고 있다."

봉준은 알면서도 모른 척 무시했다.

봉준은 원평에 대도소 분소를 두기로 했다. 원평 대도소는 김덕명이 지휘했다.

김덕명은 원평 언저리인 용계리에 살았다. 용계리는 금산사로 올라가는 길목에 있었다. 그는 봉준보다 열 살 많았지만 언제나 봉준의 든든한 조력자 역할을 자임해 왔다. 일 차 봉기 때 그는 쉰 살이었다.

원평은 북쪽에 미륵불을 모신 금산사가 있었고 남쪽으로 만경 평야가 넓게 펼쳐졌다. 교통의 요지라 일찍부터 장이 섰다.

원평천 가에 자리 잡은 원평 장터는 상설시장이 들어설 정도로 번화했다. 농산물을 비롯해 소와 돼지 등 가축도 많이 거래되어 전주 서문장의 축소판이나 다름없었다.

이곳에 장이 서면 도인들이 장꾼들 틈에 끼어 세상이 개혁되어야 한다고 연설했다. 미륵 신앙의 오랜 중심지여서 누구나 평등한 미륵 세상이 온

다거나 의인이 나와 양반과 상놈이 없는 세상을 만든다는 이야기에 백성들은 쉬이 동의했다.

장터에는 동록개라는 백정이 늘 천대받고 아전들에게 시달리며 살았다. 동록개는 동학은 종이나 백정을 가리지 않고 똑같이 대우한다는 김덕명의 말에 삼동했나.

그는 김덕명에게 백정이 학대받지 않는 세상을 만들어달라며 자신의 집을 집강소로 내주었다. 번화한 장터에 자리 잡은 네 칸 초가집이었다.

김덕명은 여기에 대도소 분소를 차리고 겸해 집강소로 사용했다.

김덕명은 토호들을 징치하면서도 애먼 사람이 상하지 않게 주의했다. 옳은 일을 하면서 구태여 제상 다리를 칠 우를 경계했다.

수천 섬을 추수하던 김부자 집에 들어간 동학군이 장독을 깨 장물이 개울을 타고 아랫마을까지 흘렀고, 밧줄을 기둥에 묶어 끌어당겨 집을 허물었을 때도 김부자 집 가족의 몸은 상하지 않도록 배려했다.

그는 잘못된 제도나 폐정을 고치려 했을 뿐 살상에는 신중했다.

봉준은 측근 도인 스무 명을 여러 지역으로 보내 집강소 설치 상황을 살폈다.

그는 특별한 경우가 아니면 지주와 토호의 돈과 쌀을 강제로 거두지 않았다. 대신 그들에게 시세보다 싸게 쌀을 사 빈민들에게는 그보다 싼값으로 팔았다.

부자들에게는 창고에 쌓아둔 쌀이 재산이지만 빈민들에게는 생존에 필요한 양식이므로 강제로 유통은 시키되 서로에게 폐가 되지 않을 해결책을 모색했다.

부자들에게 쌀을 살 때는 반드시 표지를 발행했다. 봉준이 관할하던 집강소는 대부분 이 방법을 따랐다.

장성에 울산 김씨 집성촌이 있었다. 이들은 양반이므로 부자가 많았다. 세도가 여흥 민씨 집안과도 연줄이 닿아 있었다.

봉준은 그들에게 일정한 분량의 양곡을 내게 한 뒤 표지를 나누어 주었다. 그들은 뒷날 서로 언치를 뜯다 제 오라를 제가 짓더니 표지를 받은 일이 알려져 무지한 조정으로부터 역적을 도왔다고 처벌받았다.

집강소는 본디 시형이 포덕하면서 각처의 포 조직을 관리하기 위하여 육임제를 만들어 각기 역할을 맡긴 데서 비롯되었다. 포는 포교 활동을 위한 일종의 점조직인 접의 연합체였다. 말하자면 접이 여러 개 모인 것이 포라고 할 수 있다. 그 지휘소를 도소라 하였는데, 이것이 혁명 시기에는 집강소라는 행정 조직으로 각처에 조직된 것이다.

동학군 집강소 활동 기간에 도집강인 봉준은 전라 감사 역할을, 주로 고을 접주나 대접주가 맡는 집강은 고을 수령 역할을 대행했다.

조세와 공물 수납 그리고 군납을 포함해 본디 조정에서 군현의 수령에게 위임했던 일을 대신 수행했다.

또 형벌권을 행사했고 덕을 펴 풍속을 장려하는 일을 맡았다.

한 고을에 집강소가 열리면 먼저 관아 창고를 열어 빈민에게 곡식을 나누어 주었다. 집강은 고을에서 누가 밥을 굶고 있는지 서기를 시켜 조사해 곡식을 보내주고 외로운 노인을 보살폈다.

나누어줄 곡식이 부족하면 불량한 토호의 곳간을 열었다.

집강소 조직은 총책임자인 집강을 비롯해 교장·서기·집사·성찰·동몽이란 직책을 두어 임무를 나누었다. 대체로 교장은 접에서 가장 나이가 많은 사람으로 고문 역할을 맡았다.

서기는 집강의 지시를 받아 업무를 수행하는 실무 책임자였고 집사는 문서를 전달하고 관리하는 일을 맡았다. 성찰은 집강소의 전위 행동대로 마을의 규율을 단속하는 경찰 역할을 했고, 동몽은 일선 행동대로 주로 혈기가 왕성한 청년들로 구성된 조직이었다.

성찰과 동몽은 부정한 벼슬아치와 구실아치를 잡아 징치하거나 횡포한 양반과 토호를 잡아 꾸짖었으며 집강소 규율을 어긴 자들을 감시 처벌하기도 했다.

집강소에서는 고리채 정리를 실시했다. 당시 부호들이 매긴 장리*가 얼마나 높았던지 일 년 뒤에 이자는 원금의 두 배까지 불어났다. 집강은 민막의 하나로 이를 지목하고 고율의 이자는 갚지 않아도 되게 했다.

집강소에서는 토지제도도 뜯어고치려 했다. 대지주의 농토를 거두어 농민들에게 고루 나누어 주려 했다.

여기에는 대군이나 공주 등 왕실 소유의 궁방전도 포함되었다.

만약 시행되었다면 혁명적인 조치가 되었겠으나 집강소 활동 기간이 짧아 뜻을 이루지는 못한다.

집강소는 조선 왕조가 공고하게 의지하는 신분제도를 타파하려 노력했다.

---

* 가진 자가 가난한 자에게 곡식이나 돈을 빌려주고 받는 고율의 이자.

집강소에서는 종과 상전, 백정과 양반, 여자와 남자, 어린아이와 어른, 평민과 벼슬아치 모두 차별 없이 서로 접장이라 불렀다. 어디서든 만나면 서로 마주 보고 절을 했다.

봉준을 부를 때도 도집강이라 부르지 않고 전봉준 접장이라 불렀다.

어린아이나 부녀자도 그랬다. 아이들은 서로 동몽 접장이라 불렀다.

다만 동학에 입도하지 않은 사람은 속인, 동학교도는 도인이라 불러 구분했고 접에서 가장 나이 많은 도인을 교장이라 불렀다.

만나서 인사를 할 때면 집강소 어른이 도인에게 먼저 절을 했다.

44.

고종 31년, 갑오년, 1894년, 칠월.

남도에서 나주·남원·운봉은 끝까지 동학군에게 저항해 극락길을 버리고 지옥길을 택하고 있었다. 도인들은 유독 이곳에서만 정식으로 집강소를 세우지 못했다.

전주 대도소에서 여러 차례 격문을 발송했으나 이 지역 관장들은 기어코 승복하지 않았다.

봉준은 이들을 징치하기로 결심했다.

최경선을 나주로, 김개남을 남원으로, 김봉득을 운봉으로 출발시켰다.

칠월 이 일.

최경선이 동학군 삼천 명을 이끌고 나주성에 이르렀다.

향반 출신 나주 접주 오권선이 나주 동학도인을 이끌고 금안동에서 최경선과 합류했다.

오권선 집안은 삼가면을 중심으로 본양과 도림 일대에 집성촌을 이루고 사는 토반이었다. 이 집안은 두 편으로 의견이 나뉘어 각기 동학군과 민보군에 가담했다.

오권선은 성 밖에서 임시로 집강소를 세워 폐단을 척결하려 노력했었다. 비록 나주 관아를 점령해 관장의 승복을 받지는 못했으나 그가 직접 집강을 맡아 주변 지역을 해방구로 만들어 농민을 지도했다.

나주 목사 민종렬과 그곳 민보군은 직접 나서서 이런 오권선을 방해하지는 못했다. 다만 나주성 방비를 튼실하게 하고 조정의 눈치만 살피고 있었다.

나주는 양반과 유림 세력이 막강했다. 발톱에 박힌 가시 같은 지역이었다.

최경선은 나주 금안동에서 삼 일을 머문 다음 금성산으로 올라갔다.

칠월 오 일,

해가 질 무렵, 최경선은 금성산에서 서성문 쪽으로 군사를 몰아 공격했다.

나주 목사 민종렬은 성루에 올라 오른편에 도통장 정석진, 왼편에 별장 박근욱을 데리고 수성군을 지휘했다.

동학군은 대오를 나누어 한편은 성문을 부수고 한편은 성을 기어오르려 했으나 수성군이 이에 맞서 대완포와 장대포를 쏘아대는 바람에 여의치 못했다.

화염과 포성이 산악을 진동시켰다.

나주성은 지세가 서북에 경사가 급한 태령이 둘러 있고, 동남으로 큰 강이 성을 끼고 돌아 공격하기가 매우 까다로운 요새지였다.

최경선은 희생자를 여럿 내었으나 성을 쉬이 함락하지 못했다. 동학군은 잠시 물러섰다.

민종렬은 동학군이 언제 다시 쳐들어올지 몰라 전전긍긍하며 긴장을 풀지 못했다.

최경선은 군사를 물려 나주성 동북쪽 삼십 리 밖 어등산에 진을 쳤다.

상황 보고를 받은 봉준은 담판으로 김학진의 협력을 받아보기로 했다.

이 무렵 왜군은 경복궁을 무력으로 점령해 왕을 궁궐에 유폐시키고 개화 정권을 출발시키고 있었다. 이어 왜군은 청군을 공격해 전쟁을 일으켰다.

이러한 일련의 사건은 전라감사 김학진이 동학군 쪽으로 더욱 가깝게 다가오는 계기를 만들어 주었다.

봉준은 선화당에서 김학진과 나주성의 귀화를 협의했다. 그러나 김학진은 별다른 묘안을 제시하지 못했다. 감사의 위세는 전주화약으로 이미 땅에 떨어져 지방 수령들에게 영이 서지 않았다.

김학진은 얼굴이 벌게진 채로 머리만 긁었다.

"그러면 귀화를 촉구하는 감사의 편지나 한 장 써 주시오."

김학진은 즉석에서 편지를 썼다.

나주에서 최경선이 첫 전투를 치른 지 한 달이 지난 칠월 말에 봉준은 김학진의 편지를 들고 최경선과 부하 십수 명과 함께 무장하지 않은 채 나주성으로 다가갔다.

봉준은 서문 밖에 서서 외쳤다.

"나는 순영의 문첩을 가지고 영리와 비밀리 왔으니 성문을 열어 태수와 만나게 하라."

민종렬은 서문을 열고 봉준을 맞아들였다. 봉준은 민종렬과 만나자 좋은 말로 설득했다.

"우리는 전라감사와 합의해 집강소 활동을 벌이고 있으니 사또도 협조해 주시오."

민종렬은 삼씨오쟁이를 당한 놈처럼 완강하게 저항했다.

"나는 임금의 명을 받고 부임한 관장이오. 감사가 무슨 말을 하든 나는 상관하지 않겠소. 그러니 그렇게 알고 돌아가시오."

민씨 척족인 민종렬에게 김학진의 존재는 보이지도 않았다.

협상은 결렬되었다.

이럭저럭 해가 저물어 봉준은 성내 객사에서 부하들과 하룻밤을 묵게 되었다.

나주성 장령들이 민종렬을 부추겼다.

"저놈은 조정과 관장을 무시하고 있습니다. 협상은 무슨 협상입니까? 마침 우리 수중에 들어왔으니 이 기회에 차라리 저놈을 죽여 버립시다."

민종렬은 귀가 솔깃해 장령을 다그쳤다.

"그래, 어떤 방법을 쓰면 좋겠는가?"

"내일 아침 저놈이 성 밖으로 나갈 때 뒤에서 총을 쏘아 죽여 버리면 됩니다."

민종렬은 눈빛을 사납게 하고 우물고누 치수를 재더니 말없이 고개를 끄덕였다.

이 자리에 있던 나주 관아 이방이 도인이라 이러한 모의를 최경선에게 알렸다. 최경선은 바로 봉준에게 보고했다. 봉준은 가만히 웃기만 했다.

다음 날 아침 봉준은 민종렬을 불러 자신과 수하들이 입고 온 옷을 벗어 내놓았다.

"이것은 나와 수종들이 입었던 옷이오. 두어 달 동안 더위 속에서 장맛비를 맞으며 돌아다니다 보니 땀과 때가 배어 이렇게 더러워졌소.

번거롭겠지만 부중 여인들에게 삯빨래를 좀 시켜 줄 수 있겠소?

내가 이 길로 영암에 내려갔다가 삼사일 후에 반드시 다시 오겠으니 그때 옷을 바꾸어 입을 수 있도록 해주면 고맙겠소."

민종렬은 봉준의 위세에 눌려 그때 가서 죽여도 늦지 않겠다고 후퇴했다.

성을 나온 봉준은 최경선에게 지시했다.

"어등산에 주둔한 군사를 이끌고 전주로 돌아가라. 이곳은 때를 보아 다시 손을 보아야겠다."

이에 최경선은 군사를 이끌고 전주로 돌아갔다.

김봉득은 운봉으로 달려갔다.

운봉은 민보군 대장 박봉양이 집강소 설치를 거절했다.

운봉은 지리산 아래 산골로 전라도와 경상도의 경계를 이루는 곳이었다. 이곳에서 동학군이 일어나자 현감이 제일 먼저 달아났다.

그래서 아전 출신 박봉양이 수성군을 조직해 동학군을 방어하고 있었다.

박봉양은 그동안 부정한 수단으로 모은 재산을 모두 털어 수성군의 경비에 충당했다. 운봉을 지켜내면 후에 조정이 내릴 은전은 막대할 것이라 기대했다.

일개 전직 아전이 사사로운 욕심에 눈이 멀어 햇살을 손바닥으로 막아

보려 용을 쓰는 판이었다.

김봉득은 남원에 웅거하던 동학군과 규합해 운봉을 공격했다.

그러나 박봉양의 완강한 수비에 막혀 몇 차례 이어진 공격이 모두 실패하고 말았다.

김봉득이 끝내 운봉을 함락하지 못하자 동학군은 지리산을 넘어 안의·함양 등 영남으로 가는 통로를 차단당할 수밖에 없었다.

조정은 박봉양을 임시 현감으로 임명했다.

한편 김개남은 남주송을 선봉, 김중화를 중군으로 삼아 동학군 삼천 명을 인솔해 남원으로 갔다.

남원 부사 김용헌이 관졸을 데리고 방어에 나섰다.

남원성을 포위한 김개남은 성 밑에 서서 경고했다.

"지금 항복한다면 부사의 목숨을 살려 주겠다. 어찌하겠느냐?"

쩌렁쩌렁한 호령이 성벽을 흔들었다.

김용헌이 코웃음 쳤다.

"이 역적 놈이 못 하는 소리가 없구나. 오늘이 네놈 제삿날이 될 줄 알아라."

옆에 서 있던 병방 이화수가 거들었다.

"어리석은 백성 주제에 죽지 못해 환장을 했구나. 여봐라, 궁수는 어서 활을 쏘아 저놈의 아가리를 다물게 하라."

궁수들이 서둘러 활을 쏘았으나 김개남이 선 자리까지 화살이 닿지 않았다. 김개남이 입술로 웃으며 뒤를 돌아보자 선봉대장 남주송이 등에 메었던 총을 풀어 김개남에게 건네주었다.

청군 패잔병에게 압수한 모젤 연발총이었다.

김개남은 총을 건네받자 바로 총구를 성 위로 향했다.

열일곱 발의 총탄이 성 위로 날아가자 병방 이화수가 이마에 맞아 즉사하고 형방 이누이는 배를 꿰뚫 당했다. 김용헌은 뒤로 물러서다 벽 모서리에 머리를 부딪쳐 졸도하고 말았다.

주장들이 무너지자 관졸들이 혼비백산해 흩어졌다.

"공격하라!"

김개남의 명령이 떨어지자 동학군은 성문을 부수고 성내로 진입했다. 김개남은 남원성을 함락하고 아직도 정신이 오락가락하는 김용헌을 삿자리에 꿇려 놓고 죄를 물었다.

"주금에 누룩 장사하듯 소건 없이 뼈무는 자에게 자비를 베풀 수는 없다."

김개남이 직접 칼을 들어 김용헌의 목을 베었다.

이어 상태기를 풀어 김용헌의 목을 묶어 관문에 달고 방문을 지어 저자에 붙였다.

김개남은 남원을 본부로 삼아 전라좌도 각 군현을 통솔했다.

손화중은 전라우도에 거점을 두고 백정·재인·역부·공장·승려 등 평소 개혁 의지가 높아 가깝게 지내던 동료를 모아 접을 조직해 폐정을 개혁해 나갔다.

집강소 활동을 하다보면 다소 강경한 조치도 있게 마련이었다.

무도한 부자의 재산을 거둘 때 봉준의 지시와는 달리 감정이 섞인 방법이 동원되기도 했다.

종년 간통은 소 타기라고 오랫동안 침탈을 일삼던 자들에게로 쌓였던 원한이 분출했고, 좌수 볼기 치듯 제 맘대로 장리 대신 아내나 딸을 빼앗아 갔던 철천지원수 사이일 때는 사정을 두지 않고 징치했다.

원한이 심한 경우는 몽둥이로 때려죽였으나 대개는 그들의 재산을 빼앗고 집에 불을 지르고 마을에서 쫓아내 버렸다.

또 백성이 양반집 무덤을 파헤치기도 했는데 본디 자기 조상의 묏자리를 토호에게 강제로 빼앗겼을 때 이렇게 복수했다.

김개남이 지휘하던 집강소에서 이런 일이 잦은 편이었다.

김개남은 이후의 거병을 예기하고 지역 부호들을 위협해 군수품을 모아들였다. 말을 듣지 않으면 서슴없이 칼로 베어 죽였다.

고창 출신 상인이었던 차치구는 정읍 일대에서 집강으로 활동했다. 그도 김개남처럼 성격이 좀 과격한 편이었다.

흥덕 현감 윤석진이 집강소 설치에 반대해 동학 접주 고영숙을 잡아 가두었다.

이에 차치구가 이끄는 동학군은 흥덕 관아를 들이쳐 고영숙을 구했다. 윤석진은 동헌 앞뜰에 꿇어앉아 손이 발이 되도록 비비며 살려달라고 빌었다.

차치구는 여러 병사가 보는 앞에서 경계 삼아 윤석진을 죽이려 칼을 높이 들었다. 옆에서 지켜보던 고영숙이 급하게 만류했다.

"관장을 죽이면 여론이 나빠집니다. 지금은 잠시 살려두는 게 좋지 않겠소?"

충분히 경계가 되었다고 판단한 차치구가 천천히 칼을 내려 칼집에 넣었다.

저승이 눈앞에 있던 윤석진은 고영숙의 만류로 겨우 목숨을 건졌다.

이런저런 소식을 들은 봉준은 최경선을 불러 전라좌우도 도집강의 이름으로 각지에 집강소의 폐단을 바로잡으라는 통문을 작성하게 했다.

칠월 십칠 일.

봉준은 각 집강소에 지시하는 글을 보냈다.

'방금 왜적이 대궐을 침범했으며 임금이 욕을 당했다.

우리는 죽을 각오로 일제히 나아가야 한다.

저 왜적들이 바야흐로 청국 군사와 대적해 싸우려는데 일본 군대가 매우 날래고 민첩하다.

지금 만약 갑자기 싸우게 되면 그 화는 예측할 수 없어서 종사에 미칠 수 있을 듯하니 물러나 잠적하는 것만 못하다.

사세를 본 뒤에 기운을 북돋아 주어서 계획을 실천한다면 만전을 기약하는 대책이 될 것이다.

바라건대 무주 안의 각 접주들에게 통문을 내어 면마다 상의하여 각자 편안하게 생업에 종사하게 하고 경계 안의 각 접주들은 여러 사람과 상의하여 각자 편안하게 생업에 종사하게 하고 절대 경계 안의 무리가 마음대로 마을을 돌아다니며 소동을 일으키지 못하기를 절실히 바란다.

이처럼 단단히 타이른 뒤에 이와 같은 폐단을 고치지 못하면 그 집강은 감영에서 엄히 처단하겠다.'

봉준이 자주 지역에 다니며 살폈으나 간간이 생기는 강경한 조치를 일일이 해결할 수는 없었다. 특히 김개남포는 김개남의 의지가 강경해 충고가 잘 먹히지 않았다.

봉준은 전주를 중심으로 활동했고 김개남은 남원을 중심으로 세력을 키웠다. 김개남의 관할 지역은 남원을 중심으로 임실·장수·무주·운봉·금산 등이었다.

김개남은 전위 부대를 천민 출신들로 조직했다. 노비·백정·승려·장인·재인들이 모였다. 그들은 오랫동안 겪었던 온갖 차별의 굴레에서 벗어나고 양반에게 사무친 원한을 풀고자 했으므로 상당히 거칠게 움직였다.

집강소 시기에 시행된 갑오개혁으로 천민들은 일단 제도로는 신분 차별에서 해방되었다. 그러나 그들의 상전들은 이런 변화를 인정하지 않으려 했다.

그러므로 천민 출신들이 과격하게 활동한 이면에는 양반들의 잘못된 고집이 도사리고 있었다.

집강소의 천민군은 딸 가진 양반집 문에 수건을 걸어 놓고 다른 남자에게 시집가지 못하게 막았다. 이것을 납폐라 불렀다.

이에 딸을 가진 양반집은 서로 귓속말로 혼약을 맺고 물만 떠 놓고 후다닥 화촉을 밝혔다. 이를 삼일혼이라 불렀다.

천민 부대는 길에서 갓 쓴 사람을 만나면 양반이냐고 윽박지르며 무조건 갓을 벗겨 찢어 버렸다.

동학에 입도하지 않았던 노비들도 노비 문서를 불태우고 더러는 상전을 묶어 주리를 틀거나 곤장을 안기기도 했다.

김개남은 표현은 자제했으나 심중으로는 봉준과 김학진이 맺은 화약이 미지근하다고 여겼다.

그는 지리산을 넘어 안의와 함양 등 경상도로 진출하려는 의지를 보였고 금산을 거쳐 충청도 세력과 연합을 시도하기도 했다.

그러나 봉준은 집강소 활동이 잘 정착되려면 전라 감영과의 협조도 중요하지만, 민심을 잃지 않도록 조심스럽게 행정을 처리해야 한다는 생각을 고수했다.

45.

고종 31년, 갑오년, 1894년, 팔월.

봉준은 왜국이 경복궁을 점령하고 홍선을 이용해 군국기무처를 출범시키는 등 조선의 국정을 좌지우지하는 정황을 예리하게 관찰하며 청·왜 전쟁의 귀추를 지켜보고 있었다.

저녁을 먹던 자리에서 손화중이 봉준에게 물었다.

"형님, 청군과 왜군 중 어느 편이 이기겠습니까?"

안 그래도 밥맛이 없던 봉준이 슬며시 숟가락을 밥상에 내려놓았다.

"자네들도 이미 짐작하고 있겠지만 이번 전쟁은 왜국이 이길 것이다. 우리는 다음 수순을 대비해야 한다."

김도삼도 숟가락을 내려놓았다.

"다음 수순을 대비한다면 형님은 어떤 생각을 가지고 있습니까?"

"자네들도 알다시피 지난 갑오왜변으로 왕이 왜놈의 포로가 되면서 조선은 사실상 망했다고 보아야 한다.

왜놈들은 왕을 허수아비로 만들어 놓고 김홍집을 군군기무처 수장으로 만들어 개처럼 부리고 있다. 매양 척양척왜를 표방하던 홍선도 여기에서 벗어나지 못하는 모양이다.

이제 왜놈이 되놈까지 물리치고 나면 본격적으로 조선의 골수를 삼키려 광분하리라는 것은 구태여 보려 하지 않아도 눈에 선하지 않는가.

대저 힘이 약한 민족이 저보다 강한 나라의 압박을 받을 때 세 가지 부류로 나뉘게 된다.

한 부류는 강한 세력에게 빌붙어 저들 일가의 기득권과 안위를 보장받으며 강자의 주구로 전락한다.

한 부류는 끝까지 굴복하지 않고 강한 세력에 목숨을 걸고 저항한다.

대다수 백성은 어떤 세력이 자기를 지배해도 먹고 살아가기가 어렵기는 마찬가지라 생각하고 크게 관심을 가지지 않는다.

이러한 사실은 고금의 역사를 조금만 공부해도 쉽게 알 수 있는 것이다.

왜놈들이 이 나라를 침탈하며 저지르는 만행에 대한 조선 사람의 향배도 여기에서 벗어나지 않을 것이다. 왜놈은 그들에게 빌붙어 굴복하는 소수의 자들에게는 콩고물을 주어 개처럼 부려 먹는다. 부리다 더 이용할 가치가 없어지면 가차 없이 버리면 그만이다.

대다수 백성에게는 조선 왕의 실정을 부풀려 자신들이 폐정을 개혁하고 백성을 위한 정책을 펼치겠다고 입에 발린 소리로 거짓말을 하면 백성들은 긴가민가하면서 넘어가게 마련이다.

그리고 저들에게 저항하는 세력은 철저하게 응징할 것이다.

그러므로 척왜를 주장하고 일어난 우리 동도는 왜놈들이 응징할 첫 번째 대상이다."

정익서가 물었다.

"그렇다면 우리가 어떻게 대비해야 합니까?"

"조선은 역모로 일어난 왕조이다. 그러므로 조선은 다른 이들의 역모를 항시 두려워했다. 대개 권력을 잡게 되면 전 왕조의 왕족과 권신들은 목숨을 보전시켜 그들의 제사를 잇게 하는 것이 역사의 관례였다.

그러나 조선 왕조는 그렇게 하지 않았다. 전국을 뒤져 왕씨 성을 쓰는 자들을 찾아 모조리 씨를 말렸다. 왕씨들은 성을 바꾸고 오지로 숨어 들어가 거우 명맥을 보전했다.

그들은 반대해 두문동에 은거하던 고려의 권신들은 모두 산 채로 태워 죽이고 말았다.

그리고는 전 왕조보다 더 외세에 의존하면서 백성들의 기름을 짜 저희만을 위한 세상을 유지해 왔다. 조선이 생기고 한 해도 백성들의 저항이 없었던 적이 없다.

백성들은 그저 가족과 함께 자그마한 미래의 희망을 엮으며 소박하게 살기를 원했을 뿐이었다. 그러한 소박한 희망마저 빼앗겼기에 목숨을 걸고 저항했던 것이 아니겠는가.

그러나 역대 조선의 왕들은 그러한 백성들의 절박한 호소를 무시하고 철저하고 잔인하게 진압해 왔다. 관군이 힘이 부족하면 외세에 청병해서라도 저항하는 백성을 살육했다.

작금의 현실도 마찬가지이다.

이 땅에 대선생님이 나와 무극대도의 가르침을 펼치고 나서 이미 수십 년이 지났다. 대선생님을 이어 해월 도주께서 삼십 년이 넘는 세월을 포졸에게 쫓기며 전국에 걸친 거대한 동학 교단을 이루어내셨다.

그리하여 인간 존재에 대한 새로운 자각이 확산되고 이를 바탕으로 새로운 의식이 일어날 수 있었다.

새로운 의식이 백성들 사이에서 절실한 공감을 일으켰기에 그 힘을 결집해 우리가 여기까지 올 수 있었던 것이 아닌가.

우리의 정당한 청원을 무시한 조정은 오히려 관군을 보내 우리를 죽이려 했으나 우리는 우리 힘으로 부패한 관군을 두 차례나 물리쳤다.

조정은 역시 이제까지 해 왔던 대로 화약으로 우리는 안심시키고 외세를 빌려 푸른 눈을 뜨고 올곧은 주장을 하는 제 백성을 모조리 죽이려 할 것이다.

이제 다음 수순은 시간을 번 조정이 왜놈과 힘을 합쳐 우리를 공격할 것이다. 이 점을 우리는 한 시라도 잊으면 안 된다.

화약을 통해 남도만이라도 개혁을 실시해 남도 백성들의 꿈에 그리던 소원을 충족시키고 나아가 이러한 개혁이 전국의 백성들이 따라 올 마중물이 되도록 해야 한다.

그러면서 제대로 된 군사 훈련을 받지도 못하고 신식 무기도 가지지 못한 우리가 죽창과 낫을 들고 어떻게 사나운 이리떼처럼 몰려올 놈들과 싸워야 할지 그것을 우리는 항상 고민해야 한다."

봉준이 전주에서 물러난 지 한 달쯤 뒤에 개화 정권은 민씨 세력을 심판하는 숙청을 단행했다. 민영준은 임자도에 위리안치하고 그의 하수인인 민형식·민응식·민치헌도 유배 결정을 내렸다.

민씨 척족은 정월 대보름날 귀머리장군 연 떠나가듯 조정에서 빠져나갔다.

민씨 정권에 봉사하던 졸개들도 관직을 박탈당했다. 민씨 일가에 기대어 출세하려던 홍계훈은 철원 부사로 좌천되었다.

그토록 강고하던 민씨 정권이 일시에 무너졌다.

그런데 이들 민씨 일당은 실제로는 한 명도 처벌받지 않았다.

눈치 빠른 민영익은 금붙이를 싸 들고 홍콩으로 달아났다. 우두머리 민영준은 처음 한양의 양관에 숨어 있다가 홍콩으로 도피하려고 평안도 오지로 도망쳤다.

영악한 민영주는 양주로 달아났다. 민응식은 마치 가마꾼처럼 삿갓을 쓰고 짚신을 허리에 찬 뒤 맨발로 남대문 밖으로 나갔다. 그를 용케 알아본 사람들이 손가락질하고 돌멩이를 던지며 욕을 퍼부었다. 그는 얼굴에 모닥불을 지핀 채 꽁지 빠진 닭처럼 달아났다.

민두호는 마침 춘천 유수가 되어 가족과 함께 보물을 싣고 춘천으로 들어갔다. 그러자 백성들이 도둑을 다시 들일 수 없다고 길을 막았다. 그는 오지도 가지도 못하다가 충주로 달아났다.

이렇게 목숨을 부지한 그들은 나중에 식민지 시기에 다시 기어 나와 친왜파로 변신해 나라를 팔아먹는 대가로 높은 벼슬과 작위를 받고 다시 떵떵거리며 살았다.

누가 역사가 정의롭다고 말했는가? 정신을 빼내 개에게 주었는지 때로 역사는 악귀의 편에 서는 경우가 잦다.

약 육 개월 동안 군국기무처는 국가 조세의 금납제와 은본위화폐제를 실시했다. 그리고 신식 학교 설립과 근대 경찰 제도를 도입했다.

갑오개혁 초기의 흐름은 왜국 공사의 눈치를 살피며 진행되었다.

김홍집은 왜국공사관의 외교관 서너 명에게 군국기무처의 실권을 맡겼다.

　나중에 동학농민혁명 이차 봉기가 전개될 때 조정은 군사 작전권을 왜군에게 넘겨주고 모든 전선에 걸쳐 식량과 인부를 지원한다.

　왜군의 동학군 진압에 관군이 앞잡이 노릇을 했으니 개화 정권은 제가 눈 똥에 주저앉고 제 발등에 오줌을 눈 왜국의 괴뢰였다.

46.

고종 31년, 갑오년, 1894년, 팔월.

고창 동학군 천민 부대 지휘관은 홍낙관이었다.

집강소 기간, 천민들은 노비 문서를 불태우거나 상전에게 먹고살 재산을 요구했다.

또 승려들과 합세해 함께 살고 죽자는 모임인 동사생계와 상전을 죽이자는 모임인 모살계를 만들어 양반 사대부를 응징했다.

홍낙관은 한양 출신으로 장터에서 재담을 들려주던 강담사였다. 그는 두 동생을 데리고 전국을 떠돌다 고창까지 흘러왔다.

그는 고창 장터에서 서울 말씨를 쓰는 강담사로 먹고 살았다. 시장 어귀에 앉아 옛날이야기와 유식한 문자를 섞어 가며 사람들을 웃기고 울리며 장꾼들이 던져주는 돈으로 연명했다.

그러던 중 그는 고창읍 화산리 남양 홍씨 마을로 들어갔다. 같은 일가라는 인연으로 이곳 홍씨들에게 밥과 잠자리를 얻었다.

그곳에서 아내를 얻었는데 세습 당골이었다. 그는 당골 아내를 얻어 스스로 무부라는 천민 신분을 얻었다.

아내는 눈이 번쩍 뜨일 정도로 미모가 대단한 여인이었다.

고창은 동학 접 중에서도 재인 패와 당골 세력이 유난히 드센 곳이었다.

그는 봉준의 무장 백산 봉기 때 두령으로 참여했었다.

홍낙관의 아내는 주술에 능했다.

홍낙관의 동생 홍진관이 등에 종기가 나더니 순식간에 온몸으로 퍼졌다. 정신까지 어지럽다고 해 요를 펴고 눕게 하니 아우의 이마가 펄펄 끓어 머리카락이 탈 지경이었다.

급하게 의원을 몇 명 불렀으나 병명을 아는 의원이 없었다. 병명을 모르니 치료도 하지 못했다.

답답한 홍낙관이 다가가 설 곪은 종기에서 고름을 짜 보려 손을 대면 홍진관은 거의 혼절한 상태에서도 죽는 비명을 질렀다.

홍낙관은 아내에게 매달렸다.

"여보, 아직 장가도 보내주지 못했는데 녀석이 먼저 저승으로 간다면 나중에 내가 죽어 부모님 얼굴을 어떻게 대하겠소?

당신이라면 아우를 살릴 무슨 방법이 있지 않겠소?"

아내가 말했다.

"방법이 없지는 않으나 당신이 내 말을 믿어 주어야 살릴 수 있습니다."

"의원도 손을 못 대는 판에 내가 당신 말을 믿지 않고 누구 말을 듣는단 말이오?"

"그럼 됐습니다. 지금 당장 도련님을 뒷산으로 데리고 가 제일 큰 나무에서 조금 떨어진 풀밭에 앉혀 놓으십시오. 서방님을 그렇게만 하시고 집으로 돌아오시면 됩니다."

"아니, 다 죽어가는 아우를 풀밭에 버리고 오란 말이오?"

"제 말을 믿어 주신다고 하지 않았습니까? 그렇게만 하시면 도련님의 병을 고칠 수 있습니다."

홍낙관은 반신반의 하며 일어섰다.

"그리고 이걸 가지고 가 나무에 붙여 두십시오."

아내는 종이를 꺼내더니 붓으로 相(상) 자를 두 장 써 주었다.

홍낙관은 바로 홍진관을 업고 산으로 들어가 등성이에 선 가장 큰 나무 앞에 앉혔다. 그리고 나무에 글자를 붙이고 떨어지지 않는 발걸음을 억지로 옮겨 집으로 돌아왔다.

아내가 다짐을 주었다.

"삼 일이 지난 후 도련님을 데리고 오십시오."

홍낙관은 발을 동동 구르며 밤잠도 설치며 삼 일을 보냈다.

삼 일째 되는 날 첫 새벽에 일어나 곤두박질하며 산으로 올라갔다. 그런데 산 입구에 들어서니 저만치 산 중턱에서 어떤 사내가 터벅터벅 걸어 내려오고 있는 것이 보였다.

홍진관이었다.

"아니, 아우야 몸이 괜찮아졌느냐?"

홍진관은 웃통을 벗어 보였다. 몸에는 종기 자국만 있고 상처는 말끔하게 아물어 있었다.

"세상에 어찌 이런 일도 있단 말이냐? 네 형수가 용하기는 용한 모양이다. 그나저나 어서 집으로 가 형수에게 고맙다고 인사를 올려라."

나중에 홍낙관이 아내에게 물었다.

"당신이 어떻게 치료했기에 아우가 저렇게 멀쩡해졌소?"

아내가 웃었다.

"제가 相(상) 자를 나무에 붙이라 하지 않았습니까? 그 주술로 도련님을 고쳤습니다."

"아니 그게 무슨 말이오? 내가 알아듣게 좀 자세하게 말해보시오."

아내가 무릎을 고쳐 앉더니 천천히 말했다.

"相(상) 자는 나무를 쳐다보는 주술입니다. 사람이 무엇을 쳐다보면 그 대상도 사람을 봅니다.

생명은 서로 마주보면 통하는 법입니다. 통하는 것이 없다면 서로 오래 마주보지 않을 것이고 오래 마주본들 바로 보이지도 않을 것입니다. 설령 바로 보인다 한들 선명하게 인식되지는 못할 것입니다.

내가 무엇을 보는 사태로 인해 나라는 존재가 드러나고 보이는 대상은 나를 변화시키고 드디어 나의 인식 속에서 대상과 나는 하나가 됩니다.

나무를 바라보며 나무가 가지고 있는 생생한 생명력을 내 몸에 가져오기를 바라던 주술이 바로 相(상)입니다.

이제 이해가 되셨습니까?"

"그러니까 산등성이에 선 큰 나무의 생명력이 내 아우의 몸으로 들어가 아우의 종기를 치료하도록 했다 이 말입니까?"

"예 바로 그렇습니다. 나무가 둘이 되면 林(림) 곧 숲이 됩니다. 林(림) 자는 여러 사람을 치료할 때 쓰는 주술입니다.

또 雨(우)는 하늘에서 비가 내리는 모양입니다. 그래서 霜(상) 자는 나무를 바라보는 주술에 하늘이 관여하는 모습이 되는 것입니다.

좀 더 말씀드리면 초목이 번성하는 까닭은 하늘이 준 생명력이 신장하기 때문입니다. 그러므로 生(생) 자는 초목이 왕성하게 자라는 모양입니다. 生(생)은 더욱 자라나 世(세)가 되고 나아가 葉(엽)이 됩니다. 生(생)을 甡(생)

으로 쓸 때도 있는데 이때 밑에 있는 눈, 즉 目(목)은 씨앗이 싹을 틔운 모양입니다.

사람이 태어나는 것은 産(산)이라 하는데 産(산)은 彦(언)과 마찬가지로 이마에 문신을 한 아이의 모습입니다.

그러므로 제가 쓰는 주술은 자연의 이치에 따른 것이니 전혀 이상한 술법이 아니랍니다."

홍낙관은 아내를 존경하는 눈으로 쳐다보았다.

"당신은 참 대단한 사람이오."

아내는 공손히 고개를 숙였다.

"저 같은 천한 여인을 아내로 받아준 서방님을 위해서라면 제가 무슨 일을 못하겠습니까?"

"무슨 말이오. 이미 나라에서도 천민은 세습되지 않는다고 했소. 당신은 당당한 내 아내이니 앞으로는 내 앞에서 그런 말을 하지 마시오.

그나저나 당신에게 그런 훌륭한 능력이 있으니 내가 거느리는 동사생계 사람들이 혹시라도 병이 들면 당신이 돌보아 주시오."

아내가 정색하고 물었다.

"그 사람들은 동학도인이 아닙니까?"

"그렇소. 모두 도인이오."

"그렇다면 그분들이 만약 병이 든다면 주문만 외면 나을 겁니다.

그분들은 모두 마음속에 한울님을 모시고 있는 존귀한 분들입니다. 그분들이 그것을 진실로 믿는다면 주문만 외도 만병을 물리칠 수 있답니다. 또는 弓乙(궁을) 글자를 쓴 종이를 태워 물에 타 마시기만 해도 건강해질 것입니다.

저는 지역의 신장님을 모시고 있지만, 도인들은 한울님을 모시는 분들이니 저와는 급수가 다르답니다."

홍낙관은 아내가 대견해 다짜고짜 달려들어 품에 폭 안았다.

"이제부터 나는 당신 말이라면 콩으로 메주를 쑨다 해도 곧이듣겠소."

무쇠같이 단단한 홍낙관의 품에서 아내는 고양이 소리를 냈다.

"서방님, 메주는 본래 콩으로 쑨답니다."

고창 제일 부자는 민 진사였다. 물론 민씨 일가라 진사는 돈을 주고 얻은 벼슬이었다. 민 진사에게 시집 안 간 딸이 둘 있었는데 모두 미모가 십인일색은 되었다.

민 진사 부인이 두 딸을 데리고 인근 절에 공양을 드리고 오다 큰딸이 살모사에 물려 사경을 헤매게 되었다.

민 진사가 맨발로 뛰어 홍낙관을 찾아갔다.

"여보게, 소문에 자네 안사람이 의술이 용하다 하니 제발 내 딸을 좀 살려주게나. 내 딸 목숨만 살려 준다면 자네가 부탁하는 소원을 무엇이든 다 들어주겠네."

홍낙관은 난처했다. 조만간 동사생계 동지들과 부자인 민 진사를 징치할 일정이 잡혀 있었기 때문이었다.

그러나 갓 피어나는 딸자식이야 무슨 죄가 있겠는가.

마음이 약해진 홍낙관이 아내에게 묻자 아내는 露(로) 자를 써 주며 말했다.

"이 글자를 가져다 따님의 이마에 붙여 보십시오. 그러면 차도가 있을 겁니다."

민 진사는 종이를 들고 혼이 나간 사람처럼 허위허위 달려갔다.

홍낙관의 아내가 말했다.

"당신도 같이 가야 효험이 있습니다."

"내가 거기에 왜 가야 하오?"

"당신은 제 말을 믿는 분이시니 당신이 나를 믿는 마음이 글자가 가진 힘을 움직여야 합니다."

이에 홍낙관도 부리나케 민 진사 뒤를 따라갔다.

두 사람이 민 진사 집에 도착하니 사랑방에서 아내가 방바닥을 치며 통곡하는 소리가 새어 나왔다.

민 진사가 문을 부서지게 열고 급하게 방에 들어가 보니 큰딸은 온몸이 퉁퉁 부은 채 이미 숨이 넘어가 있었다.

홍낙관은 넋이 나가 멍하게 서 있는 민 진사의 손에서 글자를 빼앗아 죽은 큰딸의 이마에 붙였다.

조금 있으니 뱀에 물린 다리의 상처에서 독물이 섞여 검붉어진 피가 끊임없이 흘러나왔다.

독물 피가 그치고 또 조금 있으니 죽은 큰딸의 얼굴에 창백한 가운데서도 생기가 돌아오기 시작했다.

그리고 잠시 후 큰딸은 몸을 뒤채고 어렵사리 일어나 앉더니 숨을 크게 내쉬었다.

민 진사가 놀라서 숨도 제대로 못 쉬다가, 되살아난 딸의 어깻죽지를 부여잡고 감격의 눈물을 쏟는 사이 홍낙관은 제 일이 바쁜 사람이 되어 집으로 돌아갔다.

"여보, 이번에 쓴 露(로) 자는 무슨 조화요?"

아내가 말했다.

"路(로) 자는 무녀가 축고*에 고해 성스럽게 만든 길이랍니다. 露(로) 자는 그 길에 비가 내리는 모양입니다. 성스러운 길을 하늘이 비를 내려 축복하고 있습니다.

천자가 사용하는 물건 중에는 路(로) 자를 붙인 것이 많답니다. 예컨대 路車(노거)·路門(노문)·路枕(노침) 같은 것이지요.

저는 露(로) 자에 있는 성스러운 길을 열어 하늘이 내리는 비로 상처의 독을 빼냈답니다. 그리고 그렇게 될 수 있었던 까닭은 당신이 나를 믿는 마음 때문이었지요."

홍낙관은 아내를 보며 말했다.

"당신이야말로 하늘이 내린 천의요."

며칠 후 민 진사가 홍낙관을 불렀다.

홍낙관이 께름칙한 얼굴로 민 진사 댁을 방문했다.

민 진사는 안방에 술상을 차려 놓고 큰딸과 함께 홍낙관을 맞았다.

홍낙관이 술상 건너에 꿇어앉자 민 진사는 바로 앉으라고 채근했다.

그리고 큰딸더러 홍낙관에게 절을 드리게 했다.

---

* 중국 상나라 때 주술을 적은 죽간을 넣어두던 상자.

큰딸은 아비의 말이 떨어지자 공손하게 홍낙관에게 절을 올렸다.

홍낙관이 어쩔 수 없이 마주 절을 했다.

"이제 그만 나가 있거라."

민 진사가 큰딸은 방에서 내보내고 정색을 하고 말했다.

"여보게, 이번 일로 나는 많은 생각을 했다네. 자네 덕에 죽었던 자식이 살아나는 모습을 보고 나는 하늘이 정말 사람의 일에 관여한다는 사실을 진실로 믿을 수 있게 되었네.

어떤가, 그동안 고창 백성들에게 모진 짓을 많이 한 나 같은 모진 인간도 진심으로 참회한다면 하늘의 용서를 받을 수 있을까?

자네가 나를 좀 도와주면 안 될까? 제발 부탁일세."

홍낙관의 눈이 동그랗게 커졌다.

"진사 어른 그게 무슨 말씀이십니까?"

"사람이 죽고 사는 게 한순간이더구만. 자네 안사람이 아니었으면 내 딸은 이미 저승에 가 있지 않겠나?

일족이 권세가 있다고 내가 그동안 사람답지 못한 노릇을 많이 했네. 죽었던 내 딸이 살아나면서 나도 새로 태어난 기분일세. 이제부터 나도 사람답게 살고 싶은데 자네가 좀 도와주시게."

민 진사의 표정에 어린 간절함을 보고 홍낙관의 마음이 움직였다.

"어떻게 도와드리면 되겠습니까?"

"내 재산 반을 내놓을 터이니 자네가 가난한 사람들에게 좀 나누어 주시게. 그걸로 그동안 쌓인 내 잘못을 용서받을 수는 없겠지만 일단 내 성의를 좀 받아주면 안 되겠는가?"

'어? 이 양반이 실성을 했나?'

놀란 홍낙관은 잠시 주저하다가, 몸을 고쳐 다시 꿇어앉았다.

"어르신 뜻이 정 그러시다면 제가 나서서 일을 처리하겠습니다. 정말 큰 마음을 내셨습니다."

곧이어 민 진사는 동학에 입교했다. 동학의 가르침은 그를 더 큰 세상으로 인도했다.

뒤이어 민 진사는 자신의 논을 소작하던 농민들에게 무상으로 땅을 나누어 주었다.

한 번 가슴이 열리자 멀리 있던 하늘이 온통 가슴속으로 들어왔다.

상전이 벽해가 되는 사건이 일어났다.

얼마 되지 않아 민 진사의 큰딸과 홍낙관의 아우가 혼례를 치렀다.

47.

고종 31년, 갑오년, 1894년, 팔월.

강진에는 전주화약 이전부터 적지 않은 동학군이 주둔해 있었지만 전주성을 점령한 동학군이 귀향하면서부터 그 수가 더 늘어 집강소 활동이 본격적으로 시작되었다.

도인들은 장흥 자라번지와 강진 읍내 장터가 서는 신지에 집강소를 설치하고 토호들을 잡아다 징치했다.

강진도 천민들의 활약이 두드러졌다. 이곳에서는 오래전부터 건장한 백정 일곱 명이 모살계를 조직해 비밀리에 악질 부호를 징치하고 빈민을 구제했었다.

이들을 지휘하는 행수가 만덕이었다.

그러나 아무도 백정 몇이 계를 조직해 불의한 자들을 징치한다고는 생각하지 못했다. 더욱이나 매사에 너그럽고 항상 덕을 베푸는 만덕이 모살계 행수라고는 꿈에도 생각하지 못했다.

은영도 그랬다.

어느덧 만덕은 이미 환갑을 넘겼고 은영도 곧 육십 고개를 바라보는 나이가 되었다. 슬하에 아들 하나와 늦게 딸 하나를 얻었다.

두 사람은 사십 년 가까이 찰떡같이 살갑게 오손도손 살아왔다. 처음 만난 날부터 두 사람은 마치 한 몸이나 되는 듯 깊이 사랑하며 존중했다.

그러나 은영은 만덕이 그저 솜씨 좋은 백정이고 자애로운 가장으로 사는 평범함 남자인 줄만 알았다.

강진은 남쪽에서 북쪽으로 깊이 파고든 강진만이 있어 지역이 남쪽으로 열린 디귿 자 형을 이루있다. 소백산맥의 지매이 북부와 동부 서부에 걸쳐 뻗어 구릉이 많았다.

고을 가운데 동서로 달리는 탐진강 지류인 금강이 흐르고 남쪽에는 탐진강이 강진만으로 흘러들면서 넓은 평야가 형성되었다.

강진만은 소백산맥의 지맥이 침강해 굴곡이 심한 해안선을 만들었고 조수간만의 차가 심해 넓은 간석지가 만들어졌다.

강진 최남단 시초리는 다도해와 완도를 잇는 요충지여서 보부상과 왜국 상인이 상주했다. 보부상은 남도 전역을 돌며 쇠가죽을 모아 시초리에서 왜국 상인이 들어오는 면직물과 바꾸어 이문을 챙겼다.

만덕은 악질 지주도 징치했지만 정기적으로 시초리의 보부상 무리를 공격했다. 모살계는 인원은 소수였으나 모두 무예가 뛰어났고 특히 활을 잘 쏘았다. 소를 가르는 짧은 칼을 가슴에 품고 비상시의 무기로 사용했다. 이따금 보부상들이 모이는 날을 잡아 소가죽을 빼앗아 모두 태워 버리곤 했다.

이에 왜국 상인이 낭인 조직을 매수해 보부상이 모이는 날이면 경비를 세웠다.

낭인 수십 명이 왜도를 등에 메고 손에는 화승총을 들고 눈에 날이 서도록 선창을 지켰다.

팔월 보름은 일본 상인이 시초리에 들이오는 날이었다. 보부상들은 그동안 모은 소가죽을 선창에 쌓아 놓고 일본 상선을 기다렸다.

팔월 십사 일 저녁 만덕은 동료를 모아 시초리 위쪽 벌정리 해안에 쪽배를 두 척 띄웠다. 쪽배에 기름과 염초를 가득 실었다. 밤이 지나고 해가 뜨자 천천히 노를 저어 시초리 먼바다 쪽에서 그물을 치고 고기 잡는 흉내를 내었다.

이윽고 왜국 상선이 나타나더니 육중한 몸매를 과시하며 시초리 선창으로 들어갔다.

선창에서 왜상과 조선 보부상들이 짐을 풀고 옮기느라 정신이 없었다. 만덕은 쪽배를 몰아 왜국 상선에 접근했다. 상선 후미에 기름을 붓고 염초에 불을 지펴 기름 위에 던졌다.

염초가 터지면서 불길에 기름이 타자 상선은 뒤로부터 불길에 휩싸였다. 낭인 패가 놀라서 선창에서 배 위로 올랐다.

모살계 백정들이 쪽배에 서서 활을 쏘아 낭인들은 상선에 오르는 족족 살에 맞았다.

밧줄이 끊어진 상선은 불길에 휩싸여 먼바다 쪽으로 흘러갔다.

낭인 패는 선창에 배를 띄워 만덕 쪽으로 몰려왔다.

만덕은 바다 위에 남은 기름을 붓고 불을 질렀다. 낭인 패가 더 다가오지 못하고 화승총만 쏘았다.

불길을 뚫고 날아간 화살에 맞아 낭인 몇이 바다에 빠지자 낭인 패는 주춤거리며 소리만 질렀다.

만덕은 유유히 시초리 건너편 남호 쪽으로 노를 저었다.

48.

고종 31년, 갑오년, 1894년, 팔월.

남도 서남부 해안가 무안 고을은 동쪽은 영산강을 건너 나주와 영암, 남쪽은 목포, 북쪽은 함평과 접경하고, 서쪽은 신안의 무수한 도서와 면한 곳이다.

무안과 해남·진도 지역에서 활동한 동학 지도자는 배상옥·배규찬·김응문·송두옥 등이었다. 특히 배상옥은 무안을 비롯해 장흥·강진·영암·해남·진도 등 호남 서남부 지역을 오가며 큰 역할을 했다.

배상옥은 무안군 이로면 대월리에서 태어났다.

배상옥의 집안은 대농으로 부유했고 그는 어릴 적부터 인물이 출중하고 지도력이 뛰어났다. 배상옥은 이곳 고향 마을에서부터 동학군을 모으고 마을 공터에서 훈련시켰다.

최경선, 손화중과 함께 나섰던 나주성 공격에 실패한 뒤 배상옥은 함평 해남 무안 지방에 둔취하면서 활동했다. 그는 무안 일서면 접주 박치상, 몽탄면 접주 김응문과 김효구 김덕구 김영구 형제, 해제면 접주 최장현 삼형제와 같이 활동했다.

그는 집강소를 무안군 청계면 청천리 배씨 재실에 설치했다.

이곳에서 배상옥과 배정기가 도인들을 지휘했다. 청천리는 배씨 집성촌이 있어 배상옥과 배규찬 말고도 많은 배씨가 집강소 일을 도왔다.

전주 화약을 맺은 후 배상옥은 도인 수백 명과 스스로 일어나 토호들을 징치했다.

배상옥은 악덕 지주나 고리대금업자와 탐관오리를 특히 엄하게 다스렸다.

열이 돋은 무안 군수가 이서와 군졸을 동원해 관아에서 나와 도인 서른 명을 체포해 갔다. 도인들이 소지하던 서책도 모조리 몰수했다.

배상옥은 일단 목포 진영을 공격해 무장을 강화했다.

이어 도인들이 무안 관아에 쳐들어가자 군수는 뒤도 돌아보지 않고 도망쳤다.

배상옥은 집강소를 무안 관아로 옮겼다.

어떤 사람이 배상옥을 찾아와 운남 도원촌에서 신안 바다 쪽으로 하루 뱃길을 가면 사람들이 알지 못하는 섬이 하나 있는데 거기가 지상 낙원이라고 말했다.

배상옥이 도인 몇 사람을 데리고 도원촌에서 남촌을 지나 바닷길을 잡아 노를 저었다.

여름이 깊어가는 계절이었다. 바닷바람이 시원하게 얼굴에 와 닿았다.

하루를 가니 섬이 하나 보이는데 절벽으로 둘러싸여 있었다. 가까이 가니 절벽 아래 동굴이 보였다.

배상옥을 호기심이 발동해 파도를 조심해 동굴로 들어갔다. 동굴 입구는 좁았으나 조금 지나니 사방이 확 트이면서 넓은 평지가 나왔다.

논과 밭이 잘 정돈되어 있고 개와 닭 소리가 들렸다. 마을에 들어가니 오고 가던 사람들이 웃으며 맞아주었다. 그들은 모두 비단옷을 입고 있었다.

서로 나서서 배상옥 일행을 자기 집에 모시겠다고 다투었다.

배상옥은 나이가 지긋한 노인을 따라 어느 집으로 들어갔다. 저녁을 먹으며 노인의 이야기를 들었다.

"우리는 연산군의 폭정을 견디지 못해 가족을 이끌고 이곳으로 피난 왔다오."

배상옥이 연산군은 이미 죽고 지금은 여러 왕이 바뀌다가 흥선대원군의 아들이 보위에 있다고 말해 주었다.

노인은 벌어진 입을 다물지 못했다. 그들이 섬에 들어온 지 벌써 상당한 세월이 지나갔기 때문이었다.

마을 사람들은 같이 농사짓고 같이 나누어 먹었다. 서로 존중하고 서로 배려하며 나와 남의 구별 없이 화목하게 살고 있었다.

다음날 마을에서 배상옥 일행을 위해 잔치를 베풀어 주었다.

농사짓는 사람들이 일어나 춤을 추며 노래를 불렀다.

'모시야 적삼 안섶 안에

연적 같은 젖 좀 보소.

많이야 보면 병난단다.

담배씨만치만 보고 가소.

이 물꼬 저 물꼬 다 헐어 놓고

쥔네 양반 어데 갔노.

문어 전복 손에 들고
첩의 방에 놀러갔네.

상주 함창 공갈 못에
연밥 따는 저 처자야
연밥 줄밥 내 따줄게.
요내 품에 안겨주소.

여보시오 농부님네
이내 말을 들어보소.
이 논빼미에 모를 심거
장잎이 펄펄 영화로구나.
얼널럴 상사두야

남훈전 달 밝은데
순 임금의 놀음이요.
오륙월이 당도하니
우리 농부 시절이로다.
패랭이 꼭지 상화를 꽂고
마구재비 춤이나 추어보세.
얼널럴 상사두야.'

고기 잡는 사람들이 질세라 일어났다.

'어허 영산 가래야 하
하느님께 비나이다.
들물에 천금 썰물에 천금
동서 바당에 다니더라도
장원급제를 하옵소서.
이 배 선수가 재수가 좋아
수수만금 퇴로 낸다.
짐대 끝에다 봉기로 달고
봉기 우에다 천기로 단다.
탐화봉잡아 꽃자랑 마라
낙화가 지면은 일반일세
시내갱문에 타막을 치고
수수만금을 쏟아지네
얼씨구 절씨구 지화자 좋네
어허 영상 가래로구나.'

삼 일을 이어 잔치가 계속되었다. 배상옥이 섬을 떠나려 하자 노인이 금
덩이를 보자기에 싸주며 신신당부했다.
"절대로 이곳을 뭍에 알리지 말아 주시오."
배상옥은 돌아가면서 절벽 주위에 자갈로 금을 그어 표시해 두었다.

그러나 길게 그은 금은 바닷바람을 맞고 파도에 씻겨 사라져 버렸다.

배상옥이 가끔 도인들에게 말했다.

"그 섬이야말로 동학도인들이 염원하는 세상을 먼저 이룬 곳이더라."

소설 동학 5

등록 1994.7.1 제1-1071
1쇄 발행 2022년 5월 31일

지은이 김동련
펴낸이 박길수
편집장 소경희
편 집 조영준
관 리 위현정
디자인 이주향
펴낸곳 도서출판 모시는사람들
     03147 서울시 종로구 삼일대로 457(경운동 수운회관) 1207호
전 화 02-735-7173, 02-737-7173 / 팩스 02-730-7173

인 쇄 (주)성광인쇄(031-942-4814)
배 본 문화유통북스(031-937-6100)
홈페이지 http://www.mosinsaram.com/

값은 뒤표지에 있습니다.

ISBN   979-11-6629-112-8   04810
세트 ISBN 979-11-6629-107-4   04810